황정견시집주 12
黃庭堅詩集注

Anotations of Hwang Jeong-gyeon's Poems

옮긴이

박종훈 朴鍾勳 Park Chong-hoon
지곡서당(芝谷書堂)에서 한학(漢學)을 연수했으며, 조선대학교 국어국문학부(고전번역전공)에 재직 중이다.

박민정 朴玟貞 Park Min-jung
고려대학교에서 중국고전시 박사학위를, 중국저장대학(浙江大學)에서 대외한어교학 박사학위를 취득했다. 현재 세종사이버대학교 국제학과 교수로 재직 중이다.

이관성 李灌成 Lee Kwan-sung
곡부서당에서 서암 김희진 선생에게 한문을 배웠다. 현재 퇴계학연구원에 재직 중이다.

황정견시집주 12

초판발행 2024년 8월 15일

지은이 황정견
옮긴이 박종훈 · 박민정 · 이관성

펴낸이 박성모
펴낸곳 소명출판
출판등록 제1998-000017호
주소 06641 서울시 서초구 사임당로14길 15 서광빌딩 2층
전화 02-585-7840
팩스 02-585-7848
이메일 somyungbooks@daum.net
홈페이지 www.somyong.co.kr

ISBN 979-11-5905-926-1 94820
979-11-5905-914-8 (전14권)
정가 26,000원

이 저서는 2019년 대한민국 교육부와 한국연구재단의 지원을 받아 수행된 연구임 (NRF-2019S1A5A7069036).
This work was supported by the Ministry of Education of the Republic of Korea and the National Research Foundation of Korea (NRF-2019S1A5A7069036).

한국연구재단
학술명저번역총서

황정견시집주 12

黃庭堅詩集注

Anotations of Hwang Jeong-gyeon's Poems

황정견 저
박종훈 · 박민정 · 이관성 역

일러두기

1. 본 번역은 『黃庭堅詩集注』(전5책)(北京 : 中華書局, 2007)를 저본으로 삼았다.
2. 위 저본에 있는 '교감기'는 해당 구절의 원문에 각주로 붙였고 '**[교감기]**'라고 표시해 두어, 번역자가 붙인 각주와 구별했다.
3. 서명과 작품명이 동시에 나올 때는 '『 』'로 모았고, 작품명만 나올 때는 '「 」'로 처리했다.
4. 번역문과 원문 중에 나오는 소자(小字)는 '【 】'로 표시해 묶어 두었다.
5. 번역문과 원문 중에 나오는 '○'는 저본에 있는 것을 그대로 옮겨온 것으로, 주석 부분에 추가로 주석을 붙인 부분이다.
6. 번역문에는 1차 인용, 2차 인용, 3차 인용까지 된 경우가 있는데, 모두 큰따옴표(" ")로 처리했다.

1. 황정견은 누구인가?

황정견黃庭堅, 1045~1105은 북송北宋의 대표 시인으로, 자는 노직魯直, 호는 산곡山谷 또는 부옹涪翁이며 홍주洪州 분녕分寧, 지금의 장시江西성 슈수이修水 사람이다. 소식蘇軾, 1036~1101의 문하생 중 가장 핵심적인 인물로, 장뢰張耒·조보지晁補之·진관秦觀 등과 함께 '소문사학사蘇門四學士'로 불린다. 어릴 때부터 총명했던 황정견은 23세에 진사에 급제하여 국사편수관까지 역임했으나 이후 여러 지방관과 유배지를 전전하는 등 벼슬길이 순탄치 않았다. 두보杜甫, 712~770를 존경했고 소식의 시학詩學을 계승했으며, 소식과 함께 소·황蘇·黃으로 불린다.

중국시가의 최고 전성기라 할 수 있는 당대唐代를 뒤이어 등장한 북송의 시인들에게는 당시에서 벗어난 송시만의 특징을 만들어 내야 하는 일종의 숙명이 있었다. 이러한 숙명은 북송 초 서곤체에 의해 시도되었으며 북송 중기에 이르러 비로소 송시다운 시가 시대를 풍미하기에 이르렀다. 황정견이 그 중심에 있었으며 그를 중심으로 진사도陳師道 등 25명의 시인이 황정견의 문학을 계승하며 하나의 유파로 활동했다. 이들을 일컬어 '강서시파江西詩派'라 했는데, 이 명칭은 남송 여본중呂本中, 1084~1145의 『강서시사종파도江西詩社宗派圖』에서 비롯되었다. 25인 모두 강서江西 출신은 아니지만, 여본중은 유파의 시조인 황정견이 강서

출신이라는 점에서 강서시파로 붙인 것이다. 시파의 성원들은 모두 두보를 배웠기에 송대 방회方回, 1227~1305는 두보와 황정견, 진사도, 진여의陳與義를 강서시파의 일조삼종一朝三宗이라 칭하였다.

여본중이 『강서종파시집江西宗派詩集』 115권을 편찬했으며, 뒤이어 증굉曾紘, 1022~1068이 『강서속종파시江西續宗派詩』 2권을 편찬했다. 송대 시단에 있어서 황정견의 영향력은 남송南宋에까지도 미쳤는데, 우무尤袤, 양만리楊萬里, 범성대范成大, 육유陸游, 소덕조蕭德藻 같은 남송의 대가들도 모두 그 풍조에 영향을 받았다. 황정견강서시파의 시풍詩風은 송대 뿐만 아니라 원대元代 및 조선의 시단에도 적지 않은 영향을 미쳤다.

2. 북송의 시대 배경과 문학풍조

송나라는 개국開國 왕조인 태조부터 인종조仁宗朝를 거치면서 만당晩唐·오대五代의 장기간 혼란했던 국면이 어느 정도 정리되어 나라가 안정되고 백성들의 생활환경 또한 비교적 안정을 찾게 되었다. 전대前代의 가혹했던 정세가 완화됨에 따라 농업이 급속도로 발달하였고 안정된 농업의 경제적 기초 위에서 상공업이 번창하고 번화한 도시가 등장하는 등 사회 전반에 걸쳐 전대에 비해 상당한 풍요를 구가하게 되었다. 이처럼 사회 전체가 안정되고 발전함에 따라 일반 백성들은 점차 단조

로운 것보다는 복잡하고 화려한 것을 추구하게 되었다. 시대적·사회적 환경은 곧 문학 출현의 배경이고, 문학은 사회생활이 반영된 예술이라고 할 만큼 불가분의 관계에 있다. 유협劉勰이 "문학의 변천은 사회 정황에 따르다文變染乎世情, 興廢繫乎時序"고 한 것처럼, 사회의 각종 요인은 문학적 현상을 결정하기 때문에 이러한 요소의 변화는 필연적으로 문학 풍조의 변혁을 동반한다. 송초 시체詩體의 변천은 이러한 사실을 보여주는 객관적인 증거이다. 특히 송대에는 일찍부터 학문이 중시되었다. 이는 주로 군주들의 독서열과 학문 제창으로 하나의 사회적 풍조로 자리잡게 되어 송대의 중문중학重文重學적 분위기가 마련되었다.

중국 시가의 전성기라 할 수 있는 당대唐代가 마무리되고 뒤이어 등장한 북송 초는 중국시가발전사 측면에서 보면 일종의 '답습의 시기'이면서 '개혁의 시기'였다고 할 수 있다. 이 시기 시단에서는 백체白體, 만당체晩唐體, 서곤체西崑體 등 세 시풍이 크게 유행했다. 이중 개국 초 성세기상盛世氣象 및 시대 분위기와 사람들이 추구하던 심미취향에 매우 적합했던 서곤체가 시간상 가장 늦게, 가장 긴 기간 동안 성행했고 결과적으로 이러한 시대적 문학적 요구는 황정견 시를 통해 꽃을 피우며 북송 시단 및 송대 시단을 대표하게 되었다.

3. 황정견 시의 특징과 시사적 위상

황정견은 시를 지을 때 힘써 시의 표현을 다지고 시법을 엄격히 지켜 한 마디 한 글자도 가벼이 쓰지 않았다. 황정견은 수많은 대가들을 본받으려고 했지만, 그중에서도 두보杜甫를 가장 존중했다. 황정견은 두보 시의 예술적인 성취나 사회시社會詩 같은 내용 측면에서의 계승보다는, 엄정한 시율과 교묘巧妙한 표현 등 시의 형식적 측면을 본받으려 했다. 『창랑시화滄浪詩話』·『시인옥설詩人玉屑』·『허언주시화許彦周詩話』·『후산시화后山詩話』·『왕직방시화王直方詩話』·『초계어은총화苕溪漁隱叢話』 등에 보이는 황정견 시론의 요점을 정리하면 대략 다음과 같다.

첫째, 시의 조구법造句法으로서의 환골법換骨法과 탈태법奪胎法이다. 이에 대해 황정견은 "시의 의미는 무궁한데 사람의 재주는 한계가 있다. 한계가 있는 재주로 무궁한 의미를 좇으려고 하니, 비록 도잠과 두보라고 하더라도 공교롭기 어렵다. 원시의 의미를 바꾸지 않고 그 시어를 짓는 것을 환골법이라고 하고, 원시의 의미를 본떠서 형용하는 것을 탈태법이라고 한다[詩意無窮, 而人才有限. 以有限之才, 追無窮之意, 雖淵明少陵, 不得工也. 不易其意而造其語, 謂之換骨法. 規摹其意而形容之, 謂之奪胎法]"라고 한 바 있다『시인옥설(詩人玉屑)』에 보인다. 이로 보건대, 황정견이 언급한 환골법은 의경을 유사하게 하면서 어휘만 조금 바꾼 것을 일컫고, 탈태법은 의경을 변형하여 사용하는 방법이라고 할 수 있다.

예를 들면, 당대唐代 유우석劉禹錫의 "멀리 동정호의 수면을 바라보니, 흰 은쟁반 속에 하나의 푸른 고동 있는 듯[遙望洞庭湖水面, 白銀盤里一青螺]"를 근거로 황정견이 "아쉬워라, 호수의 수면에 가지 못해, 은빛 물결 속에서 푸른 산을 보지 못한 것[可惜不當湖水面, 銀山堆裏看青山]"이라 읊은 것은 환골법이고 백거이白居易의 "사람의 한평생 밤이 절반이고, 한 해의 봄철은 많지 않다오[百年夜分半, 一歲春無多]"라 한 것을 기반으로 황정견이 "한평생 절반은 밤으로 나눠 흘러가고, 한 해에도 많지 않노니 봄 잠시 오네[百年中去夜分半, 一歲無多春再來]"라고 읊은 것은 탈태법이다. 황정견이 환골법과 탈태법을 활용한 작품에 대해서는 『시인옥설詩人玉屑』에서 언급한 바 있다.

둘째, 요체拗體의 추구이다. 요체란 근체시의 평측平仄 격식을 반드시 엄정하게 따르지는 않은 것을 말한다. 이를테면, 평성이 들어가야 할 자리에 측성을 두거나 측성의 위치에 평성을 두어 율격적 참신성을 획득하는 방식으로 두보와 한유韓愈도 추구했던 것이다. 황정견은 더욱 특이한 표현을 추구하기 위해 시율에 어긋나는 기자奇字를 자주 사용하면서 강서시파 특징 중 하나가 되었다. 이와 관련하여, 송대 위경지魏慶之가 찬술한 『시인옥설詩人玉屑』에 '촉구환운법促句換韻法'과 '환자대구법換字對句法' 등을 소개하면서, "기세를 떨쳐 평범하지 않으려는 의도에서 비롯되었다. 이전에는 이러한 체제로 시를 지은 사람은 없었는데, 오직 황정견이 그것을 바꾸었다[欲其氣挺然不群, 前此未有人作此體 , 獨魯直變之]"라

는 평어가 보인다.

셋째, 진부한 표현이나 속된 말을 배척하고 특이한 말과 기이한 표현을 추구했다. 구체적으로는 술어를 중심으로 평이한 글자를 기이하게 단련鍛鍊시켰고 조자助字의 사용에 힘을 특히 기울였으며, 매우 궁벽하고 어려운 글자를 사용했고 기이한 풍격을 형성하기 위해 전대前代 시에서 잘 쓰지 않던 비속非俗한 표현을 시어로 구사하여 참신한 의경을 만들어내곤 했다. 이와 관련해 황정견은 "차라리 음률이 조화롭지 않을지언정 구句를 약하게 만들지 말아야 하며, 차라리 글자 구사가 공교롭지 않을지언정 시어를 속되게 만들어서는 안 된다[寧律不諧, 而不使句弱. 寧用字不工, 不使語俗]"라고 했으며『시인옥설(詩人玉屑)』, 황정견의 시구 중에는 "다른 사람을 따라 계획을 세우는 것은 결국 사람에게 뒤지게 된다[隨人作計終後人]"라는 구절과 "문장에게 가장 피해야 할 것은 다른 사람을 따라 짓는 것이다[文章最忌隨人後]"라는 구절도 있다.

또한 엄우嚴尤는『창랑시화滄浪詩話』에서 "소식과 황정견에 이르러 비로소 자신의 기법에서 나온 것을 시로 여기며, 당대 시인들의 시풍에서 벗어난 것이다. 황정견은 공교로운 말을 쓰는 것이 더욱 심해졌고, 그 후로 시를 짓는 자리에서 황정견의 시풍이 성행했는데 세상에서는 '강서종파'라 불렀다[至東坡山谷始自出己法以爲詩, 唐人之風變矣. 山谷用工尤深刻, 其後法席盛行, 海內稱爲江西宗派]"라고 했다. 송대 허의許顗의『허언주시화許彥周詩話』에 "시를 지을 때 평이하고 비루한 기운을 제거하지 않으면 매우 잘못된

작품이 된다. 객이 묻기를 "어떻게 하면 그런 것을 제거할 수 있습니까" 라 하였다. 이에 내가 "당의 의산 이상은의 시와 본조 황정견의 시를 숙독하여 깊이 생각하면 제거할 수 있다"라고 대답했다作詩淺易鄙陋之氣不除, 大可惡. 客問, 何從去之. 僕曰, 熟讀唐李義山詩與本朝黃魯直詩而深思之, 則去也"라는 구절이 보인다. 이밖에 『후산시화后山詩話』이나 『왕직방시화王直方詩話』 및 『초계어은총화苕溪漁隱叢話』 등에도 황정견이 시어 사용에 있어서의 기이한 측면에 대한 언급이 보인다.

넷째, 전고典故의 정밀한 사용을 추구했다. 이는 황정견 시론의 "한 글자도 유래가 없는 것은 없다[無一字無來處]"와 연관된다. 강서시파는 독서를 중시했는데, 이것은 구법의 차원에서 전대 시의 장점을 수용하기 위한 것이지만, 이는 전고의 교묘巧妙한 활용이라는 결과로 표현되기도 했다. 그러면서 전인의 전고를 그대로 답습하지 않고 자신의 의도에 맞게 변용했다.

이와 같은 황정견의 환골탈태법과 요체와 기이한 표현 및 전고의 활용이라는 창작법에 대해 부정적 평가도 적지 않다. 『예원치원』에서는 "시격이 소식과 황정견으로부터 변했다고 한 논의는 옳다. 황정견의 뜻은 소식이 불만스러워 곧바로 능가하려 했는데도 소식보다 못하다. 어째서인가? 교묘하게 하려고 하면 할수록 졸렬해지고 새롭게 하려고 하면 할수록 진부해지며, 가까워지려고 하면 할수록 멀어지기 때문이

다[詩格變自蘇黃, 固也. 黃意不滿蘇, 直欲凌其上, 然故不如蘇也. 何者. 愈巧愈拙, 愈新愈陳, 愈近愈遠]", "노직 황정견은 소승이 되기에는 부족하고 다만 외도일 따름이며, 이미 방생 가운데 빠져 있었다[魯直不足小乘, 直是外道耳, 已墮傍生趣中]", "노직 황정견은 생경生硬한 기법을 구사했는데 어떤 경우는 졸렬하고 어떤 경우는 공교로우니, 두보의 가행체에서 본받았다[魯直用生拗句法, 或拙或巧, 從老杜歌行中來]"라고 평가했다. 이러한 부정적 평가는 황정견 시의 파급력에 대한 반증이기도 하다. 황정견을 중심으로 한 강서시파가 당대當代는 물론 후대 및 조선의 문인들에도 적지 않은 영향을 미쳤다.

한국 한시는 중종中宗 연간에 큰 성과를 이루어 이행李荇, 1478~1534, 박상朴祥, 1474~1530, 신광한申光漢, 1484~1555, 김정金淨, 1486~1521, 정사룡鄭士龍, 1491~1570, 박은朴誾, 1479~1504 등의 시인을 배출했고 선조宣祖 연간에는 이를 이어 노수신盧守愼, 1515~1590, 황정욱黃廷彧, 1532~1607, 최경창崔慶昌, 1539~1583, 백광훈白光勳, 1537~1582, 이달李達, 1539~1612 등 걸출한 시인을 배출했다. 이때 우리 한시의 흐름은 고려 이래 지속되어 온 소식을 위주로 한 송시풍宋詩風의 연장선상에 있다가, 황정견과 진사도를 배우게 되었으며, 다시 변해 당시唐詩를 배우게 되었다. 이에 따라 이 시기 시인은 송시를 모범으로 삼는 부류와 당시를 모범으로 삼는 경우로 대별된다. 또한 송시를 모범으로 삼는 경우도 다시 소식을 배우고자 했던 인물과 황정견이나 진사도를 배우고자 했던 인물로 나눌 수 있다. 그만큼 황정견의 영향력이 컸다는 것을 알 수 있다.

황정견과 진사도를 배웠다고 언급되는 시인으로는 박은, 이행, 박

상, 정사룡, 노수신, 황정욱 등을 들 수 있다. 이들은 각기 한 시대를 대표하는 시인으로, 우리 한시사韓詩史에서 심도 있게 다루어지고 있다. 이들 시인을 '해동강서시파海東江西詩派'라고 규정하고 있는데, 그 이유는 황정견과 진사도로 대표되는 '강서시파'의 영향력 아래에서 찾아볼 수 있다.

이인로李仁老, 1152~1220는 『보한집補閑集』에서 "소식과 황정견의 문집을 읽는 것이 좋은 시를 짓는 방법이다"라고 했으니, 고려 중기에 황정견의 문집이 유통되고 있었음을 확인할 수 있다. 이후 공민왕恭愍王 때에는 『산곡시집주山谷詩集註』가 간행되었고 조선조에는 황정견을 중심으로 한 강서시파 시인의 작품을 뽑은 시선집이나 문집이 여러 차례 간행되었다. 안평대군安平大君도 황정견 등을 포함한 『팔가시선八家詩選』을 엮었고 황정견 시를 가려 뽑아 『산곡정수山谷精粹』를 엮은 바 있다. 성종成宗 때에도 한 차례 황정견 시집을 간행했고 성종의 명으로 언해諺解를 시도했지만 실행되지는 못했다. 이후 유호인兪好仁, 1445~1494이 『황산곡집黃山谷集』을 발간하였고 중종에서 명종 연간에 황정견의 문집이 인간印刊되었다. 황정견 시문집에 대한 잇달은 간행은 고려와 조선의 시인들이 지속적으로 강서시파를 배우고자 했다는 당대當代 시단의 흐름을 반영한 것이다.

고려시대부터 조선 초기까지 강서시파의 영향을 확인할 수 있는 시인으로 이인로李仁老, 임춘林椿, ?~?, 이담李湛, ?~?, 이색李穡, 1328~1396, 신숙주申叔舟, 1417~1475, 성삼문成三問, 1418~1456, 조수趙須, ?~?, 김종직金宗直,

1431~1492, 홍귀달洪貴達, 1438~1504, 권오복權五福, 1467~1498, 김극성金克成, 1474~1540, 조신曺伸, 1454~1529 등 셀 수 없을 정도이다. 이러한 흐름은 두보의 시를 배우고자 한 것으로 파악되는데, 앞서 보았듯이 황정견이 두시杜詩를 가장 잘 배웠다고 칭송되고 있었기에, 황정견을 통해 두보의 시에 접근해 보려는 노력도 깔려있었다고 할 수 있다. 정사룡도 이달에게 두시를 가르쳤고 노수신은 그의 시가 두시의 법도를 얻은 것으로 평가되고 있으며, 황정욱도 두보의 시를 엿보고 있다는 지적을 받고 있다. 그 밖에 박은, 이행, 박상의 시가 두시의 숙독에서 나온 것을 작품의 도처에서 확인할 수 있다. 이러한 경향으로 볼 때, 두보의 시를 배우는 한 일환으로 강서시파의 핵심인 황정견에 관심을 기울인 것으로 보인다. 이 밖에도 조선 초 화려한 대각臺閣의 시풍에 대한 반발도 강서시파의 작품을 배우고자 하는 한 배경으로 작용했다.

지속적인 강서시파 관련 서적의 수입과 인간印刊을 바탕으로 강서시파에 대한 학습이 고려에서부터 조선 초까지 지속되었고 이를 배경으로 강서시파를 배우고자하는 움직임이 성종 연간에 집중적으로 나타났으며, 한시사에게 거론되는 주요 시인들이 등장하게 되었다. 이러한 연장선상에서 소위 '해동강서시파'가 출현하게 된다.

해동강서시파는 강서시파의 영향을 받고 이에 따라 유사한 시풍을 견지했던 일군의 시인을 지칭하는 개념이다. 이 점에서 해동강서시파는 강서시파의 시풍이나 창작방법론을 대거 수용하고 이에서 한 걸음 더 나아가 자신만의 변용을 꾀한 시인들이라 평가할 수 있다. 황정견

을 위주로 한 강서시파를 배웠다고 언급되는 해동강서시파의 시인으로는 박은, 이행, 박상, 정사룡, 노수신, 황정욱 등을 들 수 있다. 이들 시인들이 강서시파의 배웠다는 구체적인 기록도 남아 있다.

해동강서시파의 시가 중국 강서시파의 작법을 수용했다는 것은 단순히 자구를 모방하는 차원의 것이 아니라, 시를 쓰는 법을 배워 우리의 정서와 실정에 맞는 시를 쓰기 위해 노력한 것이다. 결국 해동강서시파의 작품에 대한 올바른 접근은 강서시파에 대한 접근에서부터 비롯되어야 한다. 시작법을 어떻게 수용하고 있는지, 또 어떠한 변용이 이루어진 것인지에 대한 입체적인 접근이 있어야만 해동강서시파에 대한 올바른 평가를 내릴 수 있다. 그 출발점이 바로 해동강서시파에 지대한 영향을 미쳤던 황정견 문집에 대한 완역이다.

4. 『황정견시집주黃庭堅詩集注』는?

『황정견시집주』는 북경北京 중화서국中華書局에서 2007년에 출간한 책이다. 전5책으로 『산곡시집주山谷詩集注』 권1~20, 『산곡외집시주山谷外集詩注』 권1~17, 『산곡별집시주山谷別集詩注』 상·하, 『산곡시외집보山谷詩外集補』 권1~4, 『산곡시별집보山谷集別集補』 권1로 구성되어 있다.

『산곡시집주』 권1~20은 송宋 임연任淵이, 『산곡외집시주』 권1~17

은 송宋 사용史容이, 『산곡별집시주』 상·하는 송宋 사계온史季溫이 각각 주석을 붙여놓은 것이다. 『산곡시외집보』 권1~4와 『산곡시별집보』 권1은 청淸 사계곤謝啓崑이 엮은 것이다.

『황정견시집주』의 체계와 구성을 정리하면 다음 표와 같다.

책	권	비고
제1책	집주(集注) 권1~9	임연(任淵) 주(注)
제2책	집주(集注) 권10~20	
제3책	외집시주(外集詩注) 권1~8	사용(史容) 주(注)
제4책	외집시주(外集詩注) 권9~17	사용(史容) 주(注)
제5책	별집시주(別集詩注) 上·下	사계온(史季溫) 주(注)
	외보유(外補遺) 권1~4	사계곤(謝啓崑) 주(注)
	별집보(別集補)	

각 권에 수록된 시작품 수를 일람하면 다음 표와 같다.

권수	수록 작품 수	권수	수록 작품 수
山谷詩集注卷第一	22제(題) 30수(首)	山谷外集詩注卷第三	23제(題) 61수(首)
山谷詩集注卷第二	14제(題) 18수(首)	山谷外集詩注卷第四	18제(題) 31수(首)
山谷詩集注卷第三	19제(題) 30수(首)	山谷外集詩注卷第五	13제(題) 43수(首)
山谷詩集注卷第四	8제(題) 30수(首)	山谷外集詩注卷第六	20제(題) 25수(首)
山谷詩集注卷第五	9제(題) 29수(首)	山谷外集詩注卷第七	27제(題) 31수(首)
山谷詩集注卷第六	28제(題) 29수(首)	山谷外集詩注卷第八	27제(題) 40수(首)
山谷詩集注卷第七	25제(題) 40수(首)	山谷外集詩注卷第九	35제(題) 39수(首)
山谷詩集注卷第八	21제(題) 28수(首)	山谷外集詩注卷第十	30제(題) 33수(首)
山谷詩集注卷第九	28제(題) 44수(首)	山谷外集詩注卷第十一	29제(題) 45수(首)
山谷詩集注卷第十	17제(題) 23수(首)	山谷外集詩注卷第十二	28제(題) 50수(首)
山谷詩集注卷第十一	23제(題) 47수(首)	山谷外集詩注卷第十三	34제(題) 48수(首)
山谷詩集注卷第十二	28제(題) 50수(首)	山谷外集詩注卷第十四	23제(題) 46수(首)
山谷詩集注卷第十三	27제(題) 41수(首)	山谷外集詩注卷第十五	34제(題) 40수(首)

권수	수록 작품 수	권수	수록 작품 수
山谷詩集注卷第十四	14제(題) 43수(首)	山谷外集詩注卷第十六	35제(題) 47수(首)
山谷詩集注卷第十五	29제(題) 54수(首)	山谷外集詩注卷第十七	27제(題) 44수(首)
山谷詩集注卷第十六	18제(題) 42수(首)	山谷別集詩注卷上	36제(題) 37수(首)
山谷詩集注卷第十七	25제(題) 29수(首)	山谷別集詩注卷下	25제(題) 46수(首)
山谷詩集注卷第十八	17제(題) 27수(首)	山谷詩外集補卷第一	50제(題) 58수(首)
山谷詩集注卷第十九	28제(題) 45수(首)	山谷詩外集補卷第二	70제(題) 93수(首)
山谷詩集注卷第二十	19제(題) 27수(首)	山谷詩外集補卷第三	91제(題) 138수(首)
山谷外集詩注卷第一	24제(題) 29수(首)	山谷詩外集補卷第四	95제(題) 128수(首)
山谷外集詩注卷第二	22제(題) 30수(首)	山谷詩別集補	25제(題) 28수(首)
총 1,260제(題) 1,916수(首)			

『황정견시집주』에는 총 1,260제題 1,916수首의 시작품이 수록되어 있다. 이 거질의 서적에 임연任淵·사용史容·사계온史季溫·사계곤謝啓崑이 주석을 부기했는데, 이를 통해서도 황정견의 박학다식함을 재삼 확인할 수도 있다.

임연·사용·사계온·사계곤은 주석에서 시구의 전체적인 표현이나 단어 및 고사와 관련해 『시경』·『논어』·『장자』·『초사』·『문선』·『한서』·『사기』·『이아』·『좌전』·『세설신어』·『본초강목』·『회남자』·『포박자』·『국어』·『서경잡기』·『전국책』·『법언』·『옥대신영』·『풍토기』·『초학기』·『한시외전』·『모시정의』·『원각경』·『노자』·『명황잡록』·『이원』·『진서』·『제민요술』·『오초춘추』·『신서』·『이문집』·『촉지』·『통전』·『남사』·『전등록』·『초목소』·『당본초』·『왕자년습유기』·『도경본초』·『유마경』·『춘추고이우』·『초일경』·『전심법요』·『여

씨춘추』·『부자』·『수훤록』·『박물지』·『당서』·『신어』·『적곡자』·『순자』·『삼보결록』·『담원』·『한서음의』·『공자가어』·『당척언』·『극담록』·『유양잡조』·『운서』·『묘법연화경』·『지도론』·『육도삼략』·『금강경』·『양양기』·『관자』·『보적경』 등의 용례를 들어 자세하게 구절의 의미를 부연 설명했다. 또한 두보를 필두로 ·도잠·소식·한유·백거이·유종원·이백·유몽득·소무·이하·좌사·안연년·송옥·장적·맹교·유신·왕안석·구양수·반악·전기·하손·송기·범중엄·혜강·예형·왕직방·사령운·권덕여·사마상여·매요신·유우석·노동·구준·조하·강엄·장졸 등의 작품에 보이는 구절을 주석으로 부연하여 작품의 전례前例와 전체적인 의미를 상세하게 서술했다. 이밖에도 여타의 시화집에 보이는 황정견의 작품과 관련된 시화를 주석으로 부기하여, 작품의 창작배경이나 자신의 상황 및 의미를 자세하게 설명한 있다.

이처럼 『황정견시집주』 전5책은 황정견 작품의 구절 및 시어詩語 하나하나가 갖는 전례와 창작배경 그리고 구절의 의미 및 전체적인 의미를 상세하게 주석을 통해 소개해 주어, 황정견 작품의 세밀한 이해를 돕고 있다.

5. 향후 연구 전망

황정견과 강서시파에 대한 연구는 지금까지 꾸준히 진행되어 왔다. 그러나 아직까지 황정견 시작품에 대한 전체적인 번역이 이루어지지 않았기에, 구체적인 실상의 일면만을 위주로 하거나 혹은 피상적으로 연구가 진행되었다는 점에서 아쉬움이 남는다. 이에 상세한 주석을 통해 작품에 대한 이해를 돕는 『황정견시집주』에 대한 완역은, 부족하나마 후학들에게 실질적으로 황정견 시를 이해하기 위한 토대 내지는 발판의 역할 정도는 할 수 있을 것으로 판단되며, 이를 계기로 유관 연구가 활발하게 진행되기를 기대하는 바이다.

첫째, 중국 문학 연구의 측면에서도 황정견을 중심으로 한 강서시파에 대한 연구가 활발하게 진행 될 것으로 기대한다. 강서시파 시론의 핵심이라고 할 수 있는 시의 조구법造句法으로서의 환골법換骨法과 탈태법奪胎法, 요체拗體의 추구, 진부한 표현이나 속된 말을 배척하고 특이한 말과 기이한 표현을 추구, 전고의 정밀한 사용 등에 대한 실제적인 접근이 이루어질 수 있는 계기가 될 것이며, 이로 인해 황정견뿐만 아니라 강서시파, 그리고 강서시파의 영향을 받았던 원대 시인에 대한 연구가 활발하게 진행 될 것이다.

둘째, 조선 문단에 대한 연구도 활발해질 것으로 기대한다. 고려 이

후 지속적인 강서시파 관련 서적의 수입과 인간印刊을 바탕으로 강서시파에 대한 학습이 고려에서부터 조선 초까지 지속되었고 이를 배경으로 강서시파를 배우고자하는 움직임이 성종 연간에 집중적으로 나타났으며, 한시사에게 거론되는 주요 시인들이 등장하게 되었다. 이러한 연장선상에서 소위 '해동강서시파'가 출현했다.

해동강서시파로 지목된 박은朴誾, 이행李荇, 박상朴祥, 정사룡鄭士龍, 노수신盧守愼, 황정욱黃廷彧 등 이외에도 이인로李仁老, 임춘林椿, 이담李湛, 이색李穡, 신숙주申叔舟, 성삼문成三問, 조수趙須, 김종직金宗直, 홍귀달洪貴達, 권오복權五福, 김극성金克成, 조신曺伸 등도 모두 황정견이 주축이 된 강서시파의 영향 하에 있다는 연구 성과도 보고된 바 있다.

이로 보건대, 『황정견시집주』 전5권의 완역은 강서시파의 영향을 받았던, 소위 해동강서시파의 실체를 밝히는데 적지 않은 도움이 될 것으로 보인다. 또한 어떠한 부분에서 적극적으로 수용하려고 했는지, 그 목적이 무엇이었는지에 대한 연구의 초석이 될 것이다. 더불어, 강서시파의 영향 하에서 해동강서시파는 어떠한 변용을 통해, 각 개인의 특장을 살려 나갔는지에 대한 연구도 활발하게 진행될 것이다. 시인 개개인에 대한 접근을 통해, 해동강서시파의 특장을 밝히는데 있어 출발점이 될 것으로 기대한다.

황정견시집의 완역은 황정견 시작품과 중국 강서시파의 실체를 밝힐 수 있는 계기가 될 것이며, 동시에 지속적인 관심을 쏟았던 조선의

해동강서시파의 영향 관계 및 변용에 대한 연구가 본격적으로 진행될 수 있는 초석이 되리라 기대한다.

대저 시로써 세상에 이름을 날린 자는 한 글자 한 구절을 반드시 달로 분기로 단련하여 일찍이 함부로 드러내지 않고서 반드시 심사숙고한 바가 있다. 옛날 중산中山 의 유우석劉禹錫이 일찍이 말하기를 '시에 벽자僻字를 사용할 때는 반드시 근거한 바가 있어야 한다'라고 했다. 공考功 송지문宋之問의 「도중한식塗中寒食」에서 "말 위에서 한식을 맞으니, 봄이 와도 당락을 보지 못하네[馬上逢寒食, 春來不見餳]"라고 하였다. 일찍이 '당餳'이란 글자가 벽자임을 의아하게 생각하였는데, 이윽고 『모시毛詩』의 고주瞽注를 읽고 나서 이에 육경 가운데 오직 이 주에서 이 '당餳' 자에 대한 설명이 있는 것을 알게 되었다. 경문공景文公 송기宋祁 또한 이르기를 "몽득夢得 유우석이 일찍이 「구일九日」이란 시를 지으면서 '고餻'자를 쓰려고 하였는데 생각해보니 육경에 이 글자가 없어서 결국 쓰지 못하였다"라고 했다. 그러므로 경문공 송기의 「구일식고九日食餻」에서 "유랑은 기꺼이 '고餻'자를 쓰지 않았으니, 세상 당대의 호걸을 헛되이 저버렸어라[劉郎不肯題餻字, 虛負人間一世豪]"라고 했다. 이처럼 전배들의 글자 사용은 엄밀하였으니 이 시주詩注를 짓게 된 까닭이다.

본조 산곡山谷 노인의 시는 『이소離騷』와 『시경·아雅』의 변체變體를 다하였으며 후산後山 진사도陳師道가 그 뒤를 이어 더욱 그 결정을 맺었다. 그러므로 두 사람의 시는 한 구절 한 글자가 고인古人 예닐곱 명을 합쳐 놓은 것과 같다. 대개 그 학문은 유儒, 불佛, 노老, 장莊의 깊은 이치

를 통달하였으며, 아래로 의서醫術, 복서卜筮, 백가百家의 학설에 이르기까지 그 정수를 모두 캐어내어 시로 발하지 않음이 없다.

처음 산곡이 우리 고을에 와서 암곡 사이를 소요할 때 나는 경전經典을 배웠다. 한가한 날에는 인하여 두 사람의 시를 가지고 조금씩 주를 달았는데, 과문하여 그 깊은 의미를 자세히 파악하기 어려운 것이 한스러웠다. 일단 집에 보관하고서 훗날 나와 기호가 같은 군자를 기다려 서로 그 의미를 넓혀 나갔으면 한다.

정화政和 신묘년辛卯年, 1111 중양절重陽節에 쓰다.

大凡以詩名世者, 一字一句, 必月鍛季鍊, 未嘗輕發, 必有所考. 昔中山劉禹錫嘗云, 詩用僻字, 須要有來去處. 宋考功詩云, 馬上逢寒食, 春來不見餳. 嘗疑此字僻, 因讀毛詩有瞽注, 乃知六經中唯此注有此餳字, 而宋景文公亦云, 夢得嘗作九日詩, 欲用餻字. 思六經中無此字, 不復爲. 故景文九日食餻詩云, 劉郎不肯題餻字, 虛負人間一世豪. 前輩用字嚴密如此, 此詩注之所以作也. 本朝山谷老人之詩, 盡極騷雅之變, 後山從其游, 將寒冰焉. 故二家之詩, 一句一字有歷古人六七作者. 蓋其學該通乎儒釋老莊之奧, 下至於毉卜百家之說, 莫不盡摘其英華, 以發之於詩. 始山谷來吾鄕, 徜徉於巖谷之間, 余得以執經焉. 暇日因取二家之詩, 略注其一二. 第恨寡陋, 弗詳其祕. 姑藏於家, 以待後之君子有同好者, 相與廣之. 政和辛卯重陽日書.[1]

---

1 [교감기] 근래 사람 모회신(冒懷辛)이 상단의 문자를 고정(考訂)하면서 "이 편의 서문은 광서(光緖) 26년(1900)에 의녕(義寧) 진씨(陳氏)가 복각(復刻)한 『산곡시집주(山谷詩集注)』의 권 머리에 실려 있다. 원문(原文)과 파양(鄱陽) 허윤(許尹)의 서문은 함께 이어져 허윤 서문의 제1단락이 되어버렸다. 현재는 내용에

육경六經은 도道를 실어서 후세에 전해주는 것인데, 『시경』은 예의禮義에 멈추니 도가 존재하는 바이다. 『주시周詩』 305편 가운데 그 뜻은 남아 있지만 그 가사가 없어진 것은 6편이다. 크게는 천지와 해와 별의 변화에서부터 작게는 충조초목蟲鳥草木의 변화까지, 엄한 군신과 부자, 분별이 있는 부부와 남녀, 온순한 형제, 무리의 붕우, 기뻐도 더러움에 이르지 않고 원망하여도 어지러움에 이르지 않으며 간하여도 고자질에 이르지 않고 화를 내어도 사람을 끊지 않으니, 이것이 『시경』의 대략이다. 옛날 청묘淸廟에 올라 노래하며 제후들과 회맹할 때, 계자季子가 본 것과 정인鄭人이 노래한 것, 사대부들이 서로 상대할 때 이것을 제쳐두고 서로 마음을 통할 것이 없다. 공자孔子가 "이 시를 지은 자는 그 도를 아는구나"라고 했으며, 또한 "시를 배우지 말았으면 말을 할 수 없다"라고 했으니, 대개 세상에서 시를 사용하는 것이 이와 같다. 周나라가 쇠하여 관원이 제 임무를 못하고 학교가 폐하여 대아大雅가 지어지지 못한 지 오래되었다. 한나라 이후로 시도詩道가 침체되고 무너져서 진晋, 송宋, 제齊, 양에 이르러서는 음란한 소리가 극심해졌다. 조식, 유정劉楨, 심전기沈佺期, 사령운謝靈運의 시는 공교롭지 않은 것은 아니지만 화려한 비단에 아름답게 장식한 것 같아 귀공자에게 베풀 수는 있지만 백성들에게 쓸 수는 없다. 연명淵明 도잠陶潛과 소주蘇州 위응

근거하여 이것이 임연(任淵)이 손수 쓴 서문임을 확정하고서 인하여 허윤의 서문에서 뽑아내어 기록한다"라고 하였으니 이 말을 『후산시주보전(後山詩注補箋)·부록(附錄)』과 참고하여 볼 것이다.

물韋應物의 시는 적막하고 고고枯槁하여 마치 깊은 계수나무 아래 난초 떨기 같아 산림에는 어울리지만 조정에 놓을 수는 없다. 태백太白 이백李白과 마힐摩詰 왕유王維의 시는 어지러운 구름이 허공에 펼쳐지고 차가운 달이 물에 비친 것 같아 비록 천만으로 변화하지만 사물에 미치는 곳은 또한 적었다. 맹교孟郊와 가도賈島의 시는 산한酸寒하고 험루儉陋하여 새우와 조개를 한 번 먹으면 곧 마치니 비록 하루 종일 씹어도 배가 부르지 않는 것과 같다. 다만 두보杜甫의 시는 고금을 드나들어 천하에 두루 퍼져 충의忠義의 기氣가 성대하니 이를 능가하는 후대의 작자는 없다.

송宋나라가 일어나고 이백 년이 흘러 문장의 성대함은 삼대三代를 뒤좇을만한데, 시로 세상에 이름을 날린 자로 예장豫章의 노직魯直 황정견黃庭堅이 있으며 그 후로는 황정견을 배웠으나 그에 약간 미치지 못한 자로 후산後山 무기無己 진사도陳師道가 있다. 두 공의 시는 모두 노두老杜에서 근본 하였으나 그를 직접적으로 따라 하진 않았다. 용사用事는 대단히 치밀한데다 유가와 불가를 두루 섭렵하였으며, 우초虞初의 패관소설稗官小說과 『준영雋永』·『홍보鴻寶』 등의 책에다가 일상생활의 수렵까지 모두 망라하였다. 후대의 학자들이 이 시의 비밀을 보지 못하여 이따금 알기 어려움에 어려움을 느낀다. 삼강三江의 군자 임연任淵은 군서群書에 박학하고 옛사람을 거슬러 올라가 벗하였는데, 한가한 날에 드디어 두 사람의 시에 주해를 내었으며 또한 시를 지은 본의의 시말에 대해 깊이 따져 학자들에게 알려주었다. 그러나 세상의 전주箋注와 같지 않고 다만 출처만을 드러내었을 뿐이다. 이윽고 완성되자 나에게

주면서 그 서문을 지어달라고 하였다.

내가 일찍이 두 시인의 시흥詩興이 고원高遠함에 의탁하여 읽어도 무슨 의미인지 알 수 없는 것을 걱정하였다. 임연 군의 풀이를 얻고서 여러 날에 걸쳐 음미해 보니 마치 꿈에서 깬 것 같고 술에 취했다가 깬 것 같으며, 앉은뱅이가 일어서게 된 것과 같으니 어찌 통쾌하지 않으랴. 비록 그러나 그림을 논하는 자는 형체는 비슷하게 할 수는 있지만 그림을 그려낸 심정을 포착하여 말로 표현하기 어렵고, 거문고 소리를 들은 자는 몇 번째 줄인 줄은 알지만 그 음은 설명하기 어렵다. 천하의 이치 가운데 형명도수形名度數에 관련된 것은 전할 수 있지만, 형명도수를 넘어서는 것은 전할 수 없다. 옛날 후산 진사도가 소장少章 진구秦覯에게 답하기를 "나의 시는 예장豫章의 시이다. 그러나 내가 예장에게 들은 것은 그 자상한 것을 말하고 싶지만, 예장이 나에게 말해주지 않았고 나 또한 그대를 위해 말하고 싶어도 못한다"라고 했다. 오호라, 후산의 말은 아마도 이를 가리킬 것이다. 지금 자연子淵 임연이 이미 두 공에게서 얻은 것을 글로 드러내었다. 정미하여 오묘한 이치는 옛말에 이른바 '맛 너머의 맛'이란 것에 해당한다. 비록 황정견과 진사도가 다시 태어난다 해도 서로 전할 수 없으니, 자연이 어찌 말해줄 수 있으랴. 학자들은 마땅히 스스로 얻는 것이 옳을 것이다.

자연子淵의 이름은 연淵으로 일찍이 문예류시유사文藝類試有司로써 사천四川의 제일이 되었다. 대개 금일의 국중의 선비이며 천하의 선비이다.

소흥紹興 을해년乙亥年, 1155 12월 파양鄱陽 허윤許尹은 삼가 서문을 쓰다.

六經所以載道而之後世,[2] 而詩者, 止乎禮義, 道之所存也. 周詩三百五篇, 有其義而亡其辭者, 六篇而已. 大而天地日星之變, 小而蟲鳥草木之化, 嚴而君臣父子, 別而夫婦男女, 順而兄弟, 羣而朋友, 喜不至瀆, 怨不至亂, 諫不至訐, 怒不至絶, 此詩之大略也. 古者登歌清廟, 會盟諸侯, 季子之所觀, 鄭人之所賦, 與夫士大夫交接之際, 未有舍此而能達者. 孔子曰, 爲此詩者, 其知道乎! 又曰, 不學詩, 無以言. 蓋詩之用於世如此.

周衰, 官失學廢, 大雅不作久矣. 由漢以來, 詩道浸微陵夷, 至於晉宋齊梁之間, 哇淫甚矣. 曹劉沈謝之詩, 非不工也, 如刻繒染縠, 可施之貴介公子, 而不可用之黎庶. 陶淵明韋蘇州之詩, 寂寞枯槁, 如叢蘭幽桂, 可宜於山林, 而不可置於朝廷之上. 李太白王摩詰之詩, 如亂雲敷空, 寒月照水, 雖千變萬化, 而及物之功亦少. 孟郊賈島之詩, 酸寒儉陋, 如蝦蟹蜆蛤, 一啖便了, 雖咀嚼終日, 而不能飽人. 唯杜少陵之詩, 出入今古, 衣被天下, 藹然有忠義之氣, 後之作者, 未有加焉.

宋興二百年, 文章之盛, 追還三代. 而以詩名世者, 豫章黃庭堅魯直, 其後學黃而不至者, 後山陳師道無已. 二公之詩皆本於老杜而不爲者也. 其用事深密, 雜以儒佛. 虞初稗官之說, 雋永鴻寶之書, 牢籠漁獵, 取諸左右. 後生晚學, 此祕未覩者, 往往苦其難知. 三江任君子淵, 博極羣書, 尙友古人. 暇日遂以二家詩爲之注解, 且爲原本立意始末, 以曉學者. 非若世之箋訓, 但能標題出處而已也. 旣成, 以授僕, 欲以言冠其首.

予嘗患二家詩興寄高遠, 讀之有不可曉者. 得君之解, 玩味累日, 如夢而寤,

2 [교감기] '而'는 전본에는 '傳'으로 되어 있는데, 의미가 더 분명하다.

如醉而醒, 如痿人之獲起也, 豈不快哉. 雖然論畫者可以形似, 而捧心者難言, 聞絃者可以數知, 而至音者難說. 天下之理涉於形名度數者可傳也, 其出於刑名度數之表者, 不可得而傳也. 昔後山答秦少章云, 僕之詩, 豫章之詩也. 然僕所聞於豫章, 願言其詳, 豫章不以語僕, 僕亦不能爲足下道也. 嗚乎, 後山之言, 殆謂是耶, 今子淵既以所得於二公者筆之乎. 若乃精微要妙, 如古所謂味外味者, 雖使黃陳復生, 不能以相授, 子淵相得而言乎. 學者宜自得之可也.

子淵名淵, 嘗以文藝類試有司, 爲四川第一, 蓋今日之國士天下士也.

紹興乙亥冬十二月, 鄱陽許尹謹叙.

산곡별집시주권하山谷別集詩注卷下

황정견시집주 전체 차례

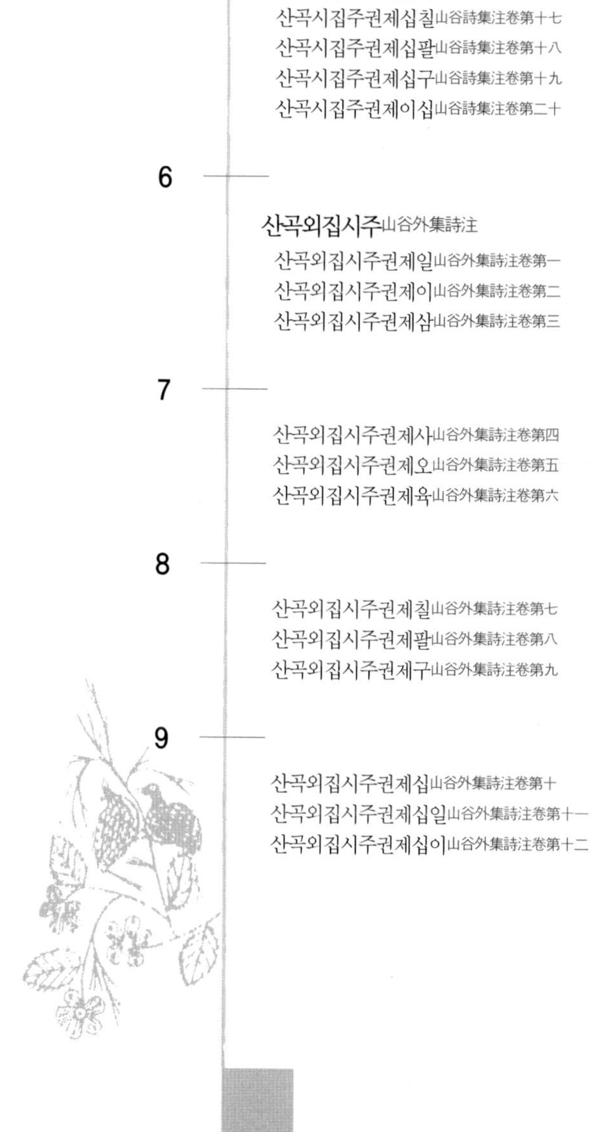

산곡별집시주
山谷別集詩注

송 사계온 저

宋 史季溫 著

산곡별집시주권상山谷別集詩注卷上

예장豫章 황정견黃庭堅 찬撰

豫章黃庭堅撰

청신靑神 사계온史季溫 주注

靑神史季溫注

1. 염계시【서문을 함께 싣다. 이편은 전집에 이미 실려 있다】

濂溪詩【并序. 此篇前集已載】1

용릉의 주무숙은 인품이 매우 고아하고 흉중이 쇄락하여 광풍제월과 같았다. 책 읽기를 좋아하였으며 평소 자연에 뜻을 두었다. 애초부터 타인으로 인한 세상일에 얽매이지 않았다. 벼슬길에 나아가 작은 관직도 하찮게 여기지 않았으며 자신의 직분을 잘 수행하려 걱정하였다. 법을 논할 때 항상 백성들을 위하였으며 옥사를 판단할 때 그 실정을 알아내며 기뻐하지 않았다. 공은 소리小吏로 강호의 군현에 약 15년을 있었는데, 가는 곳마다 곧 명성이 났다. 사리참군을 맡았을 때 전운사가 권세로 이익을 차지하기 위해 옥의 판결을 바꾸려고 하였는데, 무숙이 간쟁하다가 허락을 받지 못하자 사임장을 던지고서 떠나려고 하니, 그 상관이 손을 거두고 허락하였다. 조열도 공은 어진 이를 좋아한다고 일컬어졌는데, 어떤 사람이 무숙을 미워하였다. 조공은 태수로서 공을 매우 엄하게 대하였는데, 무숙은 초연하게 대처하였다. 후에 깨닫고서 "주무숙은 천하의 선비이다"라 하고는 조정에 천거하고 사대부들에게 그를 칭송하다가 생을 마쳤다. 공이 높은 자리에 올라 관리들을 올리고 내치자 죄를 지은 자들은 스스로 원망하지 않았다. 중년에 은퇴하여 분성에서 늙어갔다. 연화봉 아래에서 물이 발원하였는

1 [교감기] 건륭본에는 '已載' 아래에 "제[翁方綱]가 살펴보건대, 지금 간행한 전본에는 이 시가 없다"라고 했다.

데, 깨끗하고 맑으며 푸른빛으로 차가웠으니 아래로 내달려 분강에 합류하였다. 무숙은 갓끈을 씻으며 즐기면서 그 위에 집을 지어서 평소 안락하게 여겼던 도를 시냇물과 나란히 하면서 성취하였다. 더불어 노니는 자들이 "계의 이름은 무숙의 아름다움에 상대하기에 부족하다"라고 하였다. 그러나 무숙은 명성을 취하는 데는 졸렬하고 뜻을 구하는 데는 넉넉하였으며 복을 부르는 데는 박하고 백성의 마음을 얻는 데는 두터웠으며 자신을 받드는 데는 소홀하고 홀아비와 과부에게는 따뜻하게 대하였으며 세속에 붙따르는 것을 비루하게 여기고 위로 천고의 성현을 벗하였다. 주무숙이 남긴 풍치를 듣는 자는 탐욕을 다스렸으니, 이 시내의 물이 무숙과 짝하여 영원히 흘러 남긴 것이 많을 것이다. 무숙의 휘는 돈실인데 후릉[2]의 휘를 피하여 조정에 이름을 청하여 돈이로 바꾸었다. 두 아들, 수와 도는 모두 학문을 좋아하여 가업을 계승하였는데, 나에게 「염계시」를 요구하니, 낮은 벼슬에 잠겨 있을 때의 덕을 생각하며 읊었다. 무숙은 비록 30년 동안 벼슬하였지만 평생의 뜻은 끝내는 자연에 있는 것이었다. 그러므로 나의 시는 세상일에 대해서는 언급하지 않았는데, 여전히 그의 모습을 보는 것 같다.

春陵周茂叔, 人品甚高, 胷中灑落, 如光風霽月. 好讀書, 雅意林壑. 初不爲人窘束世故. 權輿仕籍, 不卑小官, 職思其憂. 論法常欲與民, 決獄得情而不喜. 其爲少吏, 在江湖郡縣蓋十五年, 所至輒可傳. 任司理參軍, 轉運使以權利變其獄,[3] 茂叔爭之不能得, 投告身欲去, 使者斂手聽之. 趙公說道, 號稱好賢,

2 후릉 : 송나라 후릉은 영종(英宗)으로 이름은 조종실(趙宗實)이다.

人有惡茂叔者, 趙公以使者臨之甚威, 茂叔處之超然. 其後乃寤曰, 周茂叔, 天下士也. 薦之於朝, 論之於士大夫, 終其身. 其爲使者, 進退官吏, 得罪者自以不寃. 中歲乞身, 老於湓城. 有水發源於蓮花峯下, 潔清紺寒, 下合於湓江. 茂叔濯纓而樂之, 築屋於其上. 用其平生所安樂, 媲水而成, 名曰濂溪. 與之游者曰, 溪名未足以對茂叔之美. 雖然茂叔短於取名而惠於求志, 薄於徼福而厚於得民, 菲於奉身而燕及煢嫠, 陋於希世而尙友千古. 聞茂叔之餘風, 猶足以律貪, 則此溪之水配茂叔以永久, 所得多矣. 茂叔諱惇實, 避厚陵奉朝請名,[4] 改惇頤. 二子壽燾, 皆好學承家, 求予作濂溪詩, 思詠潛德. 茂叔雖仕宦三十年, 而平生之志,[5] 終在丘壑. 故余詩詞不及世故, 猶髣髴其音塵.[6]

【주석】

春陵周茂叔 : 염계 선생의 성은 주요 이름은 돈이이며 자는 무숙으로 도주 영도 사람이다.

濂溪先生, 姓周, 名惇頤, 字茂叔, 道州營道人也.

人品甚高 胷中灑落 如光風霽月 : 광풍은 온화함이니 안자의 봄 기상과 같고, 제월은 맑음이니 맹자의 추상秋霜과 같다. 맑음과 온화함을 한 몸

---

3 [교감기] '權利'가 고본에는 '権利'로 되어 있고, 건륭본과 청초본(淸鈔本)에는 '利權'으로 되어 있다.

4 [교감기] '請名'은 고본에는 '濬諱'로 되어 있다.

5 [교감기] '平生'은 전본에는 '生平'으로 되어 있다.

6 [교감기] '猶'는 청초본에는 '有'로 되어 있다.

에 합하였으니 선생의 원기를 알 수 있다. 연평 이원중이 일찍이 이 말을 외우면서 도를 지닌 사람의 기상을 잘 형용하였다고 하였다.

光風, 和也. 如顔子之春, 霽月, 淸也, 如孟子之秋. 合淸和於一體, 則夫子之元氣可識矣. 李延平愿中嘗誦此語, 以爲善形容有道氣象.

好讀書 雅意林壑 初不爲人窘束世故 權輿仕籍 不卑小官 : 『맹자』에서 "유하혜는 작은 벼슬로 하찮게 여기지 않았다"라고 했다.

孟子, 柳下惠不卑小官.

職思其憂 : 『시경 · 실솔』에서 "너무 편안하지 않은가, 직분에 맡은 것을 생각하여"라고 했다.

詩蟋蟀, 無已太康, 職思其憂.

論法常欲與民, 決獄得情而不喜 : 『논어』에서 증자가 "만일 백성들의 실정을 알게 된다면 애처롭고 불쌍하게 여기고 기뻐하지 말아야 한다"라고 했다.

論語, 曾子曰, 如得其情則哀矜而勿喜.

其爲少吏 : 『전한서 · 백관표』에서 "그 고을에 일 년에 백 석 이하의 녹봉을 받는 가운데 두식斗食과 좌사의 녹봉을 받는 사람들이 소리小吏가 된다"라고 했다.

前漢百官表, 其縣百石以下有斗食, 佐史之秩, 是爲小吏.

在江湖郡縣蓋十五年 所至輒可傳 任司理參軍 轉運使以權利變其獄 茂叔爭之不能得 投告身欲去 使者斂手聽之 : 선생의 『연보』와 「주문공사장」을 살펴보건대, 경력 5년에 남안군사리를 맡았다. 어떤 죄수가 있었는데, 법으로 보면 응당 죽지 않아야 했다. 전운사 왕규가 그를 심하게 죄주려고 하니 선생이 극력으로 간쟁하였다. 들어주지 않자 수판을 내던지고 돌아와 사임장을 써서 던져주고 떠나면서 "이와 같다면 어찌 벼슬하겠는가. 사람을 죽여서 상관에게 아첨하는 것을 나는 하지 않겠다"라고 하였다. 이에 왕규가 감복하니, 죄수는 죽지 않게 되었다.

按先生年譜及朱文公事狀, 慶歷五年, 任南安軍司理. 有囚, 法不當死, 轉運使王逵欲深治之, 先生力爭之, 不聽, 則置手板, 歸取告身, 委之而去曰, 如此尙可仕乎. 殺人以媚人, 吾不爲也. 逵感悟, 囚得不死.

趙公說道 : 조 청헌공 변의 자는 열도이다.

趙淸獻公抃字悅道.

號稱好賢 人有惡茂叔者 趙公以使者臨之甚威 茂叔處之超然 其後乃寤曰 周茂叔 天下士也 薦之於朝 論之於士大夫 終其身 : 『연보』를 살펴보건대, 가우 원년에 첨서합주판관이 되었으며 6년에 통판건주가 되었다고 하였으며, 『사장』에서 "선생이 합주에 있을 때 조공이 당시 그 상관으로

있었다. 사람들이 선생을 참소하자 조공이 선생을 매우 엄하게 다스렸으나 선생은 초연하게 대처하였다. 조공이 의아하게 생각하였으나 끝내 그 까닭을 알 수 없었다. 건주의 태수가 되었을 때, 선생이 마침 건주의 일을 돕고 있었다. 조공이 선생이 하는 것을 유심히 바라본 뒤에 깨닫고서 선생의 손을 잡고서 "그대를 잃어버릴 뻔하였는데, 오늘에야 주무숙을 제대로 알게 되었구나"라 하였다"라고 했다.

按年譜, 先生以嘉祐元年僉書合州判官, 六年通判虔州. 事狀云, 先生在合州, 趙公時爲使者. 人或讒先生, 趙公臨之甚威, 而先生處之超然, 趙公疑終不釋. 及守虔, 先生適佐州事, 趙公熟視其所爲, 乃寤執其手曰, 幾失君矣, 今日乃知周茂叔也.

其爲使者 進退官吏 得罪者自以不寃 : 『연보』를 살펴보건대 희녕 원년에 선생이 제점광남동로형옥이 되었다고 하였다. 『한서 · 우정국전』에서 "정국이 정위가 되자 죄를 지은 백성들은 원망하지 않았다"라고 했다.

按年譜, 熙寧元年, 先生爲提點廣南東路刑獄. 于定國傳, 定國爲廷尉, 民自以不寃.

中歲乞身 老於湓城 有水發源於蓮花峯下 潔淸紺寒 下合於湓江 茂叔濯纓而樂之 築屋於其上 用其平生所安樂 媲水而成 名曰濂溪 與之游者曰 溪名未足以對茂叔之美 : 『용릉신지』에서 "염계는 영천문 밖 20리에 있으니, 주원공이 옛날에 거처하였다"라고 했다. 또 살펴보건대, 하기의 「영도

재시」의 서문에서 용릉 곽현에 대해 말하기를 "영도 삼십 리 인근에 촌락이 있는데 염계로, 주 씨들이 모여 산다"라고 했다. 또 살펴보건대 『용릉구지』에서 인용한 장영의 말에서 "일찍이 영도의 오래된 비석인 「대부교기」로 고찰해보건대, 이른바 염계가 있다"라고 했다. 또 살펴보건대 주자의 「염계선생사장」에서 "살펴보건대 선생이 직접 쓴 첩에 장식은 쓴 발문은 선생의 「가보」에 근거하였는데 거기에 "염계가 은거한 곳은 영도현 영락향 종귀리 석당교의 서쪽이다"라 하였으며, 무추소부가 말하기를 "일찍이 그곳에 가보니 염계의 흐름은 절로 상보와 하보가 있는데 선생의 옛집은 하보에 있다. 그곳은 누전이라 불린다" 고 하였다"라고 했다. 또 살펴보건대 『용릉신지』에서 희녕 연간 진령거가 지은 『여산기』를 실으면서 "강주의 남쪽에서 덕화문을 나가 5리 정도 가면 연수원에 이르는데, 옛날에 나한단이라 불렀다. 또 5리 정도 가면 석당교가 나오며 그곳에 염계가 있으니 주무숙이 명명한 것이다"라고 했으니, 그렇다면 용릉의 염계는 바로 선생이 옛날 거처하던 곳이다. 구강 여산의 아래 염계는 선생이 그 시내에 이름을 지어 고향을 그리는 생각을 부쳤다. 또한 석당교는 아마도 함께 이름에 향수를 부친 것이니 이는 동파가 때로 아미산의 아래에 살다가 이윽고 여주의 산을 아미산이라 명명하여 고향 그리는 뜻을 부친 것과 같다. 추부가 또 이르기를 "근래 사대부는 선생의 아들이 산곡에게 시를 요청하면서 숙의의 휘를 피하여 시냇물에 염濂이라 이름을 붙였다"[7]고 하는데, 이

7 숙부의 휘 : 숙부의 이름은 렴(廉)인데, 이 글자를 피하여 '염(濂)'이라 지었다는

더욱 억견이다. 지금 산곡의 시의 서에서 "선생이 평생 안락하게 여긴 도를 시냇물과 나란히 성취하여 염계라 명명하였다"라고 하였으니, 아마도 사실이 아닌 것 같다. 그러므로 함께 실어서 논하였다. "시내의 이름이 무숙의 아름다움에 부족하다"고 한 것은 또한 동파의 「고주무숙선생염계故周茂叔先生濂溪」에서 "유주의 유종원이, 애오라지 우계를 우라고 한 것과 같다네[應同柳州柳 聊使愚溪愚]"라는 의미와 같다.

春陵新志云, 濂溪在營川門外二十里, 周元公故居. 又按何棄營道齋詩序春陵郭縣曰, 營道三十里, 而近有村落曰濂溪, 周氏家焉. 又按春陵舊志載章潁云, 嘗以營道古碑大富橋記攷之, 自有所謂濂水. 又按朱文公濂溪先生事狀云, 按張栻跋先生手帖, 據先生家譜云, 濂溪隱居, 在營道縣營樂鄉鍾貴里石塘橋西. 而卲武鄒旉言, 嘗至其處, 溪之源委, 自爲上下保, 先生故居在下保, 其地號樓田. 又按春陵新志載熙寧中陳令擧作廬山記云, 由江州之南, 出德化門五里, 至延壽院, 舊名羅漢壇. 又五里, 至石塘橋, 有濂溪, 乃茂叔自名. 然則春陵之濂溪, 乃先生之故居也. 九江廬山下之濂溪, 則先生因其溪而名之, 以識鄉國之思耳. 又如石塘橋, 恐亦同爲寓名, 此如東坡世居峩眉之下, 而因汝州峩眉山以寄意焉. 鄒旉又云, 近世士大夫又謂先生子求其詩於山谷, 避其叔父諱, 遂加以水. 此尤臆說. 今山谷詩序, 謂先生用其平生所安樂, 媲水而成, 名曰濂溪, 恐非事實, 故備論之. 若謂溪名未足以對茂叔之美, 則亦東坡詩中柳州柳愚溪愚之意也.

의미이다.

雖然茂叔短於取名而惠於求志, 薄於徼福 : 『춘추좌전』에서 굴완이 제후에 대하여 "우리나라의 사직에 복을 구하시고"라고 했다.

春秋左傳, 屈完對齊侯曰, 君惠徼福於敝邑之社稷.

而厚於得民 菲於奉身而燕及煢嫠 陋於希世而尙友千古 : 『맹자』에서 "천하의 선사를 벗으로 삼고서도 부족하다고 여겨 또한 위로 옛날 사람을 논한다"라고 했다.

孟子, 以友天下之善士爲未足, 又尙論古之人.

聞茂叔之餘風 猶足以律貪 則此溪之水配茂叔以永久 所得多矣 茂叔諱惇實 避厚陵奉朝請名 改惇頤 二子壽燾 皆好學承家 求予作濂溪詩 思詠潛德 : 한유의 「답최립지서」에서 "잠긴 덕의 그윽한 빛을 떨치다"라고 했다. 주수의 자는 원옹으로 원풍 5년의 과거에 합격하여 사봉원외랑으로 생을 마쳤다. 주도의 자는 차원으로 원우 3년의 과거에 합격하여 휘유각대제로 생을 마쳤다. 살펴보건대 선생의 『연보』에서 "희녕 6년에 돌아가셨는데, 원풍 연간에 산곡은 태화현을 맡고 있었다. 주수가 길주사법이 되었는데, 산곡과 같은 곳에 벼슬하고 있어서 매우 깊게 종유하였다"라고 했으니, 이 시는 아마도 태화에 있을 때 지은 것으로 보인다. 그러므로 "잠긴 덕"이란 말이 있다.

韓退之答崔立之書, 發潛德之幽光. 壽字元翁, 登元豐五年第, 終司封員外郎. 燾字次元, 登元祐三年第, 終徽猷閣待制. 按先生年譜, 以熙寧六年卒, 元

豐間山谷知太和縣, 壽爲吉州司法, 因同官而遊從甚熟. 是詩必太和所作, 故有潛德之語云.

茂叔雖仕宦三十年 而生平之志 終在丘壑 : 살펴보건대 「사장」에서 "선생은 흉금이 표쇄하여 본래 고아한 흥취가 있었는데, 더욱더 아름다운 산수를 좋아하였다. 마음에 드는 곳을 만나면 간혹 종일토록 거닐었다"라고 했다.

按事狀云, 先生襟懷飄灑, 雅有高趣. 尤樂佳山水, 遇適意處, 或徜徉終日.

溪毛秀兮水清	시내의 초목은 빼어나고 물은 맑으니
可飯羹兮濯纓[8]	밥과 국을 짓고 갓끈을 씻을 수 있는데
不漁民利兮又何有於名	백성의 이익을 약탈하지 않으니 또한 어찌 명성에 뜻을 두랴.
弦琴兮觴酒	거문고를 뜯고 술을 즐기나니
寫溪聲兮延五老以爲壽	시냇물 소리 연주하며 오로봉을 맞이하여 장수하누나.
蟬蛻塵埃兮玉雪自清	매미가 속세를 벗어남이여 옥설처럼 절로 맑나니
聽潺湲兮鑒澄明	잔잔한 시냇물 소리 들리고 투명한 물에 비춰보네.

8 [교감기] '飯羹'은 청초본에는 '羹飯'으로 되어 있다.

激貪兮敦薄	탐욕한 이 격동시키고
	나약한 이 두텁게 만드니
非靑蘋白鷗兮誰與同樂	푸른 마름과 흰 갈매기가 아니면
	누구와 즐거움 함께 할까.
津有舟兮蕩有蓮	나루에 배가 있고 물결에 연꽃 있는데
勝日兮與客就間	날씨 좋으면 객과 그 사이로 놀러가누나.
人聞拏音兮不知何處散髮醉	사람들은 배 젓는 소리 듣는데,
	어디에서 산발하며 취하는지 모르고
高荷爲蓋兮倚芙蓉以當伎	높다란 연으로 일산을 만들며
	기생 같은 연꽃에 기대노라.
霜淸水寒兮舟著平沙	서리 맑아 물은 차가운데
	배를 평평한 모래밭에 대니
八方同宇兮雲月爲家	팔방이 한 집이며 운월이 집이로다.
懷連城兮佩明月	연성의 재주 품고 밝은 달을 차니
魚鳥親人兮野老同社而爭席	어조가 사람과 친하고
	같은 마을의 들노인 자리를 다투네.
白雲蒙頭兮與南山爲伍	흰 구름이 머리에 내리며 남산과 짝이 되니
非夫人攘臂兮誰余敢侮	저 사람 나를 배척하지 않으니
	누가 감히 나를 업신여기리오.

【주석】

溪毛秀兮水清 : 『좌전』에서 "진실로 신의만 있다면 산골 물이나 못가에 난 물풀이라 할지라도 귀신에게 음식으로 올릴 수가 있다"라고 했다. 『시경 · 벌단』에서 "하수가 맑고 또 잔물결이 일도다"라고 했다.

左氏傳, 澗溪沼沚之毛. 詩伐檀, 河水淸且漣猗.

可飯羹兮濯纓 : 『한서 · 적방진전』에서 "나에게 콩밥을 먹이고 큰 토란국을 먹게 하네"라고 했다. 맹자』에서 "창랑의 물이 맑으면 나의 갓끈을 씻을 수 있다"라고 했다.

漢書翟方進傳, 飯我豆食羹芋魁. 孟子, 滄浪之水淸兮, 可以濯我纓.

不漁民利兮又何有於名 : 한나라 효경孝景황제의 조서에 "백성들의 물건을 침탈하고 만민을 침해하는데"라고 했다. 『예기 · 방기』에서 "제후는 본국의 미녀를 취하여 아내로 삼지 않는다"라고 했다. 『장자』에서 양주가 "존귀함을 중시하지 않는데 어찌 명예를 부러워할 것인가"라고 했다.

漢景後元年詔, 漁奪百姓, 侵牟萬民. 禮坊記, 諸侯不下漁色. 莊子, 楊朱曰, 不矜貴, 何羨名.

弦琴兮觴酒 : 순은 오현금을 만들어 「남풍곡」을 불렀다. 산도가 혜강을 추천하여 자신의 뒤를 잇게 하니, 혜강이 절교를 선언하면서 "탁주

한 잔과 거문고 한 곡조면 원하는 바가 다한다"라고 했다.

舜作五絃之琴, 以歌南風. 山濤擧嵇康自代, 康告絶曰, 濁酒一盃, 彈琴一曲, 志願畢矣.

寫溪聲兮延五老以爲壽 : 『시경』에서 "수레 타고 나가 놀면서, 나의 근심을 쏟아볼거나"라고 했다. 구양수의 「유낭야산遊瑯琊山」에서 "거문고 끼고 그윽한 샘물 그려내네"라고 했다. 오로봉은 려산에 있는데, 다섯 봉우리가 서로 이어져 있다. 『논어참』에서 공자가 "요순이 하락을 보고 있는데, 다섯 노인이 날아서 유성이 되어 묘성으로 들어갔다. 그러므로 하락 사이에 오로봉이 있게 되었다"라고 했는데, 이 봉우리는 깎아지른 듯 솟아 그 이름을 받은 것이다. 『시경 · 천보天保』에서 "남산처럼 장수하여"라고 했다.

詩, 以寫我憂. 歐陽永叔詩, 攜琴寫幽泉. 五老峯, 在廬山, 五峯相連. 論語讖曰, 仲尼曰, 堯舜觀河洛, 有五老飛爲流星, 上入于昴. 故河洛間有五老峯. 此峯以其峭拔而效其名焉. 詩, 如南山之壽.

蟬蛻塵埃兮玉雪自淸 : 『사기 · 굴원전屈原傳』에서 "더럽고 탁한 중에서 매미가 허물을 벗듯이 하여 진애 밖으로 날라 갔다"라고 했다. 한유의 「마소감묘지」에서 "유모가 어린아이를 안고 곁에 서 있었는데, 그 아이의 용모는 그림 같고 두발은 칠흑 같고 살결은 옥설 같아 매우 사랑스러웠다"라고 했다.

史記屈原傳, 蟬蛻於濁穢, 以浮游塵埃之外. 韓退之馬少監墓誌, 幼子立側, 肌肉玉雪可憐.[9]

聽潺湲兮鑒澄明 : 사령운의 「입화자강시마원제삼곡일수入華子崗是麻源第三谷一首」에서 "달 떠올라 잔잔한 물 희롱하네"라고 했다. 송지문의 「유강남영은사」에서 "밤 달이 맑고 환하여 홀로 낭하를 거닐었네"라고 했다.

謝靈運詩, 乘月弄潺湲. 宋之問遊江南靈隱寺, 夜月澄明, 獨行廊下.

激貪兮敦薄 : 『맹자』에서 "백이의 풍도를 들은 자는 완악한 지아비가 청렴해지고 나약한 지아비가 입지하게 되며, 유하혜의 풍도를 들은 자는 경박한 지아비가 돈후敦厚해지고 비루한 지아비가 너그러워진다"라고 했다.

孟子, 聞伯夷之風者, 頑夫廉, 懦夫有立志. 聞柳下惠之風者, 鄙夫寬, 薄夫敦.

非青蘋白鷗兮誰與同樂 : 송옥의 「풍부風賦」에서 "바람은 푸른 마름 끝에서 일어나고"라고 했다. 두보의 「봉증위좌승奉贈韋左丞」에서 "흰 갈매기 너른 바다에 자맥질하는데"라고 했다. 살펴보건대, 『진서 · 사안전謝安傳』에서 간문제簡文帝가 "안석安石 사안謝安이 이미 사람들과 함께 즐기노니, 반드시 다른 사람과 근심도 함께 할 것이다"라고 했다.

宋玉風賦, 風起於青蘋之末. 杜詩, 白鷗沒浩蕩. 晉謝安傳, 簡文帝曰, 安石

9 [교감기] '可憐'은 홍치본과 전본에는 '可念'으로 되어 있다.

旣與人同樂, 不得不與人同憂.

津有舟兮蕩有蓮 : 한유의 「운주계당시」에서 "얕은 곳엔 부들과 연꽃이 자라고, 깊은 곳엔 갈대가 덮였네"라고 했다.

韓退之鄆州溪堂詩, 淺有蒲蓮, 深有蒹葦.

勝日兮與客就閒 : 『진서 · 위개전』에서 "날씨가 좋은 날에 벗들이 모여서 한마디 말을 청하여 말을 하면 모두 탄식하지 않는 자가 없었으니 오묘한 이치에 들었다고 하였다"라고 했다.

晉書衛玠傳, 遇有勝日, 親友時請一言.

人聞拏音兮不知何處散髮醉 : 『장자 · 어부편』에서 "공자가 노인을 찾아 못가에 이르렀는데, 노인은 이때 바야흐로 노를 세워 배를 끌어 띄우려 하였다"라고 했으며, 또한 "마침내 노를 저어 물가를 따라 갈대 사이로 사라졌다. 공자는 돌아보지도 아니하고 물결이 가라앉고 노 젓는 소리도 들리지 않게 되기를 기다린 뒤에야 비로소 수레에 올라탔다"라고 했다. 『진서』에서 "완부가 안동참군이 되었는데, 머리를 산발하고 술을 마시면서 공무에 마음을 두지 않았다"라고 했다. 『문선』에 실린 장화張華의 「답하소答何劭」에서 "짙은 구름 아래 머리를 풀어헤치고"라고 했는데, 주에서 인용한 종회의 「유영부」에서 "비녀를 뽑아 머리를 풀어헤치고"라고 했다.

莊子漁父篇, 孔子至於澤畔, 方將杖拏而引其船. 又曰, 刺船而去, 延緣葦間. 孔子待水波定, 不聞拏音而後敢乘. 晉書, 阮孚爲安東參軍. 蓬髮飮酒, 不以王務嬰心.[10] 文選張茂先詩, 散髮重陰下. 注引鍾會遺榮賦云, 散髮抽簪.

高荷爲蓋兮倚芙蓉以當伎 : 『이소경』에서 "마름과 연으로 옷을 지어 저고리를 만들며, 부용을 모아 치마를 만드네"라고 했다. 『청상잡기』에 실린 조수고의 「지상池上」에서 "연잎은 연꽃을 감싸니 둥글게 푸른색이 고운 붉은색에 비추네. 남쪽 길가의 가인은 봄바람 맞으며 푸른 일산 들고 서 있네"라고 했다. 소식의 「화문여가和文與可」에서 "푸른 일산에 감싸여진 붉은 미녀를 주시하네"라고 했다.

離騷經, 製芰荷以爲衣, 集芙蓉以爲裳. 靑箱雜記, 曹脩古詩, 荷葉罩芙蓉, 圓淸映嫩紅. 佳人南陌上, 翠蓋立春風. 東坡詩, 貪看翠蓋擁紅妝.

霜淸水寒兮舟著平沙 : 한유의 「답장공조答張工曹」에서 "산은 깨끗하고 강물은 비어 물속 모래가 보이는데"라고 했다. 당나라 하숙 이화李華의 「제유평사문祭劉評事文」에서 "푸른 물결 잔잔이 흐르니, 깊거나 얕거나 모래가 보이누나"라고 했다.

韓退之詩, 山淨江空水見沙. 唐李遐叔文, 碧水漣漪, 淺深見沙.

10 [교감기] '王務'는 원래 '王發'로 되어 있었는데, 그러면 이해할 수가 없다. 지금 전본과 건륭본, 청초본을 따르고 아울러 『진서·완부전』에 의거하여 고쳤다.

八方同宇兮雲月爲家 : 『시자』에서 "사방과 천지를 우宇라고 한다"라고 했다. 『순자 · 부국편』에서 "만물은 천지를 함께 하지만 그 뜻은 다르다"라고 했다. 『회남자』에서 "천지 사이에 구주의 팔극이 있다"라고 했는데, 주에서 "팔방의 끝이다"라고 했다. 맹견 반고班固의 「동도부」에서 "온 천하를 거느려 표준으로 삼았네"라고 했다. 『전등록』에서 장졸張拙의 송頌에서 "그 빛줄기가 항하사 세계를 두루 비추니, 범부와 성인이 모두 나와 한 가족이네"라고 했다.

尸子, 四方上下曰宇. 荀子富國篇, 萬物同宇而異情. 淮南子, 天地之間, 九州八極. 注, 八方之極也. 班孟堅東都賦, 總八方而爲極. 張拙頌, 凡聖含靈共我家.

懷連城兮佩明月 : 『사기』의 인상여가 화씨벽을 품고서 진나라 15성과 바꾼 일을 구사하였다. 『문선』에 실린 위문제의 「여종대리송옥결서與鐘大理送玉玦書」에서 "값은 만금을 넘고 귀함은 연성의 화씨벽보다 무겁다"라고 했다. 황정견의 「기진적용寄陳適用」의 "스스로 마땅히 품은 옥을 내어, 가서 연성의 가격을 취하리라"라고 했다. 『한서 · 추양전鄒陽傳』에서 "명월주明月珠와 야광벽夜光璧을 어두운 밤에 길가에서 사람에게 던지면 모두들 칼을 어루만지면서 서로를 흘겨봅니다"라고 했다.

用史記藺相如懷趙璧易秦十五城事. 文選魏文帝書, 價越萬金, 貴重連城. 黃庭堅詩, 自當出懷璧, 往取連城價. 漢書鄒陽傳, 明月之珠, 夜光之璧.

魚鳥親人兮野老同社而爭席 : 『세설신어』에서 간문제簡文帝가 화림원華林園에 있으면서 좌우의 신하들에게 “마음에 맞는 곳이 반드시 멀리 있는 것은 아니다. 날짐승과 길짐승 그리고 물고기가 제 스스로 찾아와 사람과 친하게 되는 것을 깨달으면 된다”라고 했다. 한유의 「남계시범南溪始泛」에서 “원컨대 같은 마을 사람 되어 닭과 돼지로 봄가을 잔치하였으면”이라고 했다. 소식의 「차청상인견기운」에서 “전신에서 본래 같은 마을 사람이었네”라고 했는데, 주에서 인용한 도잠의 여산의 혜원慧遠 선사가 결사한 백련사의 일[11]을 인용하였다. 『장자 · 우언寓言』에서 “노자의 가르침을 받고 돌아갈 때에는 사람들이 그와 자리를 다투며 어울리게 되었다”라고 했다.

世說, 簡文帝曰, 鳥獸禽魚, 自來相親. 韓退之詩, 願爲同社人, 雞豚燕春秋. 東坡次聽上人見寄韻, 前身本同社. 注引陶潛與廬山遠師結白蓮社事. 莊子, 舍者與之爭席矣.

白雲蒙頭兮與南山爲伍 : 소식의 「유별왕자립」에서 “근래 단약을 불에 달군다고 들으니, 늙어도 머리에 눈 내림을 걱정하지 않노라”라고 했다. 『한서 · 회음후열전』에서 “내가 살아남아 그만 번쾌 따위와 한 줄에 서게 될 줄이야”라고 했다.

11 도잠의 (…중략…) 일 : 동진(東晉)의 고승 혜원(慧遠)이 여산(廬山) 동림사(東林寺)에서 승속(僧俗) 18인과 더불어 백련사(白蓮社)를 결성한 뒤에 도연명(陶淵明)을 초청하자, 도연명이 술 마시는 것을 허락하면 응하겠다고 하여 허락을 받고는 찾아갔다가 홀연히 이마를 찌푸리고 떠나왔다.

東坡留別王子立詩, 聞道年來丹伏火, 不愁老去雪蒙頭. 漢書韓信傳, 笑曰生乃與噲等爲伍.

非夫人攘臂兮誰余敢侮 : 『좌씨전』에서 "저 사람의 도움이 아니었다면 내가 오늘에 이르지 못했을 것이다"라고 했으며, 또한 정고보의 정명에서 "길 한복판을 피해 담장을 따라 빨리 걸어간다면, 아무도 나를 감히 업신여기지 못하리라"라고 했다. 『맹자』에서 "풍부가 팔을 걷고서 수레에서 내렸다"라고 했다. 『시경 · 치효鴟鴞』에서 "지금 너희 아래에 있는 사람들, 감히 나를 모욕할 자가 있으랴"라고 했다. 마지막 부분에서 선생이 산수를 즐기는 즐거움이 본 마음에서 나온 것으로 타인과 내가 서로 다른 것을 잊는 경지에 이른 것을 말하였으니, 이는 동파가 "조물주와 같은 무리가 되다"는 말에 해당할 것이다.

左氏傳, 非夫人之力不及此. 又正考父鼎銘曰, 循牆而走, 亦莫余敢侮. 孟子, 馮婦攘臂下車. 詩, 今此下民, 或敢侮予. 卒章因言以見先生山水之樂, 得之於心, 至於人與我相忘, 此東坡所謂與造物爲徒歟.

2. 목동

牧童

『서청시화』에서 "세상에 전하는 말에 산곡이 7살에 지었다고 한다"라고 했다.

西淸詩話云, 世傳山谷七歲作.

騎牛園園過前村	소를 타고 한들한들 앞마을 지나면서
吹笛風斜隔壟聞	피리 소리 밭두둑 너머에서
	바람 타고 들리누나.
多少長安名利客	장안의 많은 명성과 이익 다투는 객
機關用盡不如君	교묘한 술수 다 써도 그대 만하지 못하네.

【주석】

騎牛園園過前村 : 『후한서 · 광무제기』에서 "광무제는 처음에 소를 탔다"라고 했다. 두보의 「제장씨은거題張氏隱居」에서 "앞마을로 가는 산길 험하지만"라고 했다.

後漢光武紀, 光武初騎牛. 杜少陵詩, 前村山路險.

吹笛風斜隔壟聞 : 마융이 서울을 떠나 해가 지났다. 낙양의 과객즉마융이 여관에서 피리를 불으니, 듣고 있으면 매우 비장하였다. 동진 왕휘

지가 사람을 시켜 환이에게 이르기를 "들리는 말에 그대가 피리를 잘 분다고 하는데, 나를 위해 한 번 불어주시게"라고 했다. 두보의 「범강송객泛江送客」에서 "근심은 부는 피리에 일어나네"라고 했으며, 또한 「취적吹笛」에서 "풍월 맑은 가을 산에 피리 소리 울리니"라고 했으며, 또한 「견흥遣興」에서 "높은 누대에 밤까지 피리 울리는구나"라고 했다. 구양수의 「몽중작夢中作」에서 "차가운 밤 천 산의 달빛 아래 피리를 부노라"라고 했다. 소식의 「동저랑지미주董儲郎知眉州」에서 "이웃 사람 피리 불어 들을 수가 없구나"라고 했다. 두보의 「춘귀春歸」에서 "날쌘 제비는 바람에 비껴나네"라고 했다. 소강절의 「목동」에서 "두어 가락 소 뒤의 피리, 한 곡조 밭두둑의 노래"라고 했다. 왕안석의 「동피東陂」에서 "잉수는 도랑에 넘쳐 밭이랑과 구분되네"라고 했다.

馬融去京踰年, 有洛客逆旅吹笛, 聞之甚悲壯. 晉王徽之令人謂桓伊曰, 聞君善吹笛, 試爲我一奏. 老杜詩, 愁連吹笛生. 又, 吹笛秋山風月淸. 又, 高樓夜吹笛. 歐陽公詩, 夜涼吹笛千山月. 東坡詩, 鄰人吹笛不堪聞. 杜詩, 輕燕受風斜. 邵康節牧童詩, 數聲牛背笛, 一曲壠頭歌. 王介甫詩, 賸水翻溝隔壠分.

多少長安名利客 : 장안은 전한이 도읍으로 삼았던 것이다. 송나라에서는 영흥군에 속하는데, 후세 사람들이 제도帝都를 으레 장안이라 불렀다. 화정 임포林逋의 「송경松徑」에서 "잘 모르겠네 나를 비난하는 장안객이, 기꺼이 깊은 골짜기 차가운 솔길을 사랑할 줄"이라고 했다. 『전국책』에서 "명예를 조정에서 다투고 이익을 저자에서 다투다 보니"

라고 했는데, 대개 명예와 이익을 다투는 자는 반드시 제도帝都에서 한다. 백거이의 「고와사高仆射」에서 "급급하게 명리를 다투는 객이여, 흰 머리로 천백의 무리로다"라고 했다.

長安, 前漢所都. 在國朝爲永興軍, 後人稱帝都者, 皆例呼爲長安. 林和靖詩, 不知呵止長安客. 戰國策, 爭名者於朝, 爭利者於市. 蓋爭名利者, 必於帝都也. 白樂天詩, 皇皇名利客, 白首千百輩.

機關用盡不如君 : 백거이의 「우수迂叟」에서 "응당 모름지기 승묵의 기관 밖에서"라고 했다. 즉 이 구의 뜻은 공교롭게 술책을 다 써서 명리를 다투는 것이 도리어 목동의 편안함만 못한 것을 말하고 있다. 의산 이상은李商隱의 「민부」에서 "저 심사를 공교롭게 쓰는 자들이여, 도리어 거미가 우는 것과 교묘함을 다투네"라고 했다. 진공 정위丁謂의 「희답백진戱答白稹」에서 "마땅히 행할 하늘을 속임이 어찌 나에게 있으리, 교묘한 술책을 세우는 그대 크게 어긋나리"라고 했다. 소강절의 「행자음行者吟」에서 "지름길에 앞 다투다 악의 틀에 걸리니"라고 했는데, 또한 이와 같은 뜻이다.

白樂天詩, 應須繩墨機關外. 意謂用盡機關, 以爭名利, 反不若牧童之安逸也. 李義山悶賦, 那心思之機關兮, 還競巧於蛛鳴. 丁晉公詩, 欺天行當吾何有, 立地機關子太乖. 邵康節詩, 爭先徑路機關惡, 亦此意也.

3. 과거 보러 가는 사람을 전송하다
送人赴擧

『서청시화』에서 "노직이 어려서 대단히 영민하여 8살에 시를 지을 줄 알았다. 「송인부거」에서 한 말은 이미 어린 아이의 시가 아니다"라고 했다.

西淸詩話云, 魯直少警悟, 八歲能作詩. 送人赴擧云云, 此已非髫稚語矣.[12]

靑衫烏帽蘆花鞭[13]	청삼에 오모 쓰며 갈대 채찍을 들었나니
送君歸去明主前[14]	명주 앞으로 돌아가는 그대를 전송하누나.
若問舊時黃庭堅	만약 옛날의 황정견을 묻거든
謫在人間今八年[15]	귀양 가 인간 세상에 여덟 살이라고 해 주시게.

【주석】

靑衫烏帽蘆花鞭 送君歸去明主前 : 문통 강엄江淹의 「별부別賦」에서 "봄풀이 푸르게 싹을 틔우고, 봄물이 맑은 물결 일으킬 때에, 우리 님을

12 [교감기] 북송 오경(吳坰)의 『오총지(五總志)』에서 "산곡노인은 어렸을 때부터 시에 능했다. 그러나 「송향인부정시(送鄕人赴庭試)」에서 말한 것을 보면, 시제와 시구가 『서청시화』와 다르다"라고 했다.

13 [교감기] 이 구는 원래 빠져 있었는데, 『오총지(五總志)』에 의거하여 보충하였다.

14 [교감기] '歸去明主'는 『오총지』에서는 '直至明君'으로 되어 있다. 『산곡연보』에서 인용한 『서청시화』에서는 '歸去玉帝'로 되어 있다.

15 [교감기] '今八年'은 『오총지』에는 '十一年'으로 되어 있으니, 즉 이 시는 산곡이 11세에 지은 것이다.

남포南浦로 떠나보내면 가슴 찢어지는 그 슬픔을 어찌하리요"라고 했다. 이백의 「세각정洗脚亭」에서 "지금 떠나는 그대를 보내는데, 머리 돌리니 눈물이 줄줄 흐르네"라고 했다.

江文通賦, 春草碧色, 春水綠波. 送君南浦, 傷如之何. 李白詩, 送君此時去, 回首淚成行.

若問舊時黃庭堅 謫在人間今八年 : 『한무내전』에서 "너 시랑 동방삭아. 옛날에 태상의 선관이었는데, 귀양으로 쫓겨나 인간세상에 있구나"라고 했다. 『열선전』에서 인용한 허작의 「취음醉吟」에서 "여러 신선들 손뼉 치며 경박함을 나무라니, 인간으로 귀양보내어 술미치광이 만들었구나"라고 했다. 백거이의 「수오칠」에서 "잘 모르겠네 무슨 잘못을 저질러, 쫓겨나 인간 세상의 신선이 되었는 줄"라고 했다. 『상산야록』에 실린 반우의 「칠세음七歲吟」에서 "다만 옥룡을 타다 허리를 분질러, 인간세상에 36년간 쫓겨났네"라고 했다. 시는 다양한 체제가 있으니, 매 구가 3자부터 7자에 이르며 매 장은 두 운에서 백 운까지 이르니 다 들 수 없다. 근래 시격은 반드시 연聯을 합하여 장章이루려고 하니, 3구시는 보기 드물다.[16] 『시경 · 국풍』에는 그러한 시가 있으니 「인지」나 「감당」 등이 작품이 바로 그것이다. 산곡의 이 시는 근래의 예를 버리고 고법을 끌어왔으니, 이로 미뤄보면 산곡은 평소의 구법이 기묘한

16 이 시의 첫 구는 그 주에서 밝힌 것처럼 원래 실리지 않았는데, 『오총지』에서 가져온 것이다.

것뿐만 아니라 어릴 때의 시격도 이미 고고高古하였다.

漢武內傳, 王母曰, 汝侍郎東方朔, 昔爲太上仙官, 謫斥使在人間. 列仙傳, 許碏詩, 羣仙拍手嫌輕薄, 謫向人間作酒狂. 白樂天酬吳七詩, 不知有何過, 謫作人間仙. 湘山野錄潘佑詩, 只因騎折玉龍腰, 謫向人間三十六. 詩最多體製, 每句自三字抵于七字, 每章自兩韻極于百韻, 未可槪擧. 近世詩格, 必欲合聯以成章, 三句者, 蓋亦罕見. 周詩則亦有之, 麟趾甘棠等篇, 是也. 山谷此詩, 蓋舍近例而援古法. 由是推之, 山谷不特平生句法奇妙, 早年詩格已高古矣.

4. 사심 상서 아우의 돌에

嗣深尙書弟晬日17

산곡 숙부의 휘는 염, 자는 이중, 급사중으로 타계하였다. 그의 아들 숙오는 자가 사심으로 병오년에 태어나 호부상서로 타계하였다. 산곡의 형 대임이 일찍이 이 시에 발문을 써서 "사심 아우가 처음 태어날 때 용모가 환하고 총기가 뛰어나서 기운이 이미 만 리에 뻗쳤다. 그러므로 산곡이 이런 좋은 시구를 지었다"라고 했다. 황순이 지은 『연보』에서 이 시를 치평 4년 정미년에 차서하였으니, 당시는 산곡이 막 과거에 합격할 때이다.

山谷叔父諱廉字夷仲, 終于給事仲. 幼子叔敖, 字嗣深, 丙午生, 終于户部尙書. 建炎間, 山谷之兄大臨, 嘗跋此詩云, 嗣深弟初生, 骨爽神秀, 氣已萬里. 故山谷有此佳句. 黃䇇年譜, 係此詩於治平四年丁未, 時山谷初登第.

骨秀已知騏驥子	자태 빼어나 이미 천리마의 망아지임을 알았으며
性仁端是鳳凰雛	본성은 어질어 분명코 봉황의 새끼라네.
不騰渥水稱神俊	악와수에서 나오지 않아도 신준하다 일컬어지고

17 **[교감기]** 고본에는 '嗣深尙書弟'가 '夷仲叔父幼子'로 되어 있으며, 제목 아래의 주에서 "유자(幼子)는 사심 상서를 가리킨다"라고 했다.

應出岐山作瑞符　응당 기산에서 상서로운 조짐이 되리라.
漸指家人知姓字　점차 집사람 가리키며 이름도 알아가고
試看屛上識之無　병풍을 보여주니 지之자와 무無자 아는구나.
乃翁斷獄多陰德　네 부친이 옥사를 판결할 때 음덕이 많았으니
往往高門待汝車[18]　이따금 문을 높여 너의 수레 기다릴 것이라.

【주석】

骨秀已知騏驥子 : 원굉의 『삼국명신찬』에서 “천골이 빼어나고 시원하였다”라고 했다. 두보의 「팔애시」에서 “다시 빼어난 기상을 보네”라고 했다. 환담의 『신론』에서 “말의 관상을 잘 보는 설공이 못생긴 말을 얻었는데, 잘 달렸다. 이에 기자라고 이름을 붙였다”라고 했다. 동방삭이 “기기와 녹이는 천하의 준마이다”라고 했다. 북제의 배경란과 배경홍은 모두 뛰어난 재주를 지녔다. 하동에서 경란을 기자라고 불렀다. 두보의 「천육표기가天育驃騎歌」에서 “뛰어난 천리마 따로 기르게 하였네”라고 했다.

袁宏三國名臣贊, 天骨秀朗. 老杜八哀詩云, 復見秀骨淸. 桓譚新論曰, 善相馬者薛公, 得馬惡貌而正走, 其名驥子. 東方朔曰, 騏驥綠耳, 天下良馬也. 北齊裴景鸞景鴻, 並有逸才, 河東呼景鸞爲驥子. 杜少陵詩, 別養驥子稱神俊.

18　[교감기] ‘往往’은 고본에는 ‘遲往’으로 되어 있는데, 그 뜻이 더 낫다. 또한 고본에는 시의 끝의 주에서 “이상은 모두 가전(家傳)이다”라고 했다.

性仁端是鳳凰雛 : 『역림』에서 "봉황은 다섯 마리 새끼를 낳는다"라고 했다. 『삼국지 · 방통전』에서 "방통은 방덕공의 종자이다. 방덕공이 방통을 봉추라 불렀다"라고 했다. 육운이 어렸을 때 상서 오민홍이 보고서 매우 기이하게 여기면서 "이 아이는 만약 용추가 아니라면 분명 봉추일 것이다"라고 했다. 두보의 「입주행」에서 "두 시어사는, 천리마의 아들이요, 봉황의 새끼라"라고 했다. 또한 「별소혜別蘇徯」에서 "먼저 새끼 봉황을 붙잡아 줄 줄을"라고 했다. 소식의 「송구양주부送歐陽主簿」에서 "봉추와 기자가 날로 서로 커 가는데"라고 했다.

易林曰, 鳳生五雛. 龐統傳, 統, 德公從子也, 德公謂統爲鳳雛. 陸雲幼時, 吳尙書閔鴻見之, 甚奇之曰, 此兒若非龍駒, 當是鳳雛. 老杜入奏行, 竇侍御,[19] 驥之子, 鳳之雛. 又詩, 先拂鳳凰雛. 東坡詩, 鳳雛驥子日相高.

不騰渥水稱神俊 : 『한서 · 무제기』에서 "원정 4년에 말이 악와수에서 나와서 「천마가」를 지었다"라고 했다. 『고승전』에서 지둔의 자는 도림으로, 일찍이 말을 길렀다. 어떤 사람이 그것을 비방하자, 지둔은 "그것의 신준함을 좋아하여 잠시 그것을 키우는 것입니다"라고 했다. 두보의 「관조장군화마가觀曹將軍畫馬圖歌」에서 "사랑스럽구나, 아홉 마리 말이 신준함을 다투고"라고 했다. 또한 「송이교서」에서 "악와의 천리

19 [교감기] '竇侍御'는 원래 '竇御御'로 되어 있었는데, 지금 전본과 건륭본, 그리고 청초본을 따르고 아울러 『두시상주(杜詩詳注)』 권10 「입주행증서산검찰사두시어(入奏行贈西山檢察使竇侍御)」에 의거하여 교정한다.

마"라고 했다.

漢書武帝記, 元鼎四年, 馬生渥洼水中. 作天馬之歌. 高僧傳, 支遁字道林, 嘗養馬, 人有譏之者, 曰愛其神俊. 杜少陵詩, 可憐九馬爭神俊. 又送李校書詩, 渥洼騏驥兒.

應出岐山作瑞符 : 기산은 봉상에 속한다. 『환우기』에 실린 『지지』에서 "주 문왕 때 봉황이 기산에서 울었다. 그러므로 봉황퇴라고 부른다"라고 했다. 『춘추원명포』에서 "봉황이 문왕의 도읍에서 노닐었다"라고 했다. 두보의 「봉황대」에서 "소중한 것은 왕의 상서로운 조짐이니"라고 했다. 한유의 「기산」에서 "단혈의 오색의 새, 그 이름은 봉황이라. 옛날 주나라가 덕이 성할 때, 이 새는 높은 언덕에서 울었어라"라고 했다.

岐山屬鳳翔. 寰宇記載地志云, 周文王時, 鳳凰鳴於岐山, 故亦曰鳳凰堆. 春秋元命苞曰, 鳳凰游文王之都. 老杜鳳凰臺詩, 所重王者瑞. 韓文公岐山詩, 丹穴五色羽, 其名爲鳳凰. 昔周有盛德, 此鳥鳴高岡.

漸指家人知姓字 : 의산 이상은李商隱의 「교아」에서 "강보에 쌓여 돌도 되기 전에, 벌써 여섯, 일곱 알았네. 네 살에 자기 이름 알았고, 배나 밤 같은 과일 쳐다보지 않았네"라고 했다. 아들이 태어나 한 살이 되는 것을 돌[晬]라고 한다.

李義山嬌兒詩, 文苞未周晬, 固已知六七. 四歲知姓名, 眼不視梨栗. 子生

一歲爲晬.

試看屛上識之無:『당서』에서 "백거이가 태어나 6~7개월이 되었을 때 유모가 아이를 안고서 병풍 아래에서 희롱하였는데, '지之'와 '무無' 자를 가리키니, 비록 백번을 시험하더라도 어긋나지 않고 가리켰다"라고 했다.

唐書, 白居易始生六七月, 乳母抱弄於書屛下, 指之無二字. 雖百十其試, 指之不差.

乃翁斷獄多陰德 往往高門待汝車:『한서 · 항우전』에서 "지금 빨리 항복하지 않으면 내가 태공을 삶아 죽이겠다"라고 했다.『한서 · 우정국전于定國傳』에서 우공于公이 "집의 대문을 조금 더 높이고 크게 해서 사마駟馬가 끄는 높은 수레가 드나들 수 있게 하라. 내가 옥사를 하는데 음덕陰德이 많아서 일찍이 원망하는 자가 없었으니, 자손 중에 틀림없이 크게 출세하는 자가 있을 것이다"라고 했다.

漢書項羽傳曰, 今不急下, 吾烹乃翁. 于公曰, 少高大門閭, 令容駟馬高蓋車. 吾治獄多陰德, 子孫必有興者.

5. 「사안전」을 읽고서
讀謝安傳

『연보』에서 "희녕 무신년 섭현위로 있을 때 지었다"라고 했다.

年譜, 熙寧戊申葉縣尉時作.

傾敗秦師琰與玄	진나라 군사를 패퇴시킨 담과 현
矯情不顧驛書傳	감정을 억누르고 역말로 전해진 편지를 돌아보지 않았네.
持危又幸桓溫死	위태로울 때 다행하게도 환온이 죽었으니
太傅功名亦偶然	태부의 공명도 또한 우연이로다.

【주석】

傾敗秦師琰與玄 矯情不顧驛書傳 持危又幸桓溫死 : 『논어』에서 "위태로운데도 잡아 주지 않고 엎어지는데도 붙들어 주지 않는다면"이라고 했다.

論語, 危而不持, 顚而不扶.

太傅功名亦偶然 : 『진서 · 사안전』에서 다음과 같이 말하였다. "환온이 사안에게 사마의 직책으로 오기를 요청하자 이에 사안은 동산으로 돌아가기 위해 수도인 신정을 떠나려고 하니 조정의 관리들이 모두 전송을 나왔다. 고숭이 희롱하면서 "경은 동산에 높이 누워 있는데, 사람

들은 "안석이 나오지 않으면 장차 백성들의 고통은 어찌하리"라고 했는데, 이제는 또한 백성들이 장차 그대를 어떻게 해야 하오"라 하였다. 간문제의 병이 위독하여 환온이 소장을 올려 안의를 천거하여 고명을 받았다. 간문제가 붕어하자 환온이 들어와 왕릉에 갔다가 신정에 머물러서 많은 병사들을 풀어 궁을 지키며 장차 진나라 왕실을 빼앗고자 하였다. 이에 사안과 왕탄지를 불러 그 자리에서 죽이려고 하였다. 왕탄지는 흐르는 땀이 옷을 적셨으며 홀을 거꾸로 들었다. 사안은 차분하게 환온에게 "제후에게 도가 있으면 사방의 나라가 지켜준다고 하는데, 명공께서는 어찌하여 벽 뒤에 사람을 숨겨두었습니까"라 하였다. 효무제는 나이가 아직 어려 정사를 자신 마음대로 할 수 없었으며, 환온의 위엄이 도성 안팎을 뒤흔들었다. 사안과 왕탄지는 충성을 다해 잘못을 바로잡으며 나라를 도왔다. 환온이 병으로 위독하자 사안은 조정에서 구석을 하사한 것을 비난하고 원굉으로 하여금 소장의 초를 잡게 하였다. 사안이 그것을 보고 곧바로 고쳤는데, 이로 인해 열흘 정도 조정에 나아가지 않았다. 마침 환온이 죽게 되자 구석을 하사하는 명령이 마침내 가라앉았다. 당시 부견이 강성하여 국경 안에 근심거리가 많았으며, 제후들이 연달아 패퇴하였다. 사안이 아우 석과 형의 아들 현을 보내니 임기응변하여 그들을 토벌하여 가는 곳마다 승리를 올렸다. 부견이 후에 백 반 대군을 거느리고 회비에 주둔하니 서울이 두려움에 벌벌 떨면서 사안에게 정토대도독을 내렸다. 사현이 서울로 들어와 계책을 물으니, 사안은 편안하게 두려워하는 기색도 없이 답하기를

"이미 별도로 명령을 내렸다"라고 하고서는 드디어 수레에 멍에를 매고서 산의 별장으로 갔다. 사현 등이 이윽고 부견을 격파하고 역말을 통해 편지를 전하였다. 사안은 바야흐로 손님과 바둑을 두고 있었는데, 편지를 보고 나서 옆에 놔두고 조금도 기뻐하는 기색이 없이 계속 바둑을 두었다. 객이 묻자, 천천히 답하기를 "어린 아이들이 이미 적을 격파하였습니다"라고 했다. 이윽고 바둑을 다 두고 실내로 돌아오다가 문턱을 넘을 때, 마음이 너무 기뻐서 신발의 굽이 부러진 것도 몰랐다. 그가 감정을 억제하면서 사태에 태연하게 대처하는 것이 이와 같았다. 후에 태부에 추증되었다. 사안은 두 아들 요와 염을 두었다" 살펴보건대 『진서·사염전』에서 "부견과의 전쟁에서 사안은 사염이 군무軍務에 재능이 있다고 여겨 보국장군으로 삼아 내보내니, 정예병 팔천으로 사현과 함께 부견을 격파하였다"라고 했다.

晉書謝安傳, 桓溫請爲司馬,[20] 將發新亭, 朝士咸送, 高崧戲之曰, 卿高卧東山, 人言安石不肯出, 將如蒼生何, 蒼生今亦將如卿何. 簡文帝疾篤, 溫上疏薦安宜受顧命. 帝崩, 溫入赴山陵, 止新亭, 大陳兵衛, 將移晉室, 呼安及王坦之, 欲於坐害之. 坦之汗流沾衣, 倒執手板. 安從容謂溫曰, 諸侯有道, 守在四鄰, 明公何須壁後置人耶. 孝武帝富於春秋, 政不自已, 溫威振內外. 安與坦之盡忠匡翼. 溫病篤, 諷朝廷加九錫, 使袁宏具草. 安見輒改之, 由是歷旬不就. 會

---

20 [교감기] '請'은 원래 '諸'로 되어 있었는데, 그러면 '諸人每相與言'과 간섭되니 잘못이다. 지금 전본과 건륭본을 따르고 아울러 『진서·사안전』에 의거하여 바로잡는다. 또한 '諸人每相與言' 구는 사계온의 주에서 '人言'으로 고쳤으니, 문의 기세가 통하지 않는다.

溫薨, 錫命遂寢. 時苻堅强盛, 疆埸多虞, 諸將敗退相繼. 安遣弟石及兄子玄, 隨機征討, 所在克捷. 堅後率衆百萬, 次於淮淝. 京師震恐, 加安征討大都督. 玄入問計, 安夷然無懼色, 答曰, 已別有旨. 遂命駕游山墅. 玄等旣破苻堅, 有驛書至, 安方對客圍碁, 看書旣竟, 便攝放, 了無喜色, 棊如故. 客問之, 徐答曰, 小兒輩遂已破賊. 旣罷還內, 過戶限, 心甚喜, 不覺屐齒之折. 其矯情鎭物如此. 後贈太傅. 安有二子瑤琰. 按琰傳, 苻堅之役, 安以琰有軍國才用, 出爲輔國將軍, 以精卒八千人, 與玄破堅.

6. 이모 숭덕군에게 장수의 술을 따르다

酌姨母崇德君壽酒

『외집』에 「청숭덕군고금」이 있다. 원장 미불의 『화사』에서 "조의대부 왕지재의 아내 남창현군 이 씨는 상서 이공택의 누이로 송죽과 목석 등을 잘 그리니, 산곡의 이모이다"라고 했다. 『연보』에서 "희녕 신해년에 섭현에서 지었다"라고 했다.

外集有聽崇德君鼓琴詩. 米元章畫史云, 朝議大夫王之才妻南昌縣君李氏, 尙書公擇之妹, 能臨松竹木石等, 山谷之姨母也. 年譜, 熙寧辛亥葉縣作.[21]

日月行當壽星記	해와 달이 행하여 수성에 해당하니
仙人初出閬風時	선인이 낭풍에서 처음 나오던 때라.
欲將何物獻壽酒	장차 무엇으로 헌수의 술을 따를까
天上千秋桂一枝	천상 천추의 계림 한 가지라네.

【주석】

日月行當壽星記 : 『상서석문 · 요전』에서 ""해와 달이 모인 곳"은 해와 달이 12방위에서 교접하여 모이는 것을 가리킨다. 진을 수성, 축을 성기라고 한다"라고 했다. 『진서 · 천문지』에서 "노인성은 호성의 남쪽에

21 [교감기] 『연보』의 주에서 "「관숭덕군묵죽가(觀崇德君墨竹歌)」의 뒤에 첨부하여 보였다"라고 했다.

있는데, 달리 남극성이라 부른다. 항상 추분의 새벽에 병방丙方에 나타나며 춘분의 저녁에 정방으로 진다. 이 별이 나타나면 정치가 평안하며 장수를 주관한다.

尙書釋文堯典云, 日月所會者, 謂日月交會於十二次, 辰曰壽星, 丑曰星紀. 晉天文志曰, 老人一星在弧南, 一曰南極, 常以秋分之旦見於丙,[22] 春分之夕沒於丁. 見則治平, 主壽昌.

仙人初出閬風時 : 『신선전』에서 "곤륜은 달리 현포, 또는 적석요방, 또는 낭풍대, 또는 화개, 또는 천주라고 불린다. 증성, 현포, 낭풍은 곤륜산을 세 겹으로 싸고 있다"라고 했다. 『목천자전』에서 "곤륜산은 세 층위가 있으니, 아래는 번동이라 하며 달리 판송이라 한다. 중간은 현포라 하며 달리 낭풍이라 한다. 위는 층성이라 하며 달리 천정이라 한다"라고 했다. 동방삭의 「십주기」에서 "곤륜산에는 세 각이 있는데, 첫 번째 각은 정북쪽에 있으니 낭풍전이라 부르며, 두 번째 각은 정서쪽에 있으니 현포대라 부르며, 세 번째 각은 정동에 있으니 곤륜궁이라 부른다"라고 했다. 장형張衡의 「남도부」에서 "곤륜산崑崙山도 이보다 클 수는 없고, 낭풍전閬風巓도 이보다 나을 수 없네"라고 했다. 두보의 「기주가夔州歌」에서 "선경仙境에 낭풍과 현포와 봉호가 있는데"라고 했다.

22 [교감기] '弧南'에서 원래 '南'자가 빠져 있었으며, '見於丙'은 원래 '見於景'으로 되어 있다. 지금 전본을 따르고 아울러 『진서·천문지』에 의거하여 보충하고 바로잡았다.

神仙傳, 崑崙一曰玄圃, 一曰積石瑤房, 一曰閬風臺, 一曰華蓋, 一曰天柱, 增城縣圃閬風, 崑崙之山三重也. 穆天子傳曰,[23] 崑崙之山三級, 下曰樊桐, 一名板松, 二曰玄圃, 一名閬風, 上曰層城, 一名天庭. 東方朔十洲記, 崑崙山有三角, 一角正北, 名閬風巓, 一角正西, 名玄圃臺, 一角正東, 名崑崙宮. 南都賦, 崑崙無以侈, 閬風不能踰. 杜詩, 閬風玄圃與蓬壺

欲將何物獻壽酒　天上千秋桂一枝 : 구양수의 「초허주객招許主客」에서 "무엇으로 아름다운 객을 부르려 하는가. 다만 새 가을에 시원함만 있구나"라고 했다. 『진서晉書 · 극선전郤詵傳』에서 무제武帝가 극선郤詵에게 "경卿은 스스로 자신을 어떻다고 생각하는가"라 묻자 "신이 현량대책賢良對策에서 천하제일이 되었으니 계림일지桂林一枝와 곤산편옥崑山片玉과 같습니다"라고 대답하였다.

歐陽公詩, 欲以何物招佳客, 惟有新秋一味凉. 晉郤詵對武帝曰, 臣擧賢良對策, 爲天下第一. 猶桂林一枝, 崑山片玉也.

---

23 [교감기] '穆天子傳'은 전본에는 '水經注'로 되어 있다. 살펴보건대 『수경주 · 하수(河水)』의 문장은 사계온(史季溫)의 주와 같은데, 다만 '拔松'은 '板桐'으로 되어 있으니 아마도 사 씨에게 별도로 근거한 바가 있는 것 같다.

7. 오개부의 번라오에 감사하다

謝五開府番羅襖24

희녕 연간에 산곡은 궁교가 되었다. 오개부란 자가 술에 취해 연한 번라오를 벗어서 산곡에게 입게 하였다. 산곡은 술에 취한 가운데 이 작품을 지었다.

熙寧中山谷爲宮教. 五開府者, 酒餘脫淺色番羅襖衣之. 山谷醉中作此.

疊送香羅淺色衣	거듭 밝은 향라옷을 보내 오는데
着來春色入書帷	봄색을 입고 서재로 들어가누나.
到家慈母驚相問	집에 이르니 자모는 놀라서 물어보는데
爲說王孫脫贈時	왕손이 벗어서 나에게 주었다고 말하였네.

【주석】

疊送香羅淺色衣 : 두보의 「단오일사의端午日賜衣」에서 "향기로운 비단은 쌓인 눈처럼 가볍네"라고 했다. 백거이의 「여원미지」에서 "밝은 색 비단 적삼 안개처럼 가볍고"라고 했다.

杜少陵詩, 香羅疊雪輕. 白樂天與元微之詩, 淺色縠衫輕似霧.

着來春色入書帷 : 『한서』에서 "동중서는 밖에 나가지 않고서 휘장을

24 [교감기] 이 시와 아래 작품 「잡음(雜吟)」은 『연보』에 실려 있지 않다.

내리고 강송하였다"라고 했다.

漢書, 董仲舒下帷講誦.

到家慈母驚相問 : 『예기 · 증자문』에서 "밖에는 스승이 있고 안에는 어진 모친이 있다"라고 했다. 『후한 · 마황후기』에서 "이것은 자애로운 모친의 사랑을 어기는 것이요"라고 했다. 두보의 「견흥譴興」에서 "가난한 집안 살림에 어머니만 바라보네"라고 했다.

曾子問, 外有傅, 內有慈母. 後漢馬皇后紀, 違慈母之拳拳. 杜少陵詩, 家貧仰母慈.

爲說王孫脫贈時 : 『초사』에서 "노닐러 나간 왕손은 돌아오지 않는데"라고 했다. 두보의 「곡이상서哭李尙書」에서 "왕손이 저 옆에 누워 있구나"라고 했다.

楚詞, 王孫游兮不歸. 杜詩, 王孫若箇邊.

8. 잡가

雜吟

城中蛾眉女	성안의 누에 눈썹 미인
珂佩響珊珊	패옥소리 쟁쟁 울리네.
鸚鵡花間弄	앵무새는 꽃속에서 희롱하고
琵琶月下彈	비파를 달 아래 연주하네.
長歌三日繞	긴 노래는 삼일 동안 맴돌고
短舞萬人看	짧은 춤은 만인이 바라보네.
未必長如此	아마도 오랫동안 이와 같지 않으리니
芙蓉不耐寒	부용은 추위를 견디지 못하여서라.

【주석】

城中蛾眉女 : 『모시 · 석인』에서 "매미 머리 누에 눈썹"이라고 했다.

毛詩碩人, 螓首蛾眉.

珂佩響珊珊 鸚鵡花間弄 : 『당명화잡록』에서 "광남에 흰색 앵무가 있었다. 궁중에서 길렀는데, 사람의 말을 알아서 설의낭이라고 불렀다. 하루저녁은 양귀비의 화장대로 날아오르더니 "꿈에 매에게 잡혔었다" 라고 했다. 양귀비가 『다심경』을 주니 매우 슬프게 그 책을 읊조렸다. 후에 양귀비가 꽃 사이에서 앵무새를 가지고 희롱하다가 과연 매에게

죽음을 당하였다. 새를 장사지내고서 앵무탑이라 불렀다"라고 했다.

唐明皇雜錄, 廣南有白鸚鵡, 養之宮中, 曉人言, 號雪衣娘. 一夕飛上妃子妝臺, 曰夢爲鷹鸇所搏. 妃子授以多心經, 持誦甚悲. 後妃子攜之弄於花間, 果爲鷙鳥所斃. 葬之, 號鸚鵡塔.

琵琶月下彈 : 『석명』에서 "앞으로 손을 밀치는 것을 비琵라 하고, 뒤로 손을 당기는 것을 파琶라 한다"라고 했다. 장적의 「제한퇴지祭韓退之」에서 "이에 두 여자가 나와서, 함께 비파와 아쟁을 타누나"라고 했다. 백거이가 마침내 분포구에서 객이 되어 배 안에서 밤에 비파 연주하는 것을 보고서 「비파행」을 지었다. 소식의 「등주강상야기대월藤州江上夜起對月」에서 "거문고를 잡고서 달빛 아래 연주하네"라고 했다.

釋名曰, 推手前曰琵, 引手却曰琶. 張籍詩, 乃出二侍女, 合彈琵琶箏.[25] 白樂天遂客湓浦口, 見舟中夜彈琵琶, 爲作琵琶行. 東坡詩, 取琴月下彈.

長歌三日繞 : 소무의 「이릉녹별李陵錄別」에서 "긴 노래 참으로 마음이 격렬하구나"라고 했다. 심약의 「삼일시봉광전곡수연三日侍鳳光殿曲水宴」에서 "경쾌한 노래는 쉬이 맴돌고, 연약한 춤은 지탱하기 어렵네"라고 했다. 『당서 · 설인귀전』에서 "장군이 화살 셋으로 천산을 평정하니, 장사

---

25 [교감기] '內出'은 원래 '爲出'로 되어 있었으며, '箏'은 잘못 '合'자 아래에 있었다. 지금 전본을 따르고 아울러 『전당시』 권383 장적의 「제퇴지(祭退之)」에 의거하여 바로잡았다.

들이 길이 노래하며 한관에 들어가네"라고 했다. 두보의 「백수최소부십구옹고재白水崔少府十九翁高齋」에서 "긴 노래 들보를 울리며"라고 했으며, 또한 「항차염정현行次鹽亭縣」에서 "긴 노래에도 마음 다 풀지 못하니"라고 했으며, 또한 「장재주수정章梓州水亭」에서 "나 취해도 또한 길게 노래 부르리"라고 했으며, 또한 「연충주사군질댁宴忠州使君姪宅」에서 "음악이 도우니 긴 노래 읊조리며"라고 했다. 고적의 「유별정위겸留別鄭韋兼」에서 "통달한 이들은 술 마시고 노래 부르며"라고 했다. 이백의 「억구유기원참군憶舊遊寄元參軍」에서 "맑은 바람이 노래를 불러 하늘로 날려 보내면, 가곡은 스스로 뜬 구름을 맴돌며 높이 날아가네"라고 했다. 『열자』에서 "한아가 동쪽으로 제나라로 가다가 식량이 떨어졌다. 옹문을 지날 때 노래를 불러 식량을 구걸하였다. 그가 떠나고도 여음이 들보를 맴돌아서 3일 동안 끊어지지 않았다"라고 했다.

蘇武詩, 長歌正激烈. 沈約詩, 輕歌易繞, 弱舞難持. 唐書薛仁貴傳, 將軍三箭定天山, 將士長歌入漢關. 杜少陵詩, 長歌激梁屋. 又, 長歌意無極. 又, 吾醉亦長歌. 又, 樂助長歌逸. 高適詩, 長歌達者杯中物. 李太白詩, 清風吹歌入空去, 歌曲自繞行雲飛. 列子, 韓娥東之齊, 匱糧. 過雍門, 以歌假食. 旣去, 而餘音繞梁欐, 三日不絶.

短舞萬人看 : 도악의 『영릉기』에서 장사 정왕이 조회에 들어갔는데, 황제 앞에서 짧은 춤을 추면서 "신의 나라는 땅이 협소하여 몸을 돌리기에도 부족합니다"라고 했다.

陶岳零陵記, 長沙定王入朝, 於上前自爲短舞曰, 臣國地狹, 不足以回旋.

未必長如此 : 도연명의 「서전획조도西田穫早稻」에서 "다만 원하기는 오랫동안 이와 같기를"이라고 했다. 노조린의 「원일술회元日述懷」에서 "원컨대 오랫동안 이와 같았으면"이라고 했다. 소식의 시에서 "반드시 오랫동안 이와 같지는 않을 것인데"라고 했다.

陶淵明詩, 但願長如此. 盧照鄰詩, 願得長如此. 東坡詩, 未必長如此.

芙蓉不耐寒 : 『서경잡기』에서 "탁문군은 뺨 주변이 항상 부용꽃 같았다"라고 했다. 이 작품은 또한 『한산자시집』에도 보이니, 아마도 산곡의 작품이 아닌 것 같다.

西京雜記, 卓文君臉際常若芙蓉. 此詩亦見寒山子詩集中, 恐非山谷作.

9. 해당화

海棠

『연보』에서 "원풍 무오년에 북경에서 지었다"라고 했다.

年譜, 元豐戊午北京作.[26]

海棠院裏尋春色	해당원 안에서 봄빛을 찾으니
日炙蔫紅滿院香	해는 시든 붉은 꽃을 달궈 원에 향기 가득하네.
不覺風光都過了	풍광이 모두 지나가는 줄도 모르는데
東窻渾爲讀書忙	동쪽 창에서 책 읽느라 바쁘누나.

【주석】

海棠院裏尋春色 : 설능의 「성남춘망城南春望」에서 "홀로 봄빛 찾아 높은 누대에 올랐네"라고 했다.

薛能詩, 獨尋春色上高臺

日炙蔫紅滿院香 : 이백의 「공막무가公莫舞歌」에서 "햇살이 고을 얼굴 태워 왕은 아직 취하지 않았네"라고 했다. 왕건의 「모란」에서 "또 원컨대 풍류가들이, 다만 근심을 날마다 녹여 없앴으면"이라고 했다. 두목

26 [교감기] 고본에는 제목이 '海棠花'로 되어 있다. 『연보』 권7에서 "절기를 이곳에 부쳤다"라고 했다.

의 「춘만春晩」에서 “시든 붉은 꽃 늦봄 평평한 못에 떨어지네”라고 했다. 의산 이상은의 「하양河陽」에서 “가까운 곳 시든 꽃이 어린 푸른 잎 짝하네”라고 했다. 두보의 「수간樹間」에서 “살랑살랑 정원 가득한 향기”라고 했다.

李太白詩, 日炙錦嫣王未醉. 王建牡丹詩, 且願風流者, 唯愁日炙銷. 杜牧詩, 蔫紅半落平池晩. 李義山詩, 側近嫣紅伴柔綠. 老杜詩, 婆娑一院香.

10. 압사사의 배꽃

壓沙寺梨花

壓沙寺後千株雪	압사사 뒤 천 그루에 내린 눈
長樂坊前十里香	장락방 앞 십 리의 향기.
寄語春風莫吹盡	봄바람에게 말하노니 세게 불지 말라
夜深留與雪爭光	깊은 밤에 꽃잎 남겨 달빛과 다투도록.

【주석】

조순흠의 『모재시화』에서 "대명 압사사의 배꽃의 아름다움은 천하에 유명하다. 노직이 국자감교수로 있을 때 일찍이 절구 한 수를 지었으니 『외집』 권12에 또한 「차운진지오장상압사사이화」 한 수가 있다. 『연보』는 원풍 무오년에 편차하였다.

趙舜欽茅齋詩話云, 大名壓沙寺梨花之盛聞於天下. 魯直爲國子監教授日, 曾有詩一絕, 外集十二卷又有次韻晉之五丈賞壓沙寺梨花一首. 年譜係元豐戊午歲.

壓沙寺後千株雪 : 창려 한유의 「문이화발증유사명」에서 "곽서의 천 그루 눈이 피었다고 들었으니, 장차 그대 데리고 가서 한 번 취해볼까나"라고 했다. 또한 「설」에서 "천 그루에 찬란하게 피었네"라고 했다. 소식의 「서보자장노벽書普慈長老壁」에서 "보자사 뒤 천 그루 대나무"라

고 했는데, 이 구와 유사하다.

昌黎聞梨花發贈劉師命詩, 聞道郭西千樹雪, 欲將君去醉何如. 又雪詩, 千株照耀開. 東坡詩, 普慈寺後千竿竹. 此句相類.

長樂坊前十里香 : 양나라 임방의 『술이기』에서 "천년 송은 향기가 십리 밖까지 난다"라고 했다. 소식의 「청우령青牛嶺」에서 "한들한들 향로의 연기 십리에 향이 퍼지네"라고 했다.

梁任昉述異記, 千年松香聞十里之外. 東坡詩, 裊裊爐煙十里香.

寄語春風莫吹盡 夜深留與雪爭光 : 이백의 「궁사」에서 "배꽃에 백설이 향기가 나네"라고 했다.

宮詞,[27] 梨花白雪香.

27 [교감기] 홍치본에는 '宮詞' 위에 '太白'이란 두 글자가 있는데, 전본에서 인용하여 '李太白'이라 하였다. 살펴보건대 주(注)의 글은 『이태백전집』 권5에 보이는데, 제목은 「궁중행락악사팔수(宮中行樂樂詞八首)」로 되어 있다.

11. 「조추우중」에 화답하여 정회를 읊어 장등주에게 드리다
和早秋雨中書懷呈張鄧州

『연보』에서 "원풍 기미년 북경에서 지었다"라고 했다.

年譜, 元豐己未北京作.

喜聞三徑被恩書	세 좁은 길에서 은혜의 글을 받았다고 들어 기쁜데
五馬來歌塞里閭[28]	오마로 와서 노래하니 마을 문에 사람 가득하였네.
天上日淸消蝃蝀[29]	하늘의 해가 맑아 무지개가 사라지고
海濱風靜復爰鶋[30]	바닷가의 바람 자니 원거가 날아갔네.
龜逢銜骨方爲鶻[31]	거북이가 뼈를 머금은 자를 만나 바야흐로 베임을 당하고
蘭不當門亦見鋤	난초는 문 앞에 나지 않아도 또한 뽑혀지누나.
已發覆盆瞻睿聖	이미 가린 동이를 던져 슬기로운 성인을 보니

28 [교감기] '歌'는 고본에는 '過'로 되어 있다.

29 [교감기] '蝃'는 건륭본에는 '蝃'로 되어 있다. 살펴보건대 『시경』에는 '蝃蝀'으로 되어 있으며, 『이아』에는 '蝃蝀'으로 되어 있으니, 두 가지는 통용된다.

30 [교감기] '鶋'는 전본에는 '居'로 되어 있다. 살펴보건대 '爰鶋'는 또한 '爰居'라고도 한다.

31 [교감기] '鶻'은 고본에는 '猾'로 되어 있다.

何因猶著故溪魚　　어찌 아직도 옛날 시내에서
물고기를 잡겠는가.

【주석】

喜聞三徑被恩書 : 살펴보건대, 『삼보결록』에서 "장후의 자는 원경이다"라고 했다. 혜강의 『고사전』에서 "장원경이 두릉으로 돌아와 가시로 문을 막고서 집 안에 세 개의 좁은 길을 내고서 밖에 나가지 않았다"라고 했다.

按三輔決錄, 蔣詡字元卿. 嵇康高士傳曰, 蔣元卿還杜陵, 荊棘塞門. 舍中有三徑不出.

五馬來歌塞里閭 : 『묵객휘서』에서 "세상에서 태수를 일어 오마라고 한다"라고 했다. 『시경 · 간모干旄』에서 "쫑긋한 간대 위의 깃발이여, 준읍의 교외에 있도다. 흰 실로 짜서 매달고 좋은 말 다섯 필로 멍에하였네"라고 했는데, 정현의 주에서 "『주례』에 주州의 장관은 여旟 깃발을 세운다"라고 했다. 한나라 태수가 주의 장관이 되면 법에 다섯 마리 말을 모는 수레를 탄다. 『고악부 · 맥상상』에서 "태수가 남쪽에서 오다가 다섯 말을 세우고 머뭇거리네"라고 했다. 남제의 유원백의 다섯 아들은 모두 고을의 수령이 되었으니, 오마라고 불리었다. 은문규가 "유씨의 정자 옆에 다섯 말이 들쑥날쑥하네"라고 하였다. 두보의 「송가각노출여주送賈閣老出汝州」에서 "사람으로 태어나 태수도 귀하지만"라고 했

다. 창려 한유의 「기노동寄盧仝」에서 “수레의 말과 노복이 마을 문에 가득하네”라고 했다.

墨客揮犀, 世謂太守爲五馬. 詩曰, 孑孑干旟, 在浚之都. 素絲組之, 良馬五之. 鄭注謂周禮, 州長建旟. 漢太守比州長, 法御五馬. 古樂府陌上桑曰, 使君從南來, 五馬立踟躕. 南齊柳元伯之子五人, 皆領郡, 號五馬. 殷文圭云, 柳氏亭邊, 參差五馬. 杜詩, 人生五馬貴. 韓昌黎詩, 車馬僕從塞里閭.

天上日淸消蝃蝀 : 『시경 · 체동蝃蝀』에서 “무지개가 동쪽에 있으니, 감히 이것을 가리키지도 못하리로다”라고 했는데, 주에서 “무지개를 이른다”라고 했다.

詩, 蝃蝀在東, 莫之敢指, 注, 虹也.

海濱風靜復爰鶋 : 『국어』에서 “바다에서 날아온 새를 원거라고 하는데, 원거라고 한다. 노나라 도성 동문밖에 날아와 내려앉았다. 전금이 “이제 바다에 재앙이 있을 것이다”라 하였는데, 이 해에 바다에 큰 바람이 자주 불었다”라고 했다. 한유의 시에서 “바람이 고요하니 원거가 날아갔다”라고 했다. 『좌전』에서 “장문중이 지혜롭지 못한 점이 세 가지가 있다. 첫 번째는 원거를 제사 지낸 것이다”라고 했다. 『장자 · 지락』에서 “옛날 해조가 노나라 교외에 날아와 앉았다. 노나라 제후가 맞이하여 묘당에서 연회를 베풀었다”라고 했다. 두보의 「고저작낭폄태주사호형양정공건故著作郎貶台州司戶滎陽鄭公虔」에서 “원거가 노의 성문에

이르러"라고 했다.

國語, 海鳥曰爰居, 止於魯東門外. 展禽曰今玆海其有灾乎. 是歲海多大風. 韓詩, 風靜爰鶋去. 左氏, 臧文仲不知者三, 其一祀爰居. 莊子至樂篇, 昔者海鳥止于魯郊, 魯侯御而觴之于廟. 杜詩, 鶢鶋至魯門.

龜逢銜骨方爲鶻 蘭不當門亦見鋤 : 촉의 선주가 "향기로운 난초라도 문 앞에서 자라면 없애지 않을 수 없다"라고 했다. 이백의 「증우인贈友人」에서 "난초가 문 앞에 자라지 않으면, 다만 한가한 정원의 풀이로다"라고 했다.

蜀先主云, 芳蘭當門, 不得不鋤. 李太白詩, 蘭生不當户, 別是閑庭草.

已發覆盆瞻睿聖 : 『장자 · 전자방』에서 공자孔子가 노담老聃을 만나 보고 나와서 안회顔回에게 "내가 도에 대해서 아는 수준은 아마도 항아리 속의 초파리와 같다고 할 것이다. 선생이 나의 항아리 뚜껑을 열어주지 않았더라면 나는 천지자연의 위대함을 알지 못했을 것이다"라고 했다. 사마천司馬遷이 임안任安에게 보낸 글에 "동이를 머리에 이고서 어떻게 하늘을 바라볼 수나 있겠는가"라고 했다. 『상서 · 홍범』에서 "슬기로움은 성을 만든다"라고 했다.

莊子田子方篇, 丘之於道也, 其猶醯鷄與. 微夫子之發吾覆也, 吾不知天地之大全也. 司馬遷傳, 戴盆何以望天. 尙書洪範, 睿作聖.

12. 절구
絶句

『연보』에서 "원풍 기미년에 북경에서 지었다"라고 했다.

年譜, 元豐己未北京作.

富貴功名繭一盆	부귀와 공명은 고치에서 뽑아내는 듯
繰車頭緖正紛紛[32]	물레 돌리는데 실마리가 어지럽구나.
肯尋冷淡做生活	어찌 냉담한 생활을 하려고 할까
定是著書揚子雲[33]	참으로 양웅이 책을 저술한 것과 같네.

【주석】

富貴功名繭一盆 繰車頭緖正紛紛 : 『예기』에서 "부인이 세 번 물에 적셔 실을 빼어"라고 했다. 이백의 「형주가荊州歌」에서 "명주실 자으며 임 생각에 싱숭생숭"이라고 했다. 구양수의 「회숭루만음懷嵩樓晚飮」에서 "그 이별한 뒤의 학문을 물으니, 처음에 고치에서 실을 빼 듯하였다 하네"라고 했다.

禮記曰, 夫人繰三盆手. 太白詩, 繰絲憶君頭緖多. 歐陽公詩, 問其別後學,

32 [교감기] '繰'는 건륭본에는 '繅'로 되어 있다. 살펴보건대 물레를 만들어 실을 풀어내는 것이니, 두 글자는 통용한다. 이후로 다시 나오면 교정하지 않는다.

33 [교감기] '揚'은 원래 '楊'으로 되어 있으며 고본에는 '閙'로 되어 있는데, 영원본과 전본에 의거하여 교정하였다.

初若繭抽絲.

肯尋冷淡做生活 : 『당척언』에서 배도가 밤에 술자리를 열어 연구를 지었다. 그러자 낙천 백거이가 "생황 소리와 노래 소리는 솥에 물 끓는 듯 하니, 이처럼 냉담한 생활을 하지 마시게"라고 했다. 소식의 「차운손비승次韻孫秘丞」에서 "냉담한 그 누가 공을 허락할 것인가"라고 했으며, 또한 「유노산遊盧山」에서 "시를 읊조리며 담담하게 생활한다고 웃지 말라"라고 했다.

摭言曰, 裴度夜晏聯句, 白樂天曰, 笙歌鼎沸, 勿作此冷淡生活. 東坡詩, 冷淡誰能用許功. 又, 莫笑吟詩淡生活.

定是著書揚子雲 : 『문선』에 실린 양수의 「답임치왕전」에서 "저의 일가인 양웅楊雄이 말한 것은 늙어서 사리를 잘 알지 못한 것입니다. 그는 늙어서 억지로 책 한 권을 저술하고는 젊은 시절의 사부辭賦 창작을 후회하였습니다"라고 했다.

文選楊脩答臨淄王牋云, 脩家子雲, 老强著一書, 悔其少作.

13. 임하로 가는 도중에

臨河道中

임하는 개덕로에 속한다. 『외집』의 「조촌도중」에서 "오이밭의 뻗은 줄기가 황폐한 밭두둑에 있고, 배 열매는 가지 눌러 짧은 담장에 펼쳐져 있네. 밝은 달 풍연은 꿈과 같은데, 평생의 친구는 호상에 떨어져 있네"라고 한 것이 이것이다. 대개 하양에서 길을 나서 조촌을 먼저 지나고 임하를 나중에 지나니, 그러므로 이 시에서 "집에서 삼 백리인줄 알겠네"라는 구는 대명을 가리킨다. 『연보』에서 "원풍 기미년에 지었다"라고 했다.

臨河屬開德路. 外集中有曹村道中詩云,[34] 瓜田餘蔓有荒壟, 梨子壓枝鋪短牆. 明月風烟如夢寐, 平生親舊隔湖湘. 是也. 蓋由河陽經行先曹村,[35] 後臨河故此詩有覺來去家三百里之句指大名也年譜元豐己未作

村南村北禾黍黃	마을의 남과 북에서 벼가 누렇게 익어가니
穿林入塢岐路長	숲을 뚫고 마을로 들어가니 갈래 길이 멀구나.
據鞌夢歸在親側	안장에 앉아 꿈에 돌아가 부모 곁에 있으니
弟妹婦女笑兩廂	아우와 누이, 아내와 딸이

34 [교감기] '外集' 위에 원래 '由河堤' 불필요한 세 글자가 있었는데, 고본에 근거하여 삭제하였다. 또한 고본에는 '外'가 '今'으로 되어 있으며, '詩云'이 '一首'로 되어 있다.

35 [교감기] '由河陽' 세 글자는 원래 없었는데, 고본에 의거하여 보충하였다.

	두 행랑에서 웃는구나.
甥姪跳梁暮堂下	조카들은 기뻐 날뛰며
	저물녘 당에서 내려오고
惟我小女始扶床	오직 나의 어린 딸을 비로소
	침상을 붙잡고 서네.
屋頭撲棗爛盈斗	지붕 위의 대추를 두드리니
	한 말 넘게 가득차고
嬉戲歡爭挽衣裳[36]	희희낙락 즐기며 앞 다투어 옷을 잡아당기네.
覺來去家三百里	깨어보니 집까지 삼 백 리라
一園菟絲花氣香	동산의 토사는 꽃에 향기 피어나네.
可憐此物無根本	이 사물 뿌리가 없어 가엾나니
依草著木浪自芳	풀과 나무에 붙어서 부질없이 꽃을 피네.
風煙雨露非無力	풍연과 우로가 도움이 없는 것은 아니지만
年年結子飄路旁	해마다 열매는 길가에서 굴러다니는구나.
不如歸種秋栢實	돌아가 잣나무 심어 가을날 열매 맺는데
他日隨我到氷霜	훗날 나처럼 빙상이 이르는 것만 못하리.

【주석】

村南村北禾黍黃 : 소식의 「완계사浣溪沙」[37]에서 "펼친 옷과 두건에 대

36 [교감기] '歡爭'은 고본에는 '喧爭'으로 되어 있다.
37 소식의 완계사 : 원문에서 고시라고 하였으나, 이는 오류이다.

추 꽃이 떨어지고, 마을 남북에서 물레소리 들리네"라고 했다. 두보의 「견민봉정엄공遣悶奉呈嚴公」에서 "서쪽 산줄기는 마을의 북쪽을 감돌고"라고 했다. 백거이의 「절비옹」에서 "마을 남북에서 곡하는 소리 구슬프네"라고 했다. 소식의 「사월십일일초시여지」에서 "남촌의 여러 양씨와 북촌의 노씨들"이라고 했다. 『사기』에서 정국거와 백거가 완성하자 사람들이 노래하기를 "정국거가 이전에 있고 백거가 뒤에 일어나서 나의 벼를 자라게 하네"라고 했다. 개보 왕안석의 「화성유농구和聖兪農具」에서 "좋은 벼를 수확하려면, 먼저 나쁜 잡초를 제거해야 하네"라고 했다.

古詩, 蔌蔌衣巾落棗花, 村南村北響繰車.[38] 杜詩, 西嶺紆村北. 白樂天折臂翁詩, 村南村北哭聲哀. 東坡四月十一日初食荔支詩,[39] 南村諸楊北村盧. 史記, 鄭國渠白渠成, 人歌之曰, 鄭國在前, 白渠起後, 長我禾黍. 王介甫詩, 欲收禾黍善, 先去蒿萊惡.

穿林入塢岐路長 : 『열자』에서 양자楊子의 이웃 사람이 양을 잃어버려서 자신의 집안사람을 동원하고 또 양자에게 양자의 종들을 요청하여 양을 뒤쫓았다. 양자가 "아! 잃어버린 양은 한 마리인데 어찌하여 뒤쫓

---

38 [교감기] '고시'라고 된 것을 바로 소식의 「완계사」 제2구로 부간(傅幹)의 『주파사(注坡詞)』 12권에 보인다. 이에서 이른 고시는 아마도 달리 근거한 바가 있을 수도 있다.

39 [교감기] '四月十一日初食荔支詩'는 원래 '食荔丹'으로 되어 있었는데, 지금 『소식시집』 권39에 의거하여 바로잡는다.

는 자들이 이리 많은가?"라 묻자, 이웃 사람은 "갈래 길이 많아서이다"라 대답했다. 이윽고 그들이 되돌아오자, "양을 잡았는가?"라 물었는데, "잃어버렸습니다"라고 했다. "어찌하여 잃어버렸는가?"라 하자 "갈래 길 안에 또다시 갈래 길이 있어서 양이 어디로 갔는지 알 수가 없어 결국 돌아왔습니다"라고 했다. 『문선』에 실린 자형 손초孫楚의 「정서관속송어척양후작시征西官屬送於陟陽候作詩」에서 "새벽바람이 이별의 갈래 길에 불어오고"라고 했다. 사조의 「관조우觀朝雨」에서 "갈랫길에서 걸핏하면 배회하였네"라고 했다.

列子, 楊子之鄰人亡羊, 旣率其黨, 又請楊子之豎追之. 楊子曰, 噫, 亡一羊, 何追者之衆. 鄰人曰, 多岐. 旣反, 問獲羊乎. 曰亡之矣. 曰奚亡之. 曰岐路之中, 又有岐焉. 吾不知所之, 所以反也. 文選孫子荊詩, 晨風飄岐路. 謝朓詩, 岐路多徘徊.

據鞌夢歸在親側 : 후한의 유상이 오계만을 공격할 때, 복파장군 마원은 62세였는데 말안장에 걸터앉아 좌우를 돌아보면서 아직도 쓸 만함을 과시하였다. 두보의 「장유壯遊」에서 "소후는 안장에 앉아 즐거워하니"라고 했다. 『악부·음마장성굴행』에서 "꿈속에선 내 옆에 있더니, 문득 깨어나니 타향에 있구나"라고 했다.

後漢劉尙擊五溪蠻, 伏波將軍馬援年六十二, 據鞌顧眄, 以示可用. 老杜詩, 蘇侯據鞌喜. 樂府飮馬長城窟行, 夢見在我旁, 忽覺在他鄕.

弟妹婦女笑兩廂 : '양상兩廂'이란 글자는 『모시』의 '두 상무廂廡'에 보인다. 한유의 「언성연구郾城聯句」에서 "두 행랑에 양탄자를 깔고"라고 했다. 백거이의 「위촌퇴거渭村退居」에서 "선장을 짚고 높다란 대궐로 돌아오니, 날쌘 병사들이 두 행랑을 지키네"라고 했다.

兩廂字, 見毛詩兩廂廡也. 韓詩, 兩廂鋪氍毹. 白樂天詩, 仙杖環雙闕, 神兵闢兩廂.

甥姪跳梁暮堂下 惟我小女始扶床 : 백거이의 「신추新秋」에서 "침상의 어린 딸을 희롱하여, 때때로 억지로 눈을 크게 떠보네"라고 했다. 두목의 「제촌사題村舍」에서 "낮에 배고파 우는 침상의 젖먹이 아이 어르네"라고 했다. 방회 하주賀鑄의 「생사자生查子」에서 "무엇이 그대 마음 사로잡는가, 3살 침상의 어린 딸을 어르누나"라고 했다. 한유의 「노군부인묘지명」에서 "상을 붙들고 무릎에 앉아 놀며 떠들썩하다"라고 했다.

白樂天詩, 惟弄扶床女, 時時强展眉. 杜牧之詩, 扶床乳女午啼飢. 賀方回詞, 何物係君心, 三歲扶床女. 韓退之盧君夫人墓銘, 扶床坐膝, 嬉戲爭歡.

屋頭撲棗爛盈斗 : 『시경 · 빈풍』에서 "팔월에 대추를 따고"라고 했다. 하동 사람들은 장대로 대추를 따는 것을 박撲이라고 한다.

詩豳風, 八月剝棗. 河東人以杖擊棗謂之撲.

嬉戲歡爭挽衣裳 : 한유의 「부독서성남符讀書城南」에서 "조금 자라 함께

모여 놀 적엔, 떼 지어 헤엄치는 물고기와 다름없었네"라고 했다. 이백의 이백의 「남릉별아동입경南陵別兒童入京」에서 "어린 딸 노래하고 웃으며 옷깃 끌어당기네"라고 했으며, 또한 「별내부징別內赴徵」에서 "문 나서니 처자식이 옷깃을 부여잡네"라고 했다. 두보의 「건원중우거동곡현乾元中寓居同谷縣」에서 "짧은 옷 자주 당기지만 정강이 가리지 못하네"라고 했다.

昌黎詩, 少長聚嬉戲, 不殊同隊魚. 太白詩, 兒女歌笑牽人衣. 又, 出門妻子強牽衣. 杜少陵詩, 短衣數挽不掩脛.

覺來去家三百里 : 사형 육기의 「음마장성굴행」에서 "지난겨울에 와서 이번 가을에도 돌아가지 못하니, 집을 떠남이 더욱 멀어지고 오래되었도다"라고 했다.

陸士衡飮馬長城窟行, 冬來秋未返, 去家邈以綿.

一園菟絲花氣香 : 『회남자 · 설산훈說山訓』에서 "천 년 묵은 소나무는 아래 복령이 있고 위에 토사가 있다"라고 했는데, 그 주에서 "복령은 천 년 묵은 송진이요, 토사는 나무 위에서 자라 뿌리가 없는데 달리 여라女蘿라고도 한다"라고 했다. 또 『시경 · 규변頍弁』을 살펴보니 "새삼덩굴과 더부살이가 소나무 잣나무에 뻗어 있네"라고 했는데, 그 주에서 "여라는 토사이니 즉 송라松蘿이다"라고 했다. 두보의 「입형주入衡州」에서 "이름난 정원에 화초는 향기롭네"라고 했다.

淮南子說山訓曰, 千年之松, 下有茯苓. 上有兔絲. 注云, 茯苓, 千載松脂也. 兔絲生其上而無根, 一名女蘿. 毛詩鳩弁篇, 蔦與女蘿, 施于松栢. 注云, 女蘿, 兔絲松蘿也. 杜詩, 名園花草香.

可憐此物無根本 : 한유의 「청영삳탄금聽穎師彈琴」에서 "뜬 구름과 버들솜은 뿌리와 꽃받침이 없는데, 천지가 드넓으니 되는 데로 날아가네"라고 했다.

韓昌黎詩, 浮雲柳絮無根蔕, 天地闊遠隨飛揚.

依草著木浪自芳 風煙雨露非無力 : 백거이의 「신창신거新昌新居」에서 "나무 다듬는 일 등한하니, 분수에 맞게 자연을 즐기네"라고 했다.

白樂天詩云, 等閒栽樹木, 隨分占風煙.

年年結子飄路旁 : 두보의 「배정광문유하장군산림陪鄭廣文游何將軍山林」에서 "낮은 가지에 열매 늘어지고"라고 했다.

老杜詩, 卑枝低結子.

道傍多苦李 : 『진서 · 왕융전』에서 왕융이 여러 어린아이들과 길가에서 장난을 치다가 오얏나무에 열매가 많이 열린 것을 보았다. 아이들이 앞 다퉈 달려가는데 왕융만 가지 않고서 "나무가 길가에 있는데 열매가 많은 걸 보니 반드시 쓴 오얏일 것이다"라고 했다. 두보의 「막상

의항莫相疑行」에서 "오늘날 추위와 굶주림에 길가를 떠돈다네"라고 했다. 소식의 「차운황노직고풍次韻黃魯直古風」에서 "일생을 길에서 떠돌았네"라고 했다. 남풍 증공曾鞏의 「표돌천趵突泉」에서 "길옆으로 가는 것이 거울과 같음을 알았네"라고 했다.

晉史, 王戎不趣道傍苦李. 杜詩, 此日飢寒趣路傍. 東坡詩, 全生依路傍. 南豐詩, 已覺路傍行似鑑.

不如歸種秋栢實 : 『장자 · 열어구列禦寇』에서 "어찌하여 무덤에 한 번 와보지도 않으십니까. 내 몸은 이미 무덤 위 잣나무의 열매가 되었습니다"라고 했다. 소식의 「세한지송백」에서 "길이 가을 열매를 슬퍼할 것 없어라"라고 했다.

莊子, 彫胡嘗視其良, 旣爲秋栢之實矣. 東坡歲寒知松柏詩, 永無秋實悲.

他日隨我到氷霜 : 개보 왕안석의 「여사제영죽與舍弟詠竹」에서 "잡풀들과 함께 우로를 맞았지만, 끝내 송백을 따라 빙상을 견디리라"라고 해다. 두보의 「회금수거지懷錦水居止」에서 "늙은 나무는 실컷 서리를 맞았네"라고 했다. 산곡의 뜻은 초목에 의지하다가 곧 떨어지는 것보다는 가을 잣나무가 굳세어 빙상을 견뎌내는 것을 따르는 것만 못하다는 것이다.

王介甫詩, 會與蒿藜同雨露, 終隨松柏到氷霜. 杜少陵詩, 老樹飽經霜. 山谷意謂, 無草木之依附, 隨卽飄零, 不若慕秋柏之梗介, 以閱氷霜也.

14. 범렴에 화운하다

和范廉

『연보』에서 "원풍 기미년에 북경에서 교수를 그만 둔 뒤에 지었다"라고 했다.

年譜, 元豐己未, 解北京教授後作.

一代功名醉	한 시대가 공명에 취했는데
斯人尙獨醒	이 사람만 오히려 홀로 깨어 있네.
風霜寒慘淡	어둑한 풍상이 차가운데
松柏後凋零	송백은 뒤에 시드는구나.
歲晩虛前席	만년에 헛되이 자리를 끌어당겼는데
天涯作使星	하늘가에서 사신이 되었어라.
百城同緩帶	많은 성들이 함께 띠를 느슨히 하고
列校聽横經	여러 교위들은 글 읽는 소리 듣는구나.
汲直非刀筆	곧은 급암은 도필리가 아니니
山公識寧馨[40]	산공이 어찌 이 훌륭함을 알까.
愁思理前語	근심스런 생각에 이전 시에 화운하니
祠下柳陰庭	사당 아래 버들은 뜰에 그늘을 이루네.

40 [교감기] '山公'이 전본에는 '山翁'으로 되어 있다.

【주석】

一代功名醉, 斯人尙獨醒 : 『사기』에서 굴원이 "세상은 모두 혼탁한데 나만 홀로 맑고, 사람들 모두가 취했는데 나만 혼자 깨었는지라"라고 했다.

史記, 屈原曰衆人皆醉, 惟我獨醒.

風霜寒慘淡 松柏後凋零 : 공간 유정劉楨의 「증종제贈從弟」에서 "바람소리 한결같이 그리도 거센데, 소나무 가지는 한결같이 그리도 굳세구나. 얼음과 서리가 아무리 차가워도, 일 년 내내 늘 단정하도다. 어찌 매서운 추위를 만나지 않으리오마는, 송백에는 타고난 본성이 있다네"라고 했다. 두보의 「알선주묘謁先主廟」에서 "어둑어둑 풍운이 모여드니"라고 했다. 『논어』에서 "날이 추워진 연후에 송백이 뒤에 시듦을 안다"라고 했다.

劉公幹詩, 風聲一何盛, 松枝一何勁. 氷霜正慘凄, 終歲常端正. 豈不罹凝寒, 松柏有本性. 老杜詩, 慘澹風雲會. 魯論, 歲寒然後知松柏之後凋也.

歲晩虛前席 : 두보의 「기하란섬寄賀蘭銛」에서 "늘그막에 또 이별하게 되었으니"라고 했다. 『한서』에서 "문제가 가의를 불러서 가의가 조정에 들어가 뵈었다. 문제가 바야흐로 선실에서 제사를 마치고 복을 받고 있었는데, 귀신의 근본에 대해 묻다가 한밤중에 자리를 가의쪽으로 당겼다"라고 했다.

老杜詩, 歲晩仍分袂. 漢書, 文帝徵賈誼入見, 帝方受釐宣室, 問鬼神之本, 夜半前席.

天涯作使星 : 후한의 화제가 사신 두 사람을 보냈다. 그들이 익부에 당도하였는데, 모두 미복에 홀로 갔다. 이합이 별을 가리키면서 "두 사성이 익주의 분야로 향하였다"라고 했다. 두보의 「진주잡시秦州雜詩」에서 "시끌벅적 사신 행차 바라보네"라고 했다.

後漢和帝遣使者二人, 當到益部, 皆微服單行. 李郃指星云, 有二使星, 向益州分野. 老杜詩, 喧呼閱使星.

百城同緩帶 : 동한의 가종이 기주자사가 되었는데, 여러 성에서 그 소문을 듣고서 저절로 두려워하였다. 『전한서 · 흉노전』에서 "부형이 편안하고 어린 자식들이 배불리 먹게 하여"라고 했다. 진나라 양호가 군중에 있을 때 전투복을 가까이 하지 않고 항상 가벼운 갖옷에 느슨하게 띠를 찼다.

東漢賈琮爲冀州刺史, 百城聞風, 自然竦震. 前漢匈奴傳, 父兄緩帶, 稚子咽哺. 晉羊祜在軍, 不親戎服, 常輕裘緩帶.

列校聽橫經 : 『한서 · 한신전』에서 "여러 교가 모두 축하하였다"라고 했는데, 안사고가 "제교는 군대의 각 부部이다"라고 했다. 『후한서 · 유림전』에서 "명제가 공신의 자제 및 사성四姓의 소후小侯들을 위하여 학

교를 세우고 오경五經의 스승을 두었으며, 기문과 우림의 병사들에게 모두 『효경장구』를 외우게 하였다"라고 했다. 한유의 「화최사인영월和崔舍人詠月」에서 "처마 끝에서 횡경을 듣노라"라고 했다. 소식의 「송가안국교수귀성도送家安國教授歸成都」에서 "봄꿈이 마치 경전을 펼치는 듯"이라고 했다.

漢書韓信傳, 諸校皆賀. 師古曰, 諸校, 諸部也. 後漢儒林傳, 明帝爲功臣子孫四姓末屬別立校舍, 自期門羽林之士, 悉令通孝經章句. 韓詩, 簷際聽橫經. 東坡詩, 春夢猶橫經.

汲直非刀筆 : 『한서 · 급암전汲黯傳』에서 회남왕淮南王이 반역을 도모할 때, 급암을 꺼리며 "급암은 직간直諫하기를 좋아하고 충절을 지켜 의리에 죽을 수 있는데, 승상 공손홍公孫弘 등을 설득하기는 마치 뒤집어 쓴 것을 벗기는 것처럼 쉽다"라고 했다. (…중략…) 장탕이 법을 각박하게 적용하자 급암이 꾸짖으며 "천에서 도필리는 공경이 될 수 없다고 하는데, 참으로 그러하니 반드시 장탕을 가리키는 말이다"라고 했다. 『한서 · 가연지전』에서 "간쟁하는 신하로 두면 즉 급암처럼 될 것입니다"라고 했는데, 주에서 "급암은 바르고 곧기 때문에 세상에서 곧은 급암이라고 하였다"라고 했다.

漢史汲黯傳, 淮南王謀反, 憚黯曰, 黯好直諫, 守節死義. 至說公孫弘等, 如發蒙爾. 張湯深文苛刻, 黯罵曰天下謂刀筆吏, 不可爲公卿. 果然. 必湯也.[41]

---

41 [교감기] 살펴보건대 『한서 · 급암전』에서 이 세 글자는 마땅히 아래 문장인 "이제

賈捐之傳, 置之爭臣則汲直. 注, 汲黯方直, 故世謂汲直.

山公識寧馨 : 『진서』에서 왕연의 자는 이보이다. 일찍이 그가 총각이었을 때 산도를 방문하자 산도는 그를 보고 한참 동안 감탄하더니, 떠나려 하자 또 눈여겨보면서 말하기를 "그 어떤 아낙네가 이렇게 훌륭한 아이를 낳았단 말인가"라고 했다.

晉書, 王衍字夷甫, 總角嘗造山濤, 濤嗟嘆良久, 旣去, 目而送之曰, 何物老嫗, 生此寧馨兒.

愁思理前語 祠下柳陰庭 : 안인 반악潘岳의 「한거부」에서 "버드나무 그늘 아래서 수레를 멈추었다"라고 했다.

潘安仁閒居賦, 柳垂陰, 車結軌.

천하 사람들이 두려워서 발을 포개어 서고 두려워서 바로 쳐다보지 못하고 곁눈질하여 볼 것이다[今天下重足而立, 側目而視矣]"라는 말과 연결되어야 한다. 원주에서 구절의 반만 인용하여 드디어 문의가 통하지 않게 하였다. 역자가 고찰해 본 바로는 이 설명이 옳지 않다. 본문의 번역문처럼 장탕을 두고 한 말이라고 하는 것이 옳다.

15. 외삼촌 이공택을 따라 장차 경보에 이르러 강남으로 돌아가려 하였는데, 애당초 회수의 서쪽에서 아직 가을이 되기 전에 돌아갈 생각을 하였다

從舅氏李公擇 將抵京輔以歸江南 初自淮之西 猶未秋日思歸

『연보』에서 "이 시는 원풍 경신년 산곡이 서울에서 벼슬이 바뀌어 다시 북경으로 갈 때, 가족을 거느리고 강남으로 돌아가면서 지은 것이다"라고 했다.

年譜, 此詩當是元豐庚申歲山谷自京師改官復往北京, 挈家歸江南作.

歸心搖搖若鞦帶[42]	돌아갈 마음이 가을날 낙엽처럼 흔들리는데
哀操切切如蟬吟	슬픈 곡조 절절하여 매미가 우는 듯하네.
百年雙鬢欲俱白	백 년 두 귀밑머리 모두 희어 가는데
千里一書眞萬金	천 리의 한 통 편지 만금이나 되누나.

【주석】

歸心搖搖若鞦帶 : 두보의 「팔월십오일야월八月十五日夜月」에서 "돌아갈 마음 큰 칼에 꺾이었네"라고 했다. 개보 왕안석의 「우설遇雪」에서 "돌아갈 마음 나날이 돌아감을 어찌할 수 없어라"라고 했다. 『사기 · 소진

42 [교감기] '鞦帶'는 고본에는 '楸帶'로 되어 있으며, 청초본에는 '秋帶'로 되어 있다. 살펴보건대 마땅히 '秋蔕'로 지어야 하니, 사계온의 주에 자세하다.

전』에서 제나라 왕이 "과인의 마음은 매달린 깃발처럼 흔들린다"라고 했다. 유종원의 「유석각遊石角」에서 "매달린 깃발처럼 마음이 매우 흔들리네"라고 했다. 사조의 「사수왕전」에서 "대왕께 돌아가려는 뜻은 따를 길이 없게 되었으니, 아득히 멀어져 감이 마치 하늘에서 떨어지는 빗방울 같고, 나부끼며 떨어지는 게 마치 가을날의 나뭇잎자루와도 같습니다"라고 했는데, 주에서 "가을 잎이 나무에서 떨어지는 것은 이미 왕과 이별함을 비유한 것이다"라고 했다. 아마도 '추대鞦帶'는 오류인 것 같다.

杜詩, 歸心折大刀. 王介甫詩, 不奈歸心日日歸. 史記蘇秦傳, 齊王曰寡人心搖搖然如懸旌. 柳子厚詩, 搖心劇懸旌. 謝朓辭隨王牋, 歸志莫從, 邈若墜雨, 翩似秋蔕. 注, 秋蔕去於樹, 喻已別王也. 恐鞦帶字誤.

哀操切切如蟬吟 : 명원 포조鮑照의 「무성부」에서 "이에 거문고를 꺼내어 새로운 곡을 창작해 「무성가蕪城歌」를 이루었다"라고 했는데, 이선의 주에서 "거문고의 곡조에 「백이조」가 있는데, 곤궁하면 홀로 자신의 몸을 좋게 한다. 그러므로 절조의 의미로 조操라고 한다"라고 했다. 안인 반악의 「추흥부」에서 "매미는 맴맴 춥다고 울어대고"라고 했다.

鮑明園蕪城賦, 抽琴命操. 李善注曰, 琴有伯夷之操, 窮則獨善其身, 故謂之操. 潘安仁秋興賦, 蟬嘒嘒以寒吟.

百年雙鬢欲俱白 : 두보의 「희제기상한중왕戲題寄上漢中王」에서 "둘 다

많은 나이에 백발인데, 헤어진 지 오년이 지났구나"라고 했다.

杜少陵詩, 百年雙白鬢, 一別五秋螢.

千里一書眞萬金 : 이백의 「기완寄阮」에서 "천만 리에서 서로 그리나니, 편지 한 통은천금의 값어치라"라고 했다. 두보의 「춘망春望」에서 "집에서 온 편지 너무나 소중하구나"라고 했다.

李太白詩, 相思千萬里, 一書直千金. 杜少陵詩, 家書抵萬金.

16. 다음날 비에 막혀 앞 시에 차운하다

翌日阻雨次前韻

愁雲垂垂上淫淫	근심스러운 구름이 낮게 드리웠다가 위로 길게 올라가는데
野館重賦思歸吟	들판 여관에서 돌아갈 시를 거듭 짓누나.
老農那問客心苦	늙은 농부가 어찌 객의 마음이 괴로운지 묻는가
但喜粟粒如黃金	다만 곡식이 황금처럼 익어 기쁘구나.

【주석】

愁雲垂垂上淫淫 : 『초사』 엄기의 「애시명」에서 "저녁에 흐리더니 비가 쏟아지네"라고 했다.

楚辭嚴忌哀時命,[43] *夕淫淫而淋雨.*

野館重賦思歸吟 : 두보의 「기이원외랑외포寄李員外布」에서 "어찌 견디라, 들판에 여관은 적으리니"라고 했다. 『금조』에서 "초나라 용구고가 세상에 나아가 유람한 지 3년이 되어 고향으로 돌아갈 생각이 났다. 이에 초를 바라보면서 길게 탄식하였으니, 그러므로 '초인'이라 부른

43 [교감기] '命'자는 원래 빠졌었는데, 『초사보주(楚辭補注)』 권14에 의거하여 보충하였다.

다"라고 했다. 평자 장형의 「사현부」에서 "우수에 젖어 들어 귀향을 생각하네"라고 했다. 백거이의 「화사귀악」에서 "마치 사귀락思歸樂, 새 종류이라 말하는 것 같으니, 나그네는 문득 울며 듣네"라고 했다. 소식의 「송유사승送劉寺丞」에서 "귀향할 생각 읊조리지만 나갈 계책 없어, 실솔이 빈방에서 우는 소리 상상하네"라고 했다.

老杜詩, 那堪野館疎. 琴操曰, 楚龍丘高出游三年, 思歸故鄕, 望楚而長嘆, 故曰楚引. 張平子思玄賦, 情悄悄而思歸. 白樂天和思歸樂詩云, 似道思歸樂, 行人掩泣聽. 東坡詩, 謳吟思歸出無計, 坐想蟋蟀空房語.

老農那問客心苦 : '노농老農'이란 말은 『논어』에 보인다. 「자로子路」에서 번지가 일찍이 곡식을 심어 가꾸는 일을 배우기[學稼]를 청하자, 공자가 이르기를, "나는 늙은 농사꾼만 못하다[吾不如老農]"라 하였고, 번지가 또 채소 가꾸는 일을 배우기를 청하자, 공자가 이르기를, "나는 늙은 농사꾼만 못하다"라고 했다. 사령운의 「잠사하도야발신림暫使下都夜發新林」에서 "저 큰 강 밤낮없이 흘러가고, 나그네의 마음은 하염없이 슬퍼지네"라고 했다. 언승 임방任昉의 「증곽동贈郭桐」에서 "나그네 마음 다행히 절로 멈췄으니, 중도에서 마음 맞는 벗을 만났네"라고 했다. 두보의 「사제관부남전취처자도강릉희기舍弟觀赴藍田取妻子到江陵喜寄」에서 "고향에서 옮겨와 사니 나그네 마음 알겠네"라고 했다. 고적의 「제야작除夜作」에서 "여관의 차가운 등 아래 홀로 잠 못 드니, 나그네의 마음 어인 일로 이리도 처연한가"라고 했다. 사령운의 「추회秋懷」에서 "어찌하

리 한창 가슴 아플 적에, 하물며 또 늦가을을 맞이함에랴"라고 했다. 문공 한유의 「하지수」에서 "3년 동안 보지 못함이여 나의 마음이 괴롭구나"라고 했다.

老農字見魯論. 謝靈運詩, 大江流日夜, 客心悲未央. 任彦昇詩, 客心幸自弭, 中道遇心期. 杜詩, 故國移居見客心. 高適詩, 旅館寒燈獨不眠, 客心何事轉凄然. 靈運詩, 如何乘苦心, 矧復值秋晏. 韓文公河之水詩, 三年不見兮使我心苦.

但喜粟粒如黃金 : 두보의 「저우불득귀낭서阻雨不得歸瀼西」에서 "과수원의 감귤이 익을 때라, 세 치 크기로 황금처럼 노랗네"라고 했다.

杜詩, 園柑長成時, 三寸如黃金.

17. 오로정【서문을 함께 싣다】

五老亭【幷序】

고을을 맡은 대부가 사정을 개축하였는데, 오로봉과 마주하여 대단히 형승이 된다. 문득 장구로 읊어 감탄하였다.

知郡大夫 改築射亭 與五老峯晤對 極爲勝賞 輒以長句詠歎[44]

白髮蒼髯五老人	백발에 검푸른 수염의 다섯 노인
德雖不孤世無鄰	덕은 비록 외롭지 않으나 세상에 이웃은 없어라.
松風忘味同戴舜	솔바람에 음식 맛도 잊고 함께 순을 추대하는데
梅雨蒙頭非避秦	매우가 비에 내려도 진나라를 피하지 않았네.
築亭風流二千石	정자를 지은 풍류의 이천 석 벼슬아치라
此老入謁官不嗔	이 노인 조정에 들어가도 관원들이 비난하지 않네.
一樽相對是賓友	술동이 마주하니 벗을 손으로 불렀고
學得養生通治民[45]	양생을 배우니 치민과 통하였어라.

44 [교감기] 고본에서는 이 시의 서를 제목으로 삼으면서 '長句'를 '俚句'라고 하였으니, 뜻이 더 낫다. 또한 주(注)의 글에 "동파가 운운한 것은 원래 '幷序' 두 글자 뒤에 있었는데, 지금 전본에 의거하여 서문 뒤로 옮겼다.

45 [교감기] 고본에는 시의 끝 원주에서 "이상 시는 석각(石刻)이 있다"라고 했다.

【주석】

知郡大夫 改築射亭 與五老峯晤對 極爲勝賞 輒以長句詠歎 : 소식이 「이공택산방장서기」를 지었는데 "오로봉이 여산이 있다"는 내용을 싣고 있다. 살펴보건대 『환우기』에서 "여산은 강주에 속한다"라고 했다. 『연보』에서 "원풍 경신년에 변경에서 강남으로 가는 도중에 지은 것이다"라고 했다.

東坡作李公擇山房藏書記, 載五老峯在廬山. 按寰宇記, 廬山屬江州. 年譜, 元豐庚申, 自汴京歸江南經行作.

白髮蒼髯五老人 : 구양수의 「취옹정기」에서 "검은 얼굴에 백발로 그 사이에 쓰러진 자는 태수가 취한 것이다"라고 했다. 소식의 「불일산영장로방장佛日山榮長老方丈」에서 "산중에는 단지 푸른 수염 늙은이 있어, 쓸쓸한 몇 리 길에서 사람을 맞이하고 보낸다"라고 했다. 또한 「화해주석실」에서 "손수 심은 두어 소나무 지금 둥그렇게 땅을 덮는데, 푸른 수염 흰 껍질 구슬 문에 낮게 드리웠네"라고 했다. 또한 「개원開園」에서 "울창한 푸른 수염 참으로 도우로다"라고 했으며, 또한 「중산송료부」에서 "울창한 푸른 수염은 천 년의 자태"라고 했다. 이백의 「상산사호商山四皓」에서 "백발의 네 노인"이라고 했다.

歐陽公醉翁亭記, 蒼顔白髮, 頹然其間者, 太守醉也. 東坡詩, 山中只有蒼髯叟, 數里蕭蕭管送迎. 又和海州石室詩, 手植數松今偃蓋, 蒼髯白甲低瓊户. 又, 鬱鬱蒼髯眞道友. 又中山松醪賦, 鬱鬱蒼髯千歲姿. 太白詩, 白髮四老人.

德雖不孤世無鄰 : 『논어』에서 "덕은 외롭지 않고 반드시 이웃이 있다"라고 했다. 『진서』에서 "원문의 덕은 외롭지 않다"라고 했다. 『문선』에 실린 유곤의 「답노심서」에서 "이미 나의 덕은 외로워졌고, 또한 나의 이웃도 사라졌다네"라고 했다.

魯論, 德不孤必有鄰. 晉書, 轅門之德不孤. 文選劉琨答盧諶詩, 旣孤我德, 又闕我鄰.

松風忘味同戴舜 : 『좌전 · 문공 18년』에서 "천하 사람들이 한결같이 한 마음으로 순을 추대하여 천자로 삼았으니"라고 했다.

左傳文公十八年, 天下如一, 同心戴舜.

梅雨蒙頭非避秦 : 주처周處의 『풍토기風土記』에서 "하지 전에 내리는 비를 황매우黃梅雨라 한다"라고 했다. 육전陸佃의 『비아埤雅』에서 "장강長江과 상수湘水, 절동浙東과 절서浙西 지역에 4~5월 사이에 매실이 누렇게 익어 떨어지려 하면 물기에 땅이 푹 젖으며 기둥과 주춧돌에 모두 수증기가 무성하게 피어올라 비가 내리는데 이를 매우梅雨라고 한다"라고 하였다. 소식의 「주행지청원현舟行至淸遠縣」에서 "매우가 지루하여 여지 열매 붉게 익어가네"라고 했다. 도연명의 「도화원기」에서 "진나라 태원 연간에 고기잡이하는 무릉 사람이 계곡을 따라 가다가 얼마나 길을 갔는지 몰랐는데, 문득 복숭아꽃 숲을 만났다. 양쪽 강안 수백 보에 다른 나무는 없이 방초가 아름답고 도화가 어지러우니, 어부가 매우

이상하게 여기고 다시 앞으로 나아가 숲 끝까지 가고자 하였다. 그런데 숲이 끝나고 물이 발원하는 곳에 문득 산 하나가 있었다. 산에 작은 입구가 있었는데 마치 빛이 있는 것 같았다. 곧 배를 놓아두고 입구를 따라가니 처음에는 매우 좁아 겨우 사람 하나 지나갈 만하였으나 다시 수십 보를 가자 널찍하고 환하였다. 땅은 평평하고 넓으며 집들은 반듯하고 좋은 전답과 아름다운 못에 뽕나무와 대나무 등이 자라고 있었으며 길이 서로 통하고 개 짖는 소리와 닭 우는 소리가 서로 들렸다. 이 가운데 왕래하며 씨뿌리고 일하는 남녀들은 외계인外界人들과 같은 옷을 입고 있었으며, 노인과 어린아이들은 모두 편안하고 즐거워하였다. 이들은 어부를 보자 크게 놀라며 "어디서 왔느냐?"고 물으므로 자세히 말해 주었다. 집으로 가기를 청하여 그를 위해 술을 내오고 닭을 잡아 음식을 장만하였으며, 마을에 이런 사람이 와있다는 말을 듣고는 마을 사람들이 모두 와서 소식을 물었다. 그들은 말하기를 자신들은 "선대에 진나라의 난리를 피하여 처자와 마을 사람을 이끌고 이 외진 곳에 와서 다시는 세상에 나가지 않아 마침내 외인과 단절되었다"고 하였다. 지금이 어느 시대냐고 물었는데, 한나라가 있었던 사실을 알지 못하였으니, 위진은 말할 것도 없었다. 어부가 그들에게 알고 있는 역사 사실을 일일이 다 말해 주니, 모두 탄식하며 처연해 하였다. 나머지 사람들도 각기 자신들의 집으로 불러다가 모두 술과 밥을 대접하였다. 어부가 며칠을 머물다가 돌아가겠다고 말하자, 그들 중 어떤 사람이 "외인에게 말할 것이 못된다"고 당부하였다. 어부는 나와서 배를 찾

은 다음 곧 지난번 왔던 길을 따라 곳곳에 표시하고는 군하에 도착하여 태수에게 나아가 이와 같은 사실을 말하니, 태수가 곧 사람을 보내어 어부를 따라서 지난번 표시해 두었던 곳을 찾아가게 하였지만 마침내 길을 잃고 더 이상 원래의 길을 찾지 못하였다”라고 했다. 화산의 남쪽에 시내가 있는데, 넓이가 길이가 수 백 리이며 산의 골짜기로 이어지니 그 깊이를 알 수가 없었다. 어떤 사람이 연화봉에 올라 연기가 피어오르는 민가를 보고서 선굴인가 의심하였다. 어떤 이가 “진나라 사람이 난리를 피해 이곳에 거주하였는데, 그 후손이다”라고 했다. 소식의 「송왕백양送王伯揚」에서 “당시에 산에 의지하여 진나라를 피했네”라고 했다.

周處風土記云, 夏至前雨, 名黃梅雨. 埤雅云, 今江湘二浙, 四五月間, 梅欲黃落, 則水潤土溽, 柱礎皆汗. 蒸鬱成雨, 謂之梅雨. 東坡詩, 梅雨翛翛茘子然. 桃花源記, 晉太康中, 武陵人捕魚, 緣溪行, 忘路. 忽逢桃花夾岸, 窮源得一山, 捨船從口入, 屋舍儼然. 人見漁父, 大驚問所從來, 便邀還家, 爲設酒食. 自云, 先世避秦亂, 率妻子邑人, 來此絶境, 不復出. 不知有漢, 無論魏晉. 數日辭去, 及郡詣太守說, 遣人隨往, 迷不復得路. 華山南有川, 廣袤數百里, 連山洞, 不知其淺深, 人有登蓮花峯, 見人烟屋舍, 疑似仙窟. 或云, 秦人避難居此, 其後裔也. 東坡詩, 當時依山來避秦.

秦築亭風流二千石 此老入謫官不嗔 一樽相對是賓友 : 사혜련의 「설부雪賦」에서 “그곳에 맛있는 술을 차려놓고 친구들을 손님으로 불렀다”라

고 했다. 위응물의 「귀류행貴游行」에서 "빈우들은 우러러 칭탄하는데, 일생 동안 무엇을 구하였나"라고 했다.

謝惠連雪賦, 乃置旨酒, 命賓友. 韋應物詩, 賓友仰稱嘆, 一生何所求.

學得養生通治民 : 『장자』에서 문혜군이 말하기를 "훌륭하도다. 내가 포정의 말을 듣고 양생의 기술을 얻었다"라고 했다.

莊子, 文惠君曰吾聞庖丁之言, 得養生焉.

18. 여홍범의 시에 화답하다

答余洪範

홍범의 이름은 변이다. 원풍 4년에 산곡은 태화에서 시험관이 되어 남안군에 인재를 추천하였는데, 당시 그는 감주 군연이었다. 돌아오는 길에 만나 절구 두 수에 화답하였는데, "고작 남강군의 참군일 따름인데"라는 구절이 있다. 남강은 바로 감주의 군 이름이다. 그 시는 『외집』에 보인다.

洪範名卞. 元豐四年, 山谷自太和考試擧人于南安軍, 時爲贛州郡掾. 歸途相見, 嘗和其二絶句, 有南康郡下參軍耳, 南康卽贛之郡名也. 詩見外集.

倒海弄明月	바다에 자맥질하여 밝은 달을 희롱하고
伐山茹芝英	산에 올라가 지초 꽃을 먹네.
婆娑一世間	한 세상을 노닐면서
浩蕩懷友生	호탕한 벗을 그리네.
佳人貂襜褕	가인은 초첨유를 입었으니
眉宇秋江晴	미우가 가을 강처럼 시원하네.
胷懷府萬物	가슴으로 만물을 어루만지고
器識謝羣英[46]	도량과 지식은 뭇 영재보다 뛰어나네.
贈我白雪弦	나에게 백설의 현악기를 주니

46 [교감기] '英'은 청초본에는 '苓'으로 되어 있다.

此意少人明	이 뜻을 아는 사람 드물다.
別懷數弦望[47]	이별의 정회 세월이 흘렀는데
相思何時平	그리는 마음 언제나 가라앉을까.
猶憶把樽酒	아직도 생각나니, 술동이 술 마시며
夜談盡傳更	밤에 이야기 나누며 날을 새었는데.

【주석】

倒海弄明月 : 이백의 「서정제채웅書情題蔡雄」에서 "바다로 잠수하여 명월을 찾누나"라고 했다. 또한 조공소晁公溯의 「증기주좌우산수도曾夔州座右山水圖」에서 "산을 넘고 바다에 잠수하는 것도 어렵지 않네"라고 했다. 한유의 「별조자別趙子」에서 "바닷가 남쪽에서 서성이며, 명월주달를 굴리며 노네"라고 했다. 『태평광기 · 귀시』에서 "산에 돌아와 밝은 달을 희롱하네"라고 했다.

李太白詩, 倒海索明月. 又云, 回山倒海不作難. 韓昌黎詩, 婆娑海水南, 簸弄明月珠. 太平廣記鬼詩, 還山弄明月.

伐山茹芝英 : 양웅의 『태현경』에서 "지초 꽃을 먹으며 주림을 막네"라고 했다. 두보의 「북풍北風」에서 "한 나라 초기 늙은이들 그리우니, 안정된 그 시대에 지초를 따먹다니"라고 했다.

楊雄太玄經, 茹芝英以禦飢兮. 杜詩, 吾慕漢初老, 時淸猶茹芝.

47 [교감기] '別懷'는 고본과 건륭본, 그리고 청초본에는 '別離'로 되어 있다.

婆娑一世間 : 반고의 「등빈희」에서 "예술의 마당에서 한가롭게 노닐었다"라고 했다. 반표의 「북정부」에서 "봉수대로 올라가 먼 곳을 바라보다, 잠시 동안 이곳에서 천천히 거닐어보네"라고 했다. 『진서 · 도간전』에서 "이 늙은이가 몸을 가눌 수 없게 된다면, 바로 제군들이 억지로 만류한 것에 기인한 것이요"라고 했다. 왕술도 또한 "벼슬을 그만둘 나이에, 종세림宗世林 공처럼 관직에 오래 머물러 있는 짓은 하지 않을 것이다"라고 했다. 송옥의 『신녀부』에서 "인간세상에서 배회한다"라고 했다. 『한서 · 위표전』에서 "사람이 세상에 사는 것은 백구가 틈을 지나는 것과 같다"라고 했다. 또한 『한서 · 장량전』에서 여우학 장량에게 억지로 음식을 먹이면서 "사람이 세상에 한 번 사는 것이 백구가 틈을 지나는 것과 같은데, 어찌하여 이처럼 스스로 괴롭게 지내시오"라고 했다. 한유의 「송이고送李翶」에서 "사람이 한 번 세상에 태어나 스스로 재주 펼쳐 베풀지 않누나"라고 했다.

登賓戲曰, 婆娑乎術藝之場. 班彪北征賦, 登鄣隧而遙望兮, 聊須臾以婆娑. 晉書陶侃傳, 老子婆娑, 正坐諸君輩. 王述亦曰, 致仕之年, 不爲此公婆娑之事. 宋玉神女賦, 婆娑乎人間. 漢魏豹傳, 人生一世間, 如白駒過隙. 又張良傳,[48] 呂后强食張良曰, 人生一世間, 如白駒過隙, 何自苦如此. 韓詩, 人生一世間, 不自張與施.

---

48 [교감기] '又張良傳' 네 글자가 원래 빠져 있었는데, 『한서』 권40에 의거하여 보충하였다.

浩蕩懷友生 : 『초사』에서 "뜻은 호탕하지만 마음은 아프다네"라고 했다. 평자 장형張衡의 「사현부」에서 "내 마음은 호탕하니 미인들이 기쁘지 않노라"라고 했다. 『시경 · 벌목』에서 "아무리 형제간이 있다해도, 친구간 정만은 못하네"라고 했다. 안인 반악潘岳의 「생부」에서 "그리고 나서 대자리를 깔아 친구들의 손을 잡네"라고 했다. 이백의 「구일九日」에서 "산 달에 취해 모자 떨어뜨리며, 부지없이 노래하며 벗을 생각하네"라고 했다. 두보의 「객야客夜」에서 "막다른 인생길 벗에게 빌붙어 사네"라고 했다.

楚辭, 志浩蕩而懷傷. 張平子思玄賦, 志浩蕩而不嘉. 詩伐木, 不如友生. 宋玉九辯曰, 廓落兮羈旅, 而無友生. 潘安仁笙賦, 爾乃促中筵, 攜友生. 李太白詩, 落帽醉山月, 空歌懷友生. 杜甫詩, 途窮仗友生.

佳人貂襜褕 : 장형의 「사수」에서 "고운 님이 나에게 초첨유貂襜褕를 주셨으니, 무엇으로 보답할까? 명월주明月珠로다"라고 했는데, 주에서 인용한 채옹의 「독단」에서 "시중과 중상시는 초선을 쓴다"라고 했다. 『설문』에서 "두루마기는 첨유라고 한다"라고 했다. 이백의 「추포청계설야秋浦清溪雪夜」에서 "그대 초첨유를 걸치고, 그대와 마주하여 백옥병의 술 마시네"라고 했다.

張平子四愁詩, 美人贈我貂襜褕, 何以報之明月珠. 注, 引蔡邕獨斷曰, 侍中中常侍加貂蟬. 說文曰, 直裾謂之襜褕. 李白詩, 披君貂襜褕, 對君白玉壺.

眉宇秋江晴 : 매승의 「칠발」에서 “양기가 미우 사이에 보인다”라고 했다. 당나라 원덕수의 자는 자지인데 방관이 그를 보고 감탄하면서 “자지의 미우를 보면 사람으로 하여금 명리의 마음이 사라지게 한다”라고 했다. 두보의 「증태자태사여양군왕진贈太子太師汝陽郡王璡」에서 “아름다운 눈썹에 참으로 천재로다”라고 했다. 소식의 「구양회부유접리금침歐陽晦夫遺接䍠琴枕」에서 “미우가 빼어나게 자라 마치 봄날 산줄기 같네”라고 했다.

枚乘七發曰, 陽氣見于眉宇之間. 唐元德秀, 字紫芝, 房琯見而歎息曰, 見紫芝眉宇, 使人名利之心都盡. 杜詩, 眉宇眞天人. 東坡詩, 眉宇秀發如春巒.

胷懷府萬物 : 『장자 · 덕충부德充符』에서 “하물며 천지를 마음대로 부리고 만물을 어루만져서, 육체를 단지 잠깐 머물다 가는 거처로만 여기며, 이목의 감각을 허상으로 여기며 사람의 지식으로 아는 대상을 모두 하나로 여겨서, 마음이 한 번도 사멸된 적이 없는 사람은 더 말해 무엇하겠는가”라고 했다.

莊子內篇, 而況官天地府萬物, 而心未嘗死者乎.

器識謝羣英 : 문통 강엄江淹의 「별부」에서 “난대의 뭇 영재들”이라고 했다.

江文通別賦, 蘭臺之羣英.[49]

49 [교감기] 전본의 원교(原校)의 주에서 “살펴보건대 이 운은 앞과 중복된다[案此韻與前複]”라고 하였다. 대개 둘째 구의 ‘伐山茹芝英’를 가리킨다.

贈我白雪弦 此意少人明 : 장형의 「사수」에서 "미인이 나에게 금수단을 주니, 무엇으로 보답할까? 청옥 안이라네"라고 했다. 송옥이 초왕의 물음에 답하기를 "영중에서 노래를 부르는 객이 있었는데 그가 「양춘」과 「백설」을 부르자 따라 부르는 자가 수십 명에 불과했습니다. 상조에다 우조를 타고 유치의 음을 섞으니 따라 화답하는 자가 불과 몇 사람이었습니다. 곡조가 높고 어려울수록 따라 부르는 자가 더욱 적었습니다"라고 했다. 두보의 「제백대형제산거옥벽題柏大兄弟山居屋壁」에서 "슬픈 시나위 백설을 감도네"라고 했다.

張平子四愁詩, 美人贈我錦繡段, 何以報之青玉案. 宋玉云, 有歌於郢中者, 其爲陽春白雪,[50] 國中屬而和之者數十人, 引商刻羽, 雜以流徵, 屬而和之者, 不過數人. 是以曲彌高, 則和彌寡. 老杜詩, 哀弦繞白雪.

別懷數弦望 相思何時平 : 『후한서 · 율력지律曆志』에서 "앞에서는 느리고 뒤에서는 빨라서 '근일원삼近一遠三'인 것을 '현弦'이라고 한다.[51] 서로 균형을 이루어 하늘 한가운데를 나누는 것을 '망望'이라고 한다"[52]라고 했다. 이릉의 「여소무시與蘇武詩」에서 "가는 사람을 오래 만류키 어려워, 늘 서로 생각하자고 각기 말하네. 어찌 알겠나? 해와 달은 아

---

50 [교감기] '其爲' 두 글자는 원래 없었는데, 『문선』 송옥의 「대초왕문(對楚王問)」에 의거하여 보충하였다.

51 상현(上弦)과 하현(下弦) 때 달과 해의 각도가 가까운 거리는 360도 가운데 90도로 4분의 1에 해당되고 먼 거리는 360도 가운데 270도로 4분의 3에 해당된다는 말이다.

52 달이 해가 멀리 떨어져 192도와 62도 남짓이 되는 것을 이르는 말이다.

니어도, 차고 이지러지듯 만날 날이 다시 있을 줄을"라고 했다. 위응물의 「한청후회읍韓淸后還邑」에서 "더구나 이 낮이 이렇게 긴데, 뒤척인다고 어찌 편하겠는가"라고 했다.

後漢律曆志, 舒先速後, 近一園三, 謂之弦. 相與爲衡, 衡分天之中, 謂之望. 李陵詩, 行人難久留, 各言長相思. 安知非日月, 一望自有時. 韋應物詩, 況茲晝方永, 展轉何由平.

猶憶把樽酒 : 두보의 「춘일억이백春日憶李白」에서 "어느 때나 한 동이 술로 서로 만나서, 다시 한 번 글을 함께 자세히 논해 볼꼬"라고 했다.

杜甫詩, 何時一樽酒, 重與細論文.

夜談盡傳更 : 『동관한기』에서 "윤민이 반표와 매우 친하였는데, 매번 서로 이야기를 나눌 때면 항상 아침부터 저녁까지 먹지 않았다. 낮부터 어두울 때까지 밤부터 아침까지 쉬지 않았다"라고 했다. 한유의 「차일족가석此日足可惜」에서 "음식을 대하고 매번 배불리 먹지 않으니, 그 말을 들어도 질리지 않아서라. 20일 내내, 새벽에 앉아서 오경까지 이르렀네"라고 했다. 『세설신어』에서 "위개와 사곤이 아침까지 정미한 이야기를 나누었다"라고 했다.

東觀漢記曰, 尹敏與班虎相厚, 每相與談, 嘗晏暮不食, 晝卽至冥, 夜徹旦. 韓詩, 對食每不飽, 其言無倦聽. 連延二十日, 晨坐達五更. 世說, 衛玠與謝琨, 連旦微言.

19. 곧바로 오다

卽來[53]

先去豈長別	먼저 갔다고 어찌 길이 이별하랴
後來非久親	후에 오는 이도 오래 친하지 않네.
新墳將舊塚	옛 무덤에 새 봉분 쌓으니
相次似魚鱗	생선 비늘처럼 줄지어 서 있네.
茂陵誰辨漢	무릉에서 누가 한나라인줄 알며
驪山詎識秦	여산에서 어찌 진을 구별하랴.
千里與昨日	천 리 떨어진 곳 어제
一種併成塵	모두 무덤이 되긴 마찬가지라네.
定知今世士	참으로 알겠어라, 지금 세상의 선비
還是昔時人	도리어 옛날 사람인 것을.
烏用取他骨[54]	어찌 다른 뼈를 취하여
復持埋我身	다시 가져다가 나의 몸을 묻을까.

【주석】

先去豈長別 後來非久親 新墳將舊塚 相次似魚鱗 : 이영 「한식」에서 “옛

53 [교감기] 이 시는 고본의 『별집』 권1에는 보이지 않으며, 또한 『연보』에도 보이지 않는다.

54 [교감기] ‘烏’는 건륭본과 청초본에는 ‘惡’로 되어 있다.

묘지 새 무덤에서 곡이 많을 때"라고 했다. 『한서 · 유향전』에서 "자제들이 물고기 비늘처럼 아침마다 모였다"라고 했는데, 안사고가 "마치 물고기 비늘처럼 차례대로 선 것을 말한다"라고 했다. 한유의 「수배공조酬裵功曹」에서 "부의 서쪽 삼백 리, 물고기 비늘처럼 객관에서 인사드리네"라고 했다. 소식의 「범주성남泛舟城南」에서 "성 안의 누각은 물고기 비늘처럼 줄지어 섰네"라고 했다.

李郢寒食詩, 舊墳新壠哭多時. 漢書劉向傳, 子弟鱗集於朝. 師古曰, 言其相次如與鱗. 韓文公詩, 府西三百里, 候館同魚鱗. 東坡詩, 城中樓閣似魚鱗.

茂陵誰辨漢 : 한무제는 무릉에 장사지냈으니, 장안의 북쪽에 있다.

漢武帝葬茂陵, 在長安北.

驪山詎識秦 : 함양의 여산은 시황제를 장사지낸 곳이다.

咸陽驪山, 始皇所葬也.

千里與昨日 一種倂成塵 : 사형 육기陸機의 「만가」에서 "옛날에는 7척의 몸이었는데, 지금은 재와 티끌이 되었네"라고 했다. 한산자의 「시삼백삼수詩三百三首」에서 "처음에 8척의 사내로 기억하는데, 문득 티끌 모인 무덤이 되었네"라고 했다.

陸士衡挽歌詩, 昔爲七尺軀, 今成灰與塵. 寒山子詩, 始憶八尺漢, 俄成一聚塵.

定知今世士 還是昔時人 烏用取他骨 復持埋我身 : 진나라 유령이 일찍이 녹거를 타고 술 한 병을 들고서 하인에게 삽을 들고 따라오게 하면서 "죽거든 곧바로 나를 묻어라"라고 했다.

晉劉伶嘗乘鹿車, 攜一壺酒, 使人荷鍤隨之曰, 死便埋我.

20. 고도에게 받들어 답하다

奉答固道

『연보』에는 "원풍 계해년 태화에서 지었다"라고 했다.

年譜, 元豐癸亥太和作.

平生湖海漁竿手	평생 호해에서 물고기 잡고 낚시하던 손으로
强學來操製錦刀	억지로 배워 비단 자르는 칼을 잡았네.
末俗相看終眼白	말속은 서로 바라볼 때 끝내 백안시하니
古人不見想山高	고인은 산처럼 높은 것을 보지 못하였나.
未乘春水歸行李	봄 물 타고 돌아가는 나그네 되지 못하니
儻得閑官去坐曹	혹 한가한 관리 되면 관청에서 떠나리.
自是無能欲樂爾	이에 즐기고자 하는 마음 없는데
煩君錯爲歎賢勞	그대 번거롭게도 잘못 나보고 수고롭다고 탄식하누나.

【주석】

平生湖海漁竿手 : 두목의 「도중途中」에서 "서글퍼라 강호에서 낚시질하던 손으로, 문득 지는 해를 가리고서 장안으로 향하네"라고 했다. 두보의 「봉기별마파주奉寄別馬巴州」에서 "홀로 낚싯대 잡고 끝내 멀리 떠나리니"라고 했다.

杜牧之詩, 惆悵江湖釣竿手, 却遮西日向長安. 老杜詩, 獨把漁竿終遠去.

强學來操製錦刀 : 『좌전 · 양공 31년』에서 정鄭나라 자피子皮가 연소한 윤하尹何를 자신의 읍대부邑大夫로 삼으려고 하자, 자산子產이 어려서 안 된다고 반대하면서 "이는 칼을 잡을 줄도 모르는 아이더러 베어 보게 하는 격이다. 그대에게 아름다운 비단이 있을 경우, 자격이 없는 어떤 사람으로 하여금 그 비단을 시험 삼아 재단하게 하지는 않을 것이다. 큰 벼슬과 큰 읍은 백성의 몸이 의탁하는 곳인데, 배우는 사람에게 시험 삼아 다스리게 한단 말입니까. 큰 벼슬과 큰 읍이야말로 그 아름다운 비단보다 훨씬 더 중요한 것이 아니겠습니까"라고 했다.

左氏襄公三十一年, 鄭子皮欲使尹何爲邑, 子産曰, 猶未能操刀而使割也. 子有美錦, 不使人學製焉. 大官大邑, 身之所庇也, 而使學者製焉, 其爲美錦, 不亦多乎.

末俗相看終眼白 : 진의 완적은 반가운 사람은 청안으로 속세의 사람은 백안으로 대했다.

晋阮籍靑白眼.

古人不見想山高 : 『모시』에서 "저 높은 산봉우리를 우러르네"라고 했다.

毛詩, 高山仰止.

未乘春水歸行李 : 『좌전 · 양공襄公 8년』에서 "또한 한낱 행리를 시켜서 우리 임금에게 고하지 아니했다"라고 했다. 두보의 「중간왕명부重簡王明府」에서 "사자 보내 모름지기 찾아주기를"라고 했다. 또한 「무협폐려巫峽敝廬」에서 "사신으로 머물던 우리 외삼촌께서"라고 했다.

行李字見左傳. 杜詩, 行李須相問. 又, 行李淹吾舅.

儻得閑官去坐曹 : 한유의 「증최립지贈崔立之」에서 "어찌 한관을 감히 추천함이 있으리"라고 했다. 또한 「진공파적晉公破敵」에서 "한관을 나아가게 하니 즉 지극히 공변되도다"라고 했다. 『한서 · 설선전』에서 "동지와 하지가 되면 관리를 쉬게 하였는데, 적조연 장부張扶만이 홀로 기꺼이 쉬지 않고 관청에 앉아 일을 보았다"라고 했다. 남풍 증공曾鞏의 「희이제장지경사喜二弟將至京師」에서 "관청에 앉아 있는 풍의가 강회를 격동시키네"라고 했다.

韓詩, 豈有閑官敢推引. 又云, 得就閑官卽至公. 漢書薛宣傳曰, 坐曹治事. 曾南豐詩, 坐曹風義動江淮.

自是無能欲樂爾 : 『한서 · 양운전』에서 "인생은 무상하므로 그저 즐겁게 살아야 한다"라고 했다.

漢書楊惲傳, 人生行樂爾.

煩君錯爲歎賢勞 : 『모시 · 북산』에서 "대부들을 공평하게 쓰지 않고

서, 나만 부려먹으며 홀로 힘들구나"라고 했다. 소식의 「차운전목보회음次韻錢穆父會飮」에서 "주인 홀로 어질어 수고롭구나"라고 했다.

毛詩北山, 我從事獨賢,[55] 東坡詩, 主人獨賢勞.

---

55 [교감기] '我從事獨賢'는 원래 '我獨賢勞'로 되어 있었는데, 이 말은 『맹자·만장(萬腸)』 상(上)에 보인다. 지금 전본을 따르고 아울러 『시경·소아·북산』에 의거하여 바로잡았다.

21. 성사가 『논어장구』를 강론하며 지은 시에 받들어 화답하다

奉答聖思講論語長句

『연보』에서 "원풍 계해년에 태화에서 지었다"라고 했다.

年譜元豐癸亥太和作

簿領文書千筆禿	장부의 문서에 천 붓이 닳았고
公庭囂訟百蟲鳴	공정의 시끄러운 소송은 온갖 벌레처럼 울어대네.
時從退食須臾頃	때로 잠시나마 퇴청하여 식사하고
喜聽鄰家諷誦聲	이웃 집 글 읽는 소리 즐겨 듣노나.
觀海諸君知浩渺	바다를 본 제군은 드넓은 것을 알지니
學山他日看崇成	산을 배워 훗날 높다랗게 성취하리라.
暮堂吏退張燈火	저물녘 당에 아전이 퇴청하면 등불을 밝히고
抱取魯論來講評[56]	『논어』을 가져다가 강론하는구나.

【주석】

簿領文書千筆禿 : 『문선』에 실린 유정劉楨의 「잡시雜詩」에서 "장부 사

56 [교감기] 고본의 시의 끝의 주에서 "이상은 모두 집에 전해져 오는 것이다"라고 했다.

이에 "져서"라고 했다. 소식의 「송정칠표제지사주送程七表弟知泗州」에서 "장부 사이에서 한 번 웃고는"이라고 했으며, 또한 「차운임자중次韻林子中」에서 "장부에 십 년 늙고 흰머리만 재촉하여"라고 했다. 원진의 「사동천망희역使東川望喜驛」에서 "책상에 쌓인 문서가 눈에 가득하고"라고 했다. 『진서·왕희지찬』에서 "비록 천 자루의 토끼털 붓이 모지라질지라도, 모아도 터럭 하나의 근력이 없고"라고 했다. 두보의 「제벽상위언화마가題壁上韋偃畫馬歌」에서 "장난하듯 몽당붓 잡고 화류마 그리면"이라고 했다. 이백의 「취후증왕역양醉後贈王歷陽」에 "글씨는 천 마리 토끼털 붓이 다 닳도록 썼고"라고 했다. 한유의 「모영전」에서 "후에 인하여 나아가 뵈었다. 주상이 일찍이 붓을 쓸 일이 있어 붓의 먼지를 털자 인하여 관을 벗고 사양하는데, 주상이 보니 그의 머리가 다 벗어지고 또 그려내는 것도 상의 뜻에 맞지 않았다"라고 했다. 매성유의 「차운화영숙음次韻和永叔飮」에서 "제공은 취해 붓을 찾아 읊조리려 하니, 우리 아이 천 터럭 독필로 조용히 써내네"라고 했다.

文選詩, 沈迷簿領間. 東坡詩, 一笑簿領間. 又云, 十年簿領催衰白. 元稹詩, 滿眼文書堆案邊. 王羲之賛, 雖禿千兎之翰, 聚無一毫之筋. 老杜詩, 戲拈禿筆掃驊騮. 太白詩, 書禿千兎毫. 韓公毛穎傳, 後因進見, 上將有任使, 拂拭之, 因免冠謝. 上見其髪禿, 梅聖俞詩, 諸公醉思索筆吟, 吾兒暗寫千毫禿.

公庭罵訟百蟲鳴 : 『예기·곡례』에서 "공정公庭에서는 부녀에 관한 일을 말하지 않는다"라고 했다. 이백의 「최추포崔秋浦」에서 "추포는 옛날

쓸쓸하여, 공정에 사람과 아전이 드물었네"라고 했다. 『서경·요전堯典』에서 "제요帝堯가 말씀하기를 "누가 때를 순히 할 사람을 두루 물어서 등용할 수 있는가?"라 하니, 방제가 말하기를 "맏아들인 단주丹朱가 계명啓明합니다"라고 하였다. 제요가 말씀하기를 "아! 너의 말이 옳지 않다. 오만하고 사나우니, 가하겠는가"라고 하였다"라고 했다. 사령운의 「재중독서齋中讀書」에서 "빈 관엔 쟁송이 없어서, 공정엔 새가 날아드네"라고 했는데, 여기서는 그 의미를 반대로 구사하였다. 소식의 「차운답유경次韻答劉涇」에서 "시를 읊을 때 가을벌레 소리 짓지 말라"라고 했다.

曲禮, 公庭不言婦女. 李太白詩, 秋浦舊蕭索, 公庭人吏稀. 堯典, 放齊曰, 胤子朱啓明. 帝曰吁, 嚚訟, 可乎. 謝靈運詩, 虛館絶爭訟, 空庭來鳥雀. 此反其意. 東坡詩, 吟詩莫作秋蟲聲.

時從退食須臾頃 : 『모시』에서 "퇴청에서 집에서 먹으니"라고 했다. 『중용』에서 "도는 잠시도 떠나서는 안 된다"라고 했다.

毛詩, 退食自公. 中庸, 道不可須臾離.

喜聽鄰家諷誦聲 觀海諸君知浩渺 : 『맹자·진심』에서 "바다를 본 자에게는 강물을 가지고 이야기 하기는 어렵다"라고 했다. 소식의 「박남정구泊南井口」에서 "아득한 강호를 건너"라고 했다. 구양수의 「초견황하初見黃河」에서 "강해와 회수, 제수 및 한수, 면수, 어찌 아득하게 물이 흘

러들어 드넓지 않으리"라고 했다.

孟子盡心, 觀於海者難爲水. 東坡詩, 江湖涉浩渺. 歐陽公詩, 江海淮濟泊漢沔, 豈不浩渺汪而大.

學山他日看崇成 : 양웅의 『학행편』에서 "구릉이 산을 배우지만 산에 이르지는 못한다"라고 했다.

揚子學行篇, 丘陵學山, 而不至於山.

暮堂吏退張燈火 : 『남사 · 위예전』에서 "등불을 밝히고 새벽까지 공부하였다"라고 했다. 두보의 「증특진여양왕贈特進汝陽王」에서 "철새들 등불 아래 자고 있네"라고 했다. 한유의 「부독서성남符讀書城南」에서 "등불을 점차 친할 수 있겠고"라고 했다.

南史韋叡傳, 張燈達曙. 杜詩, 鳧鴈宿張燈. 韓昌黎詩, 燈火稍可親.

抱取魯論來講評 : 이 구는 대개 강학을 급선무로 삼고 위정을 다음으로 삼는다는 의미이다.

此蓋以講學爲急, 爲政次之.

22. 학해사에 쓰다

題學海寺[57]

'학해學海'는 아마도 '각해覺海'인 듯하다. 『연보』에서 "「제각해사」라는 시가 있으니, 원풍 계해년 태화에서 지었다"라고 했다.

學海字, 疑是覺海. 年譜, 有題覺海寺詩, 元豐癸亥太和作.

爐香滔滔水沈肥[58]	화로의 침수향 향내 몽실몽실 짙게 피어오르고
水遶禪床竹遶溪	물은 선상을 감돌고 대는 시내를 감싸네.
一段秋蟬思高柳	일단의 가을 매미 높은 버들 생각하는데
夕陽原在竹陰西	석양은 원래 대나무 그늘 서쪽에 있다네.

【주석】

爐香滔滔水沈肥 : 『논어 · 미자微子』에서 "큰물에 휩쓸려 흘러가는 꼴이 천하가 모두 한 모양이니, 누구와 함께 이 세상을 바꿀 수 있겠는가"라고 했다. 『당본초』의 주에서 "침수향은 천축과 선우 두 나라에서 생산된다. 나무는 거류와 비슷하며 무거운 열매는 흑색이니 물에 잠기

57 [교감기] '學'은 고본에는 '覺'으로 되어 있는데, 그것이 옳다. 자세한 것은 제목 아래 주에 보인다.

58 [교감기] 건륭본의 원고에서 "제(옹방강)가 살펴보건대, '爐香滔滔'는 본래 '香烟鬱鬱'로 되어 있었습니다"라고 했다. 살펴보건대 고본에는 '香烟鬱鬱'로 되어 있다.

는 것이 바로 이것이다"라고 했다.

滔滔, 見魯論. 唐本草注曰, 沈水香出天竺單于二國, 木似欅柳, 重實黑色, 沈水者是.

水遶禪床竹遶溪 : 왕안석의 「신주회거관중信州回車館中」에서 "파초는 베고 누우니 서창에 비가 내리는데, 당시 물이 침상 둘러 흐르던 것과 비슷하네"라고 했다.

王荊公詩, 芭蕉一枕西窻雨, 復似當時水遶床.

一段秋蟬思高柳 夕陽原在竹陰西 : 법안선사 『금강경 · 사시반야송』에서 "이치가 다하고 정을 잊어야지, 어찌 유제喩齊 비유가 있다고 하겠는가. 서리 내리는 밤에 달은, 흐름에 맡기어 앞개울에 떨어진다. 과일이 익으니 덩달아 원숭이가 살찌고, 산이 깊으니 길에 헤매는구나. 고개를 들어보니 노을이 지는데, 원래부터 서쪽에 있었다네"라고 했다. 두목의 「제양주선지사題楊州禪智寺」에서 "뉘 알리 죽서의 길에, 노래 부르는 곳이 양주인 줄을"이라고 했다.

法眼禪師金剛經, 四時般若頌曰, 理極忘情謂, 如何有喩齊. 到頭霜夜月, 任運落前溪. 果熟兼猿重, 山長似路迷. 擧頭殘照在, 原在住居西. 杜牧之詩, 誰知竹西路, 歌吹是揚州.

23. 매화
梅花

『연보』에서 "원풍 연간 태화에서 지었다"라고 했다.

年譜, 元豐間太和作.[59]

障羞半面依篁竹	얼굴 반을 부끄러움에 가리고 대숲에 기댔는데
隨意淡粧窺野塘	내키는 대로 엷게 화장하고 들판 못을 바라보네.
飄泊風塵少滋味	풍진 속에 떠돌아 깊은 맛 적은데
一枝猶傍故人香	고인 곁에 있는 한 가지에 아직 향기 풍기네.

【주석】

障羞半面依篁竹 : 『한서 · 장창전』에서 "스스로 편면으로 말을 채찍처럼 때렸다"라고 했는데, 안사고의 주에서 "안사고顔師古는 "편면은 낯을 가리는 것인데 대개 부채의 유이다"라고 했다. 『극담록』에서 "당나라 장안의 당창관에 옥예화가 만발하였다. 원화 연간에 어떤 여자가 각선으로 얼굴을 가리고 곧바로 꽃피는 곳으로 갔다"라고 했다. 이는 서비의 반쪽 얼굴에 화장한 것[60]과 수양공주가 궁궐에서 화장했던[61] 두 고

59 [교감기] 살펴보건대 『연보』 권15에는 이 시가 원풍 5년에 편차되어 있다.

사를 구사하였다. 『한서 · 엄조전』에서 병사를 출동시켜 남월을 정벌하려하자, 회남왕 안이 소장을 올려 "월은 성곽과 마을이 있는 것이 아닙니다. 계곡 사이와 대숲 사이에 거처하면서 수전에 익숙합니다"라고 했다. 왕안석의 「송이선숙送李宣叔」에서 "거친 띠풀 대숲 사이에"라고 했다.

漢書張敞傳, 自以便面拊馬. 師古曰, 便面所以障面. 劇談傳, 唐長安唐昌觀, 玉蘂花發. 元和中, 有女子以自角扇障面, 直至花所. 此用徐妃半面粧, 壽陽公主宮粧二事. 嚴助傳, 越處篁竹之間. 王介甫詩, 荒茅篁竹間.

隨意淡粧窺野塘 : 소식의 「음호상초청후우飮湖上初晴後雨」에서 "엷은 화장 짙은 화장이 모두 서로 어울리네"라고 했다.

東坡詞, 淡粧濃抹總相宜.

飄泊風塵少滋味 : 두보의 「단청인丹青引」에서 "지금은 전쟁터를 떠돌면서"라고 했다. 한유의 「행화杏花」에서 "오늘 아침 어찌하여 문득 서

60 서비의 (…중략…) 화장한 것 : 서비는 양 원제(梁元帝)의 비(妃)로 이름은 소패(昭佩)인데, 원제가 한 눈이 애꾸눈이었으므로, 반면(半面)에만 화장(化粧)을 하고 임금을 맞이했다가 임금의 노염을 샀다.

61 수양공주가 (…중략…) 화장했던 : 수양(壽陽)은 남조 송(宋)나라의 수양공주(壽陽公主)를 가리킨다. 무제(武帝)의 딸 수양공주가 인일(人日)에 함장궁(含章宮)의 처마 밑에 누워 있었는데, 매화가 공주의 이마에 떨어져 오각(五角)의 문채를 이루었다. 그 매화를 털어 내도 떨어지지 않으니, 황후가 그대로 놓아두라고 하였는데, 이후로 이마에 매화를 그려 단장하는 풍속이 생겼다고 한다.

글픈가, 만 조각으로 떠돌며 동서로 돌아다니는구나"라고 했다. 육기의 「위고언선증부爲顧彦先贈婦」에서 "서울에 풍진이 많아, 흰 옷이 검게 변하였네"라고 했다. 고적의 「위봉구위」에서 "풍진 아래 아전 됨을 어찌 견디랴"라고 했다. 두보의 「증별하옹贈別何邕」에서 "작은 벼슬로 풍진에 내달리는 것이"라고 했으며, 「구월일일九月一日」에서 "청담 나누며 깊은 맛을 느끼네"라고 했다.

老杜詩, 卽今飄泊干戈際. 韓昌黎詩, 今旦胡爲忽惆悵, 萬片飄泊隨西東. 陸機詩, 京洛多風塵. 高適爲封丘尉詩, 寧堪作吏風塵下. 杜少陵詩, 薄宦走風塵. 又淸談見滋味

一枝猶傍故人香 : 『형주기』에 실린 육개의 「기조매」에서 "강남에 가진 것은 없는데, 애오라지 한 가지의 봄을 드리네"라고 했다. 이 구는 비록 풍진속에 떠돌지만 맑은 향은 그치지 않는다. 산곡이 자신을 비유한 것이다.

荊州記, 陸凱寄早梅詩,[62] 江南無所有, 聊贈一枝春. 此言雖飄泊風塵, 而淸香不改, 山谷蓋以自況也.

62 [교감기] '陸凱'는 원래 '陸開'로 되어 있었는데, 전본에 의거하여 고쳤다. 살펴보건대 『태평어람』 권 970에 인용된 『형주기』에서 또한 '陸凱'로 되어 있다.

24. 태화 남탑사의 벽에 쓰다

題太和南塔寺壁[63]

熏爐茶鼎暫來同	향로와 차 솥을 잠시 와서 함께 하는데
寒日鵶啼柿葉風	차가운 날 까마귀는
	바람 부는 감나무 잎에서 우네.
萬事盡還杯酒裏	만사는 모두 한 잔 술 속으로 돌아가나니
百年俱在大槐中	인생 백년 모두 큰 홰나무 안에 있어라.

【주석】

熏爐茶鼎暫來同 : 『문선』에 실린 문통 강엄江淹의 「잡체시雜體詩」에서 "등잔과 향로에 그윽한 꺼져가네"라고 했는데, 주에서 "화로는 훈로이다"라고 했다.

文選江文通擬古詩云, 膏爐絶沈燎. 注云, 爐是熏爐也.

寒日鵶啼柿葉風 : 『예문유취』에 실린 남양南梁의 유중용庾仲容의 「영시시」에서 "층층의 난간 옆에 꽃술 터뜨리니, 펄럭이는 꽃잎은 약초와 뒤섞이네. 나무 그림자 옮겨갈 때 바람 일고, 약한 새 가지에 이슬이 무겁다"라고 했다.

---

63 [교감기] 이 시는 『산곡연보』에는 보이지 않는다. 그것은 아마도 지명에 따라 태화 시권에 편차하였기 때문이다.

藝文類聚載梁庾仲容詠柿詩, 發欒臨層檻.[64] 翻英糅花藥. 風生樹影移, 露重新枝弱.

萬事盡還杯酒裏 : 『진서 · 장한전』에서 "죽은 뒤에 명성을 얻기 보다는 생전에 마시는 한 잔의 술이 낫다"라고 했다.

晉書張翰傳, 使我有身後名, 不如即時一杯酒.

百年俱在大槐中 : 『이문집』에 실린 순우분의 고사에서 "순우분이 병이 났는데, 꿈에 두 사자를 보았다. 그 두 사자는 순우분을 데리고 집의 남쪽에 있는 오래된 홰나무 구멍 속으로 들어갔다. 앞쪽으로 수십 리를 가니 큰 성이 있었고 문루門樓에 "대괴안국大槐安國"이라고 쓰여 있었다. 괴안국의 왕은 자신이 딸 요방瑤芳을 순우분의 아내로 삼게 했으며, 순우분을 남가군수로 삼았다. 순우분은 그 고을을 이십 년 동안 다스렸다. 꿈속에 한순간이 마치 일생을 보낸 듯하여, 드디어 두 객을 불러, 옛 홰나무 아래 구멍을 찾아보았다. 큰 구멍을 보니 훤히 뚫려 있고 흙이 쌓여 있었는데 성곽이나 대전의 모습이었다. 개미 몇 곡斛이 그 가운데 숨어서 모여 있었다. 가운데에 작은 누대가 있었고 두 마리의 큰 개미가 거기에 거처했는데, 곧 괴안국의 도읍이었다. 또 다른 구멍 하나를 파고 들어가 곧장 남쪽 가지 위로 오르니 또한 토성의 작은 누대가 있었으니, 이것이 바로 남가군이다"라고 했다. 산곡은 평생 명

64 [교감기] '藥'는 지금 통행본 『예문유취』에는 '葉'으로 되어 있다.

리를 멀리하고 부귀를 가볍게 여기는 마음을 여기에서 볼 수 있다

異聞集載淳于棼事云, 棼夢見入宅南古槐穴中, 行數十里, 有大城, 門樓題曰大槐安國. 其王以女妻生, 使爲南柯太守, 在郡二十年. 發寤, 呼二客尋古槐下穴, 有蟻數斛, 中有小臺, 二大蟻處之, 卽槐安國也. 又窮一穴, 直上南枝, 卽有土城小樓, 卽南柯郡也. 山谷平生薄名利輕富貴之心, 於是可見.

25. 군용이 보내온 「별시절구」에 화답하다

和答君庸見寄別時絶句[65]

하군용은 태화의 주부이니, 태화에 있을 때 지은 것을 알 수 있다.

何君庸, 太和簿, 可見太和作.[66]

看鏡白頭知我老	거울을 보니 흰 머리라 내가 늙음을 아는데
平生靑眼爲君明	평생 청안으로 그대 위해 밝게 보았노라
舞姝別後閑珠履	춤추는 미녀는 이별 뒤에 비단 신발 벗어버리니
已報絲蟲網玉笙	거미줄이 옥 아쟁에 쳐 있다고 알려주누나.

【주석】

看鏡白頭知我老 : 두보의 「강상江上」에서 "공적 없어 자주 거울 보니 부끄럽네"라고 했다.

杜甫詩, 勳業頻看鏡

平生靑眼爲君明 : 『진서』에서 "완적은 반가운 사람은 청안으로 속세의 사람은 백안으로 대했다"라고 했다. 『청상잡기』에 실린 범풍의 구句

65 [교감기] 고본에서는 시의 제목이 '奉和答君庸見寄'로 되어 있다.

66 [교감기] 살펴보건대 『산곡연보』 권15에 이 시는 원래 원풍 5년에 편차되어 있다.

에서 "오직 남산과 그대 눈만이, 다시 만나도 옛적 푸름 그대로일세"라고 했다. 두보의 「진주견칙목秦州見勅目」에서 "헤어진 뒤로 모두 머리 세었으나, 만난다면 반갑게 맞이해 줄 것이리"라고 했다. 소식의 「실제失題」에서 "책 읽느라 머리는 희어지려는데, 서로 마주하니 반갑게 대하네"라고 했으며, 또한 또 다른 「실제失題」에서 "거울 속 흰머리 이제 나도 늙었는데, 평생의 반가운 눈은 그대 위해 반짝이네"라고 했다. 그 밖에 백두와 청안을 구사한 것이 대단히 많은데, 이 연은 소식, 황정견의 구법과 비슷하다.

晉書, 阮籍常作靑白眼. 靑箱雜記, 范諷詩, 惟有南山與君眼, 相逢不改舊時靑. 杜少陵詩, 別來頭竝白, 相對眼終靑. 東坡詩, 讀書頭欲白, 相對眼終靑. 又, 看鏡白頭知我老, 平生靑眼爲君明. 其餘使白頭靑眼甚多, 惟此聯與蘇黃句法相似.

舞姝別後閑珠履 : 『시경 · 패풍』에서 "단아한 예쁜 아가씨가, 성 모퉁이에서 나를 기다리네"라고 했는데, 주에서 "주姝는 자태가 고운 것이다"라고 했다. 이백의 「관기觀妓」에서 "위나라 미녀는 현악기를 희롱하고"라고 했다. 춘신군의 식객이 삼천 명이었는데 모두 구슬 장식 신발을 신었다. 좌사左思의 「오도부」에서 "문을 나설 때에는 진주장식 신발을 신으며 출동할 때에는 백 명, 천 명이 따라나섭니다"라고 했다. 두보의 「단가행」에서 "도대체 누구네 집에서 진주 신발 신는 사람이 되려 하는가"라고 했다.

毛詩北鄘國風, 靜女其姝. 箋云, 姝, 美好之子. 太白詩, 魏姝弄鳴絲. 春申君客三千人, 皆躡珠履. 吳都賦, 出躡珠履, 動以千百. 老杜詩, 欲向何門跋珠履.

已報絲蟲網玉笙 : 『옥대신영』에 실린 서비의 「증내」에서 "비단 이불에 거미가 줄을 치고"라고 했다. 『문선』에 실린 경양 장협張協의 「잡시雜詩」에서 "거미가 사방 벽에 줄을 쳤네"라고 했다. 『문선』에 실린 강엄의 「의장사공시」에서 "난초 길에 지나간 자취 드물고, 옥 경대엔 거미줄 쳐 있네"라고 했다. 두보의 「장부성도초당將赴成都草堂」에서 "책표지와 약봉지에는 거미줄이 얽어 있고"라고 했다.

玉臺新詠徐悱贈內詩曰, 網蟲生錦薦. 文選張景陽詩曰, 蜘蛛網四屋. 江淹擬張司空詩曰, 蘭徑少行迹, 玉臺生網絲. 杜少陵詩, 書籤藥裹封蛛網.

26. 유사주에게 보내다

寄劉泗州

사주에게 보내는 시는 모두 두 수로, 전편은 『외집』 권14에 실려있고, 후편은 이곳에 실려 있다. 원풍 갑자년에 덕평진에 가다가 지나가는 길에 지었다.

寄泗州凡二首, 前篇載外集第十四卷, 後篇載此. 元豐甲子歲赴德平鎭經途所作.

生天生地嘗爲主[67]	천지간에 살면서 일찍이 주인이 되었나니
此事惟應作者知	이 일을 응당 조물주는 알 것이라.
康濟小民歸一臂	소민을 구제함은 팔 한 번 휘두르는 것과 같으니
屈伸由我更由誰	나로 말미암아 시행되니 다시 누구를 말미암으리오.

【주석】

生天生地常爲主 此事惟應作者知 康濟小民歸一臂 屈伸由我更由誰 : 『서경』에서 "소민들을 편안히 구제하라"라고 했다. 소식의 「유별금산이장노留別金山二長老」에서 "이 몸을 치료함에 자못 방법이 있으니"라고 했

67 [교감기] '嘗'은 전본에는 '常'으로 되어 있다.

다. 『십육관행경』에서 "설법을 듣고 나면 마치 힘센 장사가 팔 한 번 굽혀다가 펴는 잠깐동안에도 바로 극락세계에 태어난다"라고 했다. 소강절의 「사려음」에서 "나를 말미암지 않고 그 누구를 말미암는단 말인가"라고 했다.

書, 康濟小民. 東坡詩, 康濟此身殊有道. 十六觀行經, 譬如壯士, 屈伸臂項, 卽生西方. 東坡詩, 生死猶如臂屈伸. 邵康節思慮吟, 不由乎我, 更由乎誰.

27. 평원의 군재에서. 2수

平原郡齋. 二首

이 시는 덕주와 덕평진을 감독할 때 지은 것이다. 평원은 덕주에 속한다. 『외집』에 「평원연좌」 두 수가 있으니, 첫 수는 "늙어 유생이 되어 일을 알지 못하니, 강남에 밭이 있어 돌아가 농사짓고 싶어라. 북창에 바람 불어 책장을 넘기니, 여전히 사람에게 부지런히 독서하라고 권하는 듯하네"라고 했으며, 두 번째 수에서 "누런 잎이 뜰에 떨어지는데 구주를 살펴보니, 벌레 소리 밤낮으로 옷을 장만하라 경계하네. 금전이 땅에 가득해도 쓰는 사람 없어, 한 곡의 명주는 율무 같은 때로구나"라고 했는데, 이 시와 같지 않다. 또한 살펴보건대, 촉본의 시를 새긴 것에 산곡의 친필로 쓴 제목에 「평원군재平原郡齋」라고 되어 있다.

此詩監德州德平鎭時作. 平原, 屬德州. 外集有平原宴坐詩二首, 老作儒生不解事, 江南有田歸荷鋤. 北牕風來擧書葉, 猶似勸人勤讀書. 黃落委庭觀九州, 蟲聲日夜戒衣裘. 金錢滿地無人費, 一斛明珠薏苡秋. 與此不同. 又按蜀本詩刻有山谷眞蹟, 題云平原郡齋.

첫 번째 수其一

生平浪學不知株	평생 잘못 배워 나무도 모르지만
江北江南去荷鋤	강북과 강남으로 돌아가 호미 메고 싶어라.

窗風文字翻葉葉	창가 바람에 책장은 펄럭이니
猶似勸人勤讀書	마치 부지런히 책 읽으라 권하는 듯.

【주석】

生平浪學不知株 江北江南去荷鋤 : 『문선』에 실린 사령운의 「등강중고서登江中孤嶼」에서 "강남에서 지겹도록 유람하였고, 강북에서 오랫동안 주유하였네"라고 했다. 두보의 「기주가夔州歌」에서 "낭동과 낭서에 일만의 가옥, 강남과 강북엔 봄과 겨울에 꽃이 피네"라고 했다. 문통 강엄江淹의 「도징군잠전거陶徵君潛田居」에서 "비록 호미를 메고 다니기 괴롭지만"이라고 했다. 도연명의 「귀전원거歸田園居」에서 "달빛 받고서 호미 메고 돌아오네"라고 했다. 두보의 「무가별無家別」에서 "바야흐로 봄이라 홀로 호미질하고"라고 했으며, 또한 「종와거種萵苣」에서 "호미질하니 쉽게 마쳤네"라고 했으며 또한 「득가서得家書」에서 "끝내 호미를 들어보네"라고 했으며, 또한 「모춘제양서신임초옥暮春題瀼西新賃草屋」에서 "가랑비 맞으며 호미 들고 서 있으니"라고 했다.

文選謝靈運詩, 江南倦歷覽, 江北曠周旋. 杜少陵詩, 瀼東瀼西一萬家, 江南江北春冬花. 江文通詩, 雖有荷鋤倦. 淵明詩, 帶月荷鋤歸. 老杜詩, 方春獨荷鋤. 又荷鋤功易止, 眷言終荷鋤. 又云細雨荷鋤立.

두 번째 수其二

成巢不處避歲鵲	태세성을 피한 까치처럼 둥지 짓지 못하고
得巢不安呼婦鳩	둥지 얻고서 편안하게
	암컷 비둘기 부르지도 못하네.
金錢滿地無人費	금전이 땅에 가득해도 쓰는 사람 없으니
一斛明珠薏苡秋	한곡의 밝은 구슬 율무 같은 때라네.

【주석】

成巢不處避歲鵲 : 『유양잡조』에서 "까치는 태세성인 목성을 피한다"라고 했다.

酉陽雜俎, 鵲巢避太歲.

得巢不安呼婦鳩 : 『시경 · 작소鵲巢』에서 "까치가 둥지를 지으매, 비둘기가 거기에 살도다"라고 했다. 구양수의 「명구鳴鳩」에서 "하늘에 비 그치자 비둘기 울고, 암컷 돌아오자 지저귀며 기뻐하네"라고 했다.

詩鵲巢, 維鵲有巢, 維鳩居之. 歐陽公詩, 天雨止鳩呼, 婦歸鳴且喜.

金錢滿地無人費 一斛明珠薏苡秋 : 『조야첨재』에서 교지지喬知之에게 여종인 벽옥碧玉이 있었는데, 무승사武承嗣가 그 여종을 빌려가고서 돌려보내주지 않았다. 이에 교지지가 「녹주원綠珠怨」이란 작품을 지어서 "석숭石崇의 집 정원 금곡원金谷園에 새로운 여인의 노래 소리, 구슬 10곡을

바치고 아름다운 녹주를 초빙했네"라고 했다.

朝野僉載綠珠怨, 石家金谷重新聲, 明珠十斛買娉婷.

28. 형돈부의 부채에 쓰다

題邢惇夫扇

형거실의 자는 돈부로 하간 사람이다. 화숙 형서의 아들로 어려서부터 문장으로 이름이 났다. 동파는 "돈부는 어려서부터 교유한 사람들이 대부분 제공과 장자들이었다. 수를 누리지 못하고 일찍 죽었는데, 그의 『신음집』이 세상에 전해진다"라고 했다. 『왕직방시화』에서 "소유 진관이 친필로 절구 한 수를 형돈부의 부채위에 쓰기를 "월단차 새로 갈아 꽃 자기에 물을 붓고서, 마시고 난 뒤 아이 불러 시를 짓누나. 바람이 작은 마루에 잦아 낙엽도 없으니, 푸른 벌레 마주하고서 가을 실을 토해내네"라고 했는데, 산곡이 이를 보고서 다시 작은 초서로 이 절구 한 수를 썼으니, 모두 자작시이다. 소유가 뒤에 보고서 다시 이르기를 "내 시와 매우 핍진하구나"라고 했으니, 「평원군재」 시와 대동소이하다"라고 했다.

邢居實字惇夫,[68] 河間人. 邢恕和叔之子, 早有文稱. 東坡云, 惇夫自爲童子, 所與交皆諸公長者. 不待年而卒, 有呻吟集行於世. 王直方詩話云, 秦少游嘗以眞字題一絶於邢惇夫扇上云, 月團新碾瀹花甆, 飮罷呼兒課楚詞. 風定小軒無落葉, 靑蟲相對吐秋絲. 山谷見之, 復作小草, 題此一絶. 皆所自作詩也. 少游後見之, 復云, 逼我太甚. 與平原郡齋詩, 大同小異.

68 [교감기] '實'은 원래 잘못 '寶'로 되어 있었는데, 전본에 의거하여 바로잡았다.

黃葉委庭觀九州	누런 잎이 뜰에 질 때 구주를 보니
小蟲催女獻功裘	작은 벌레 여자 재촉하여 갖옷을 만들라 하네.
金錢滿地無人費	금전이 땅에 가득하여도 쓰는 사람이 없으니
百斛明珠薏苡秋	백곡의 명주가 율무 같던 때라네.

【주석】

黃葉委庭觀九州 : 이백의 「단보동루單父東樓」에서 "앉은 곳에 누런 잎이 네댓 개 지누나"라고 했다. 『서경 · 우공』에서 "우가 구주를 나누었다"라고 했다.

太白詩, 坐來黃葉落四五. 禹貢, 禹別九州.

小蟲催女獻功裘 : 『주례』에 「사구」가 있다. 『춘추고이우』에서 "입추에 귀뚜라미가 운다"라고 했다. 송균이 "촉직은 실솔이다. 입추에 여자가 해야 할 옷 만드는 일이 급하기 때문에 재촉한다"라고 했다.

周禮有司裘. 春秋考異郵曰, 立秋促織鳴. 宋均曰, 促織, 蟋蟀也. 立秋女功急, 故促之.

金錢滿地無人費 : 유장경劉長卿의 「별엄사원別嚴士元」에서 "부슬비에 옷이 젖는데 보아도 보이지 않고, 한가로운 꽃은 땅에 떨어지는데 들어도 소리가 없네"라고 했다. 왕안석의 「제북산은거題北山隱居」에서 "비온 뒤에 떨어진 꽃이 사방에 가득하네"라고 했다.

唐人詩, 細雨濕衣看不見, 閑花落地聽無聲. 王介甫詩, 雨後餘花滿地存.

百斛明珠薏苡秋 : 노침의 『사주기사』에서 "장방이 진나라 황제를 겁박하여 서쪽으로 옮겼는데, 진주 백여 곡을 수레에 실었다"라고 했다. 『후한서 · 마원전』에서 "마원이 교지에 있을 때 항상 율무 열매를 먹으면서 몸을 가볍게 하고 욕심을 적게 하려 하였다. 군대가 돌아오면서 수레 한 대에 율무를 실었으니, 그것을 심으려는 의도였다. 그가 죽자 참소하던 자가 이전에 수레에 싣고 돌아온 것은 모두 밝은 구슬과 문채 나는 서각犀角이라고 하였다"라고 했다. 형돈부는 산곡의 「평원군재」와 「추회」 두 수에 화운하였다. 그 전자에서 "잎이 지고 하늘이 높아 옛집을 기억하노니, 언제나 호미를 지니고 돌아갈까. 국화꽃 활짝 펴서 꺾어가는 사람도 없으며, 감나무 잎 붉게 흔들리니 참으로 쓰기 좋아라"라고 했으며, 후자에서 "눈으로 근심 젖은 구름 보내면서 온종일 근심하는데, 추위가 찾아와 오래된 초구를 찢누나. 누구에게 서풍을 이야기할까, 가을날 활짝 핀 꽃 사이에 머물고 싶어라"라고 했다.

盧綝四誌起事曰,[69] 張方刼晉帝西遷, 輦眞珠百餘斛. 後漢馬援傳, 援在交趾, 常餌薏苡實, 用能輕身省欲. 軍還, 載之一車, 欲以爲種. 及卒, 人有譖之者, 以爲前所載還, 皆明珠文犀. 邢惇夫有和黃魯直平原郡齋秋懷二首云, 木落天高憶舊居, 幾時歸去帶經鋤. 黃花爛漫無人折, 柿葉翻紅正好書. 目送愁雲盡日愁, 寒來著破舊貂裘. 憑誰說與西風道, 留取花間點綴秋.

69 [교감기] 출전이 전본에는 '晉八王故事'로 되어 있다.

29. 절구를 지어 초화보에 주다

絶句贈初和甫70

초우세의 자는 화보로 노계에 살았으며 일찍이 주부가 되었다. 산곡은 「노천시」와 「주갈애강가청오시겸간화보」를 지었다. 『연보』에서 "원풍 갑자년에 덕평진에서 지었다"라고 했다.

初虞世, 字和甫, 家於盧溪, 嘗爲主簿. 山谷有盧泉詩竝酒渴愛江淸五詩兼簡和甫. 年譜, 元豐甲子德平鎭作.

處士孤懷少往還	처사의 외로운 감회 오고 감이 적어서라
平時一刺字多漫	평생 명함 한 장의 글자 많이도 닳았네.
能容著帽揮譚拂	모자를 쓰게 하고 이야기하며 떨이개를 휘두르게 하니
可見高人禮數寬	고상한 그대 예의가 너그러움을 알 수 있네.

【주석】

處士孤懷少往還 : 『맹자』에서 "성왕이 나타나지 않아 제후들이 방자하고 처사들은 마구 의론하니"라고 했다. 『순자』에서 "옛날의 이른바 처사라는 것은 덕이 성대한 자이다"라고 했다. 후한의 예형이 황조를 위하여 서기를 지었는데, 경중과 소밀이 각각 그 체를 얻었다. 황조가

70 [교감기] 고본의 제목에는 '絶句' 두 글자가 없다.

"처사는 참으로 나의 뜻을 아는구려"라고 했다.

孟子, 處士橫議. 荀子, 古之所謂處士者, 德盛者也. 後漢禰衡爲黃祖作書記, 輕重疎密各得體, 祖曰, 處士正得祖意.

平時一刺字多漫 : 『후한서 · 예형전』에서 "남몰래 명함 한 통을 품고 다녔는데, 그러나 명함을 줄 만한 사람을 만나지 못하여 명함이 품속에서 닳고 닳아서 글자가 보이지 않게 되었다"라고 했다. 의산 이은상의 「강상江上」에서 "명함이 비록 닳았지만"이라고 했다. 소식의 「차답방직자유次答邦直子由」에서 "수창하여 왕복하니 글자가 응당 닳았어라"라고 했다.

禰衡傳, 陰懷一刺, 旣無所之適, 至刺字漫滅. 李義山詩, 刺字從漫滅. 東坡詩, 唱酬往復字應漫.

能容著帽揮譚拂 : 진나라 환온이 사안에게 요청하여 사마를 삼았다. 환온이 사안을 찾아갔는데, 마침 머리를 다듬고 있었다. 한참 뒤에야 비로소 마치고서 두건을 찾았다. 환온이 그것을 보고 두건을 남겨두고서 "사마로 하여금 두건을 쓰고서 나오도록 하라"라고 하였으니, 그가 사안을 중하게 여긴 것이 이와 같았다.

晉桓溫請謝安爲司馬, 溫詣安, 値其理髮, 久之方罷. 使取幘, 溫見留之曰, 令司馬著帽進. 其重安者如此.

可見高人禮數寬 : 두보의 「엄공중하왕가초당겸휴주찬嚴公仲夏枉駕草堂兼攜酒饌」에서 "장군의 예의가 너그러움을 알겠구나"라고 했다.

杜詩, 自識將軍禮數寬.

30. 청허와 함께 이원을 방문하면서 청허의 시에 차운하다
次韻清虛同訪李園

청허는 왕정국을 이르니, 뒤의 주에 보인다. 네 시는 모두 원풍 을축년에 지었다.

清虛謂王定國, 見後注. 四詩, 皆元豐乙丑作.

年來高興滿蓴絲	근래에 고흥이 순채에 가득한데
寒薄春風駘蕩時	추위 물러나 춘풍이 태탕하구나.
稍見燕脂開杏萼[71]	연지가 앵화에 열린 것을 점차로 보며
已聞香雪爛梅枝	향설이 매화 가지에 가득하였다 들었네.
老逢樂事心猶壯	늙어 즐거운 일 만나니 마음은 더욱 굳세지고
病得新詩和更遲	병에 새로운 시 얻으니 화운은 더욱 더디네.
何日聯鑣向金谷[72]	언제나 말을 나란히 하며 금곡으로 찾아가
擬追仙翼到瑤池	신선 날개 좇아 요지에 이르는 것에 비견할까.

【주석】

年來高興滿蓴絲 : 은중문의 「남주항공구정南州桓公九井」에서 "다만 맑은 가을날이 있어, 능히 하여금 고흥을 다하게 하네"라고 했다. 두보의

71 [교감기] '稍'는 고본에는 '猜'로 되어 있다.
72 [교감기] '聯'은 고본에는 '華'로 되어 있다.

「정전설자시주귀鄭典設自施州歸」에서 "고흥이 은근히 솟구치는구나"라고 했으며, 또한 「봉증이판관奉贈李判官」에서 "고흥은 형산과 형산의 인재를 격동시키고"라고 했다. 『진서·장한열전張翰列傳』에서 장한의 자는 계응季鷹이다. 제나라 왕 경冏이 그를 불러 동조연東曹掾으로 삼았다. 장한은 같은 고을의 고영顧榮에게 "천하가 이렇게 어지러우니 화가 그치지 않기는 어려울 것입니다. 나는 본래 산림에서 지내던 사람으로 지금 명망도 없습니다"라고 하자, 고영이 그의 손을 맞잡고서 "저 또한 그대와 마찬가지로 남산의 고사리나 캐고 삼강의 물이나 마셨을 따름이오"라고 하였다. 장한이 가을바람이 이는 것을 보고서 고향 오중吳中의 고미나물, 순채국, 농어회 생각이 나서 말하기를 "인생은 자신의 마음에 맞는 삶을 귀하게 여기는데 어찌 고향을 떠나 수천 리 땅에서 벼슬에 얽매어 명예와 벼슬을 구하려 하는가"라고 하고는 마침내 수레에 멍에를 지고 돌아왔다. 『본초강목』에서 "7~8월 이전에는 사전絲蓴이라 부른다"라고 했다.

殷仲文詩, 能使高興盡. 杜詩高興濳有激, 又, 高興激荊衡. 晉書張翰傳, 齊王冏辟爲掾, 因見秋風起, 乃思吳中菰菜蓴羹鱸膾曰, 人生貴得適志, 何能覊宦數千里, 以要名爵乎. 遂命駕東歸. 本草, 七八月以前曰絲蓴.

寒薄春風駘蕩時 : 『문선』에 실린 사조의 「직중서성直中書省」에서 "봄 경물은 한창 화창하네"라고 했다.

文選謝朓詩, 春物方駘蕩.

稍見燕脂開杏蕚 : 왕안석의 「진교陳橋」에서 “연지로 깨끗이 씻어 앵화와 같구나”라고 했다.

王介甫詩, 烟脂洗出杏花勻.

已聞香雪爛梅枝 : 왕안석의 「매화梅花」에서 “멀리서도 눈이 아닌 줄 알겠느니, 암향이 풍겨오기 때문이네”라고 했다.

王介甫詩, 遙知不是雪, 爲有暗香來.

老逢樂事心猶壯 : 사령운의 「의업중집시서」에서 “좋은 때 아름다운 경치, 즐기는 마음, 즐거운 일, 이 네 가지를 갖추기는 어렵다”라고 했다.

謝靈運擬鄴中集詩序,[73] 良辰美景, 賞心樂事, 四者難幷.

病得新詩和更遲 何日聯鑣向金谷 : 석숭의 별관은 하양의 금곡에 있었다. 배도裵度가 낙양을 다스릴 때 밤에 잔치를 열어 반쯤 얼큰히 취하자 시를 짓게 했는데 원진과 백거이는 좋아하였다. 이때 배도가 먼저 한 구절을 지었고 다음은 양여사의 차례가 되었는데, 양여사는 다음과 같이 읊조렸다. “예전 난정의 모임에도 미녀가 없었는데, 오늘날 금곡에는 고상한 이 있어라” 백거이는 이보다 더 좋게 지을 수 없다는 것을 알고서는 갑자기 종이를 찢으며 “생황과 노래가 한창 뜨거우니, 이런

---

73 [교감기] 원래 ‘王羲之蘭亭記’로 되어 있었는데, 오류이다. 지금 전본에 의거하여 바로잡는다.

썰렁한 짓 그만둡시다”라고 했다. 한유의 「언성만음郾城晩飮」에서 “곧바로 말을 나란히 하여 대궐로 향할 때라네”라고 했다.

晉石崇有別館, 在河陽之金谷. 裴度居守東洛, 夜宴半酣, 度索聯句. 元白有得色, 度爲破題, 至楊汝士曰, 昔日蘭亭無艷質, 此時金谷有高人. 居易知不能加, 遽裂之曰, 笙歌鼎沸, 勿作此冷淡生活. 韓退之詩, 卽是連鑣向闕時.

擬追仙翼到瑤池 : 『열자』에서 “주나라 목왕이 팔준마의 수레를 타고 곤륜산에 올라 서왕모의 손님이 되어 요지에서 연회를 받았다”라고 했다.

列子, 周穆王駕八駿之乘, 升崑崙之丘, 賓于西王母, 觴於瑤池之上.

31. 청허의 시에 차운하다

次韻淸虛

地遠城東得得來	먼 곳 성 동쪽을 기어코 찾아오니
正如湖畔昔銜盃	참으로 옛날 호숫가에서
	잔을 들던 때와 같아라.
眼中故舊靑常在	눈앞의 옛 벗은 푸르름 항상 간직하건만
鬢上光陰綠不回	구레나룻의 세월은 검푸름이 돌아오지 않네.
歸去汴橋三鼓月	변교로 돌아오니 삼경의 달이요
相思梁苑一枝梅	양원을 그리나니 한 가지 매화로다.
我閒時欲從君醉[74]	내 한가로울 때 그대 따라 취하리니
爲備芳醪更滿罍	꽃향기 술을 준비하여 술잔 가득 따르시게.

【주석】

地遠城東得得來 : 관휴의 「진정헌촉황제陳情獻蜀皇帝」에서 "병 하나 바리 하나로 늙어가고, 많은 물 많은 산을 지나 기어코 찾아왔네"라고 했다. 소식의 「재화양공매화再和楊公梅花」에서 "정이 많아 기어코 찾아왔네"라고 했다.

貫休詩, 一瓶一鉢垂垂老, 萬水千山得得來. 東坡詩, 知是多情得得來.

---

74 [교감기] '從'은 고본에는 '尋'으로 되어 있다.

正如湖畔昔銜盃 : 『한서』에 실린 사마천의 「보임소경서報任少卿書」에서 "함께 술잔을 기울이며 은근한 즐거움을 접한 적이 없습니다"라고 했다. 유령의 「주덕송」에서 "술잔을 들어 막걸리를 마신다"라고 했다. 이백의 「광릉廣陵」에서 "큰길 사이에서 술잔을 들고"라고 했다. 이적지의 「파상罷相」에서 "청주를 즐기며 또한 잔을 드네"라고 했다. 두보의 「음중팔선가飮中八仙歌」에서 "술잔 들어 청주 즐기며 탁주 피한다 하네"라고 했으며, 또한 「취시가醉時歌」에서 "살아 만나면 술잔이나 나누세"라고 했다.

漢書司馬遷書曰, 未嘗銜杯酒, 接殷懃之歡. 劉伶酒德頌, 銜盃漱醪. 李太白詩, 銜盃大道間. 李適之詩, 樂聖且銜盃. 杜少陵詩, 銜盃樂聖稱避賢. 又, 生前相遇且銜盃.

眼中故舊青常在 鬢上光陰綠不回 : 소식의 「차운자첨소두次韻子瞻梳頭」에서 "서리 내린 쑥대는 이미 시들어 다시 푸르지 않네"라고 했다.

東坡詩, 霜蓬已枯不再綠.

歸去汴橋三鼓月 : 석혜원의 「갈통판청익葛通判請益」에서 "호접몽 중에 집안은 만 리요, 자규는 삼경 달 뜬 가지 위라"라고 했다. 소식의 「차운목보상서次韻穆父尚書」에서 "삼경의 달빛 아래 종과 북을 엄하게 치게 하네"라고 했다.

釋慧遠詩, 蝴蝶夢中家萬里, 子規枝上月三更. 東坡詩, 令嚴鐘鼓三更月.

相思梁苑一枝梅 : 『설원』에서 월나라 사신 제발이 매화 한 가지를 가지고 와서 양왕에게 주었다. 양왕의 신하 한자가 "어찌 한 가지 매화를 열국의 군주에게 준 단 말인가"라고 했다. 양원은 변경을 가리키니, 양 효왕의 토원이 있던 곳이다.

說苑曰, 越使諸發執梅一枝, 以遺梁王. 梁臣韓子曰, 烏有以一枝梅遺列國之君者乎. 梁苑指汴京, 梁孝王兔園所在.

32. 청허가 자첨이 상주의 수령이 된 것을 기뻐한 시에 차운하다

次韻淸虛喜子瞻得常州

동파는 원풍 2년 12월에 황주로 귀양 가서 황주에서 5년을 지냈다. 원풍 7년 8월에 죄를 감하여 가까운 여주로 옮겼다. 8년에 상주에 거처할 것을 요청하여 허락을 받았다. 소자유가 왕정국을 위하여 「청허당기」를 지었으니, 청허는 바로 왕정국이다.

東坡自元豐二年十二月謫黃州, 居黃五年. 至元豐七年八月, 量移汝州. 八年得請居常州. 蘇子由爲王定國作淸虛堂記, 淸虛, 卽定國也.

喜色侵淫動搢紳[75]	기쁜 기색 젖어들어 고관을 감동시키는데
俞音下報謫仙人	허락하는 조서 적선인에게 내려오네.
驚回汝水間關夢	여수 사이에 막힌 꿈을 놀라 되돌려
乞與江天自在春	강천을 빌어 봄부터 부임하였어라.
罨畫初游氷欲泮	엄화에서 처음 노닐 때 얼음을 풀리려고 하고
浣花何處月還新	완화계는 어디인가 달은 다시 환하구나
涼州不是人間曲	양주곡은 인간 세상의 곡조가 아니니
佇見君王按玉宸	군왕이 옥진전에서 연주함을 바라보리라.

75 [교감기] '喜色'은 원래 '喜得'으로 되어 있었으나, 고본에 의거하여 바로잡았다.

【주석】

喜色侵淫動搢紳 : 『사기 · 오제본기』에서 태사공이 "고관과 선생들이 말하기 어려운 것이다"라고 했는데, 서황이 "천신은 곧 진신의 관리를 의미한다"라고 했다. 두보의 「상위좌상上韋左相」에서 "동방의 벼슬아치를 거느리네"라고 했다. 고적의 「답후소부答侯小府」에서 "급급하게 고관을 따르네"라고 했다. 구양수의 「선헌공만사宣獻公輓詞」에서 "행의와 도덕이 뛰어난 고관"이라고 했다. 증공의 「송임규送任逵」에서 "뛰어난 명성이 고관들을 격동시키네"라고 했다.

史記五帝本紀, 太史公曰, 薦紳先生難言之. 徐黃曰, 薦紳, 卽搢紳也. 杜詩, 東方領搢紳. 高適詩, 遑遑隨搢紳. 歐陽公詩, 風猷藹搢紳. 曾子固詩, 驚傳動搢紳.

俞音下報謫仙人 : 『당서 · 이백전』에서 하지장이 탄식하면서 "그대는 하늘에서 귀양 온 선인이다"라고 했다. 산곡이 일찍이 동파와 이태백을 두 적선이라 하였다. 두보의 「증이백」에서 "옛날에 미친 나그네가 있었나니, 그대를 귀양 온 신선이라 불렀네"라고 했다.

唐書李白傳, 賀知章歎曰, 子謫仙人也. 山谷嘗呼東坡李太白爲兩謫仙. 杜甫贈李白詩, 昔年有狂客, 號爾謫仙人.

驚回汝水間關夢 : 소식은 일찍이 여수와 영수 사이에 거처하려 하였다.

東坡, 嘗欲居汝潁.

乞與江天自在春 : 두보의 「춘일강촌春日江村」에서 "울타리는 끝이 없어, 마음대로 강가를 노니네"라고 했다.

老杜詩, 恣意買江天.

罨畫初游氷欲泮 : 엄화는 상주에 속하는데, 옛날에 양선삼호구계로 불리었다. 『지리지』에서 "지금은 다만 여섯 시내만 있고 그 나머지 세 시내는 어느 곳인지 알 수 없다. 여섯 시내 가운데 형계가 있으니, 첫 번째로 무호의 물을 받아 동쪽으로 양선에 이르러 바다로 들어간다. 세속에서는 이를 엄화계라 한다"라고 했다. 소강절의 「추유秋游」에서 "강화계는 깊어 바야흐로 잘못 들어갔으니"라고 했다. 장사정의 「권유록」에서 ""능히 그림 같다"는 말은 지금의 빛이 난다는 말과 같다"라고 했다. 『시경』에서 "아내를 데려오는 일은 얼음이 녹기 전이라네"라고 했다. 한유의 「원유연구遠游聯句」에서 "봄 얼을 녹을 때의 이별 생각"이라고 했다. 왕안석의 「송장의送張儀」에서 "돌아갈 기약 다만 얼음 풀리기만 기다리누나"라고 했다.

罨畫, 屬常州, 古稱陽羨三湖九溪. 地理志云, 今只有六溪, 其三溪不知其處. 而六溪之中有荊溪, 則首受蕪湖, 東至陽羨入海, 俗呼爲罨畫溪也. 邵康節詩, 罨畫溪深方誤入. 張師正倦游錄云, 能罨畫, 乃今之生色也. 毛詩, 迨冰未泮. 昌黎聯句, 離思春氷泮. 王介甫詩, 歸期只待春冰泮.

浣花何處月還新 : 완화계는 성도에 있다. 이 말은 동파가 촉으로 돌아

올 날이 없다는 의미이다.

浣花溪在成都. 此言東坡未有還蜀之日.

涼州不是人間曲 : 양주는 곡명이니, 대개 당나라는 주의 이름으로 곡명을 지었다. 예를 들면 「이량」, 「감량」 등이 그것이다. 정계의 「개원전신록」에서 "서량주에서 새 곡조를 만들었으니, 바로 양주곡이다. 영왕이 "이 곡은 궁음이 많고 치음이 적으며, 상음은 어지러운데다가 사나우니 아마도 임금이 파천하는 재앙이 있을 것이다"라고 하였는데, 안사의 난이 일어나자 비로소 영왕이 음악을 잘 살피는 뛰어남이 있음을 징험하게 되었다"라고 했다. 『명황잡록』에서 "명황이 촉에서 돌아와 달빛을 받으며 누대에 올라 양주곡을 노래하라고 명하였다. 양주곡은 즉 양귀비가 만든 것이다. 명황이 몸소 옥적을 불면서 의루곡을 만들고서 그 곡을 널리 세상에 전파하였다"라고 했다. 소식의 「동양수락정東陽水樂亭」에서 "가서한哥舒翰이 서해를 횡행하고 돌아와 갈고羯鼓를 치며 양주涼州의 곡을 연주한 것을"이라고 했다. 백거이의 문집에 실린 「노정화원풍방원유」에서 "옥황상제가 일찍이 인간 세상의 곡을 채택하였으니, 응당 그 노랫소리 구중 하늘에 퍼지리"라고 했다.

涼州, 曲名, 蓋唐以州名曲, 如伊涼甘梁之類. 鄭綮開元傳信記, 西涼州製新曲曰, 涼州. 寧王曰, 斯曲也, 宮離而少徵. 商亂而加暴, 恐有播越之禍. 及安史亂, 始驗寧王審音之妙. 明皇雜錄, 明皇自蜀回, 乘月登樓, 命歌涼州. 涼州, 卽貴妃所製, 親御玉笛, 爲倚樓曲. 因廣其曲, 傳於人間. 東坡詩, 歸來羯鼓

打涼州. 白樂天集載盧貞和元豐坊園柳詩, 玉皇曾采人間曲, 應逐歌聲入九重.

佇見君王按玉宸 : 『당서 · 예악지』에서 "강곤륜이 옥진전에서 비파를 연주하였다"라고 했다. 송차도의 「동경기」에서 "후원에 옥진전이 있다"라고 했다. 이 말은 동파가 오래 밖에 있지 않을 것을 말한 것이다. 백거이의 「화미지和微之」에서 "묻나니 새벽 노을이여, 옥진에 조회하는 것이 어떤가"라고 했다.

唐書禮樂志, 康崑崙奏琵琶於玉宸殿. 宋次道東京記, 後苑有玉宸殿. 此言東坡非久外者. 樂天詩, 借問晨霞子, 何如朝玉宸.

33. 공병, 자유가 16일 밤에 청허를 그리며 지은 시에 차운하다

次韻公秉子由十六夜憶清虛

원풍 을축년에 지었다.

元豐乙丑作.

九陌無塵夜際天　밤하늘까지 구맥에 먼지 없으니
兩都風物各依然　양도의 풍경은 각각 변함없구나.
車馳馬逐燈方鬧　수레와 말이 내달리고 등불은 찬란하며
地靜人閒月自妍　땅은 고요하고 사람은
　한가로우니 달은 절로 고와라.
佛館醉談懷舊歲　사원에서 취하고 담소하며 옛날 추억하는데
齋宮詩思瑣今年[76]　재궁의 시상은 올해는 자질구레하구나.
但聞公子微行去　다만 듣건대 공자가 미행으로 떠난다니
門外驊騮立繡韉　문밖의 화류마는 비단 언치를
　올리고 서 있누나.

【주석】

九陌無塵夜際天 : 『삼보구사』에서 "장안 성 안에 여덟 개의 거리에 아

76　[교감기] '瑣'는 전본과 건륭본, 그리고 청초본에는 '鎖'로 되어 있으며, 홍치본에는 '今'이 '千'으로 되어 있다.

홉 대의 수레가 지나가는 길"이라고 했다. 한유의 「감춘感春」에서 "비록 아홉 수레 길이 있지만 먼지가 나지 않네"라고 했다. 한악의 「초부기집初赴期集」에서 "비가 부슬부슬 가벼운 추위 등살이 썰렁한데, 먼지 일지 않는 아홉 수레 지나는 길에 진흙이 없네"라고 했다.

三輔舊事, 長安城中, 八街九陌. 韓退之詩, 雖有九陌無塵埃. 韓偓詩, 輕寒著背雨凄凄, 九陌無塵未有泥.

兩都風物各依然 : 반고는 「양도부」를 지었는데, 국조에서는 동변, 서낙으로 양도를 삼았다.

班固有兩都賦, 國朝以東汴西洛爲兩都.

車馳馬逐燈方鬧 : 『후한 · 마후기』에서 "수레는 흐르는 물과 같고, 말은 날아가는 용과 같다"라고 했다.

後漢馬后紀, 車如流水, 馬如游龍.

地靜人閒月自妍 佛館醉談懷舊歲 齋宮詩思瑣今年 : 『한서 · 선제기』에서 "신광촉이 재궁을 밝혔다"라고 했다. 후한의 주택이 태상이 되어 일찍이 병들어 재궁에 누워 있었다. 권덕여의 「사겸춘분社兼春分」에서 "꽃을 보니 시상이 일어나고, 술을 대하니 객수가 가벼워지네"라고 했다. 두순학의 시에서 "창가 바람은 이제부터 시원해지고, 시상은 때를 당해 경쾌하게 일어나네"라고 했다.

漢宣紀, 神光燭耀齋宮. 後漢周澤爲太常, 嘗臥病齋宮.[77] 權德輿詩, 看花詩思發, 對酒客愁輕. 杜荀鶴詩, 牕風從此冷, 詩思當時輕.

但聞公子微行去 : 『박물지』에서 왕손, 공자는 모두 옛사람이 서로 추존하여 공경하는 말이다. 진시황 31년에 비로소 함양에서 미행하였다고 하였는데, 장연의 주에서 "미천한 사람이 행한 것과 같기 때문에 미행이라 하였다"라고 하였다. 『사기 · 범수전』에서 "범수가 미행하여 수가를 보았다"라고 했다. 『한서 · 무제기』와 「성제기」에 모두 '미행'에 대한 내용을 싣고 있다.

博物志, 王孫公子, 皆古人相推敬之辭. 始皇三十一年, 始爲微行咸陽. 張晏注, 若微賤之所爲, 故曰微行也. 史記范雎傳, 雎微行, 見須賈. 西漢武帝成帝紀, 竝載微行.

門外驊騮立繡韉 : 유향의 『신서』에서 "화류와 녹기는 천하의 준마이다"라고 했다. 두보의 「송인종군送人從軍」에서 "말이 추우니 길을 잃지 마시게, 눈에 비단 안장과 언치까지 빠질 테니"라고 했다.

劉向新序, 驊騮騄驥, 天下之駿馬也. 杜甫詩, 馬寒防失道, 雪沒錦鞍韉.

77 [교감기] '周澤'은 원래 '周漢'으로 되어 있었는데, 지금 전본을 따르고 아울러 『후한서 · 주태전』에 의거하여 교정하였다.

34. 조군거를 방문하다

訪趙君擧

『연보』에서 "원풍 8년에 납월 눈이 내릴 때 객관에서 지었다"라고 했다.

年譜, 元豐八年臘雪時, 在館中作.[78]

朔風吹雪滿都城	삭풍이 눈을 불어 도성에 가득한데
曉踏驊騮訪玉京	새벽에 화류마 타고 옥경을 찾아가네.
相引槽頭着春酒	마굿간으로 끌어서 봄술을 마시니
細流三峽夜泉聲	졸졸 흐르는 소리 삼협의 밤 물소리 같아라.

【주석】

朔風吹雪滿都城 : 사조의 「관조우觀朝雨」에서 "삭풍이 불어 비를 날리네"라고 했다. 두보의 「우雨」에서 "삭풍이 우수수 울어대네"라고 했다. 포조의 「효유공간체」에서 "한바탕 바람이 삭설을 부는데, 천리 용산을 넘는다"라고 했다. 『좌전 · 은공 2년』에서 "도성이 백 치를 넘으면 나라의 해가 됩니다"라고 했다. 구양수의 「답단명왕상서答端明王尙書」에서 "거마 소리 시끄러운 도성에 오래 있으니"라고 했다.

---

78 [교감기] 『연보』 권18의 주에서 "시 가운데 '朔風吹雪滿都城'의 구는 전평의 「宣九家賦雪」로 인하여 이곳에 편차한 것이다.

謝脁詩, 朔風吹飛雨. 老杜詩, 朔風鳴淅淅. 鮑照效劉公幹體云, 一風吹朔雪, 千里度龍山. 左傳隱公二年, 祭仲曰, 都城過百雉, 國之害也. 歐陽公詩, 日久都城車馬喧.

曉踏驊騮訪玉京 : 『영추금경내경』에서 "아래로 진세를 떠날 옥경의 세계로 올라갔네"라고 했다. 『사기』에서 "천상의 백옥경에는 열 두 누대와 다섯 성이 있다"라고 했다.

靈樞金景內經曰, 下離塵境, 上界玉京. 史記天上白玉京十二樓五城.[79]

相引槽頭着春酒 : 이하李賀의 「장진주將進酒」에서 "통에서 흐르는 술방울이 진주처럼 붉구나"라고 했다. 『시경 · 빈풍豳風 · 칠월七月』에서 "춘주春酒를 빚어다가, 장수를 기원하네"라고 했다. 두보의 「정부마댁연鄭駙馬宅宴」에서 "잔에 넘치는 봄 술은 엷은 호박색이며"라고 했다.

李賀詩, 小槽酒滴眞珠紅. 毛詩曰, 爲此春酒, 以介眉壽. 杜詩, 春酒盃濃琥珀薄.

細流三峽夜泉聲 : 두보의 「취가행醉歌行」에서 "문장의 힘은 삼협을 거

79 [교감기] 살펴보건대 『사기』에 '天上白玉京'의 구가 없다. 그러나 조차공이 소식의 「游羅浮山一首示兒子過」에 주를 내면서 또한 『사기』를 인용하였는데, 문자가 사계온의 이 조목의 주와 같다. 아마도 송나라 사람들은 따로 근거한 바가 있는 것 같다. 또한 이백의 「經亂離後天恩流夜郎憶舊遊書懷贈江夏韋太守良宰」에서 "천상의 백옥루, 열두 누대 다섯 성[天上白玉京, 十二樓五城]"이라고 하였는데, 송나라 사람들이 혹 이에 근거하여 잘못 출처를 삼은 것인가.

꾸로 흐르는 듯"이라고 했으며, 또한 「억정남憶鄭南」에서 "샘물 소리는 옥거문고 소리를 내었네"라고 했다. 이백의 「답두수재答杜秀才」에서 "연주하니 삼협을 흐르는 강물 소리 내누나"라고 했으며, 또한 「여남릉상유오송산與南陵常游五松山」에서 "울리는 소리는 백천으로 들어가는데, 들노라니 삼협의 강물 같아라"라고 했다.

杜子美詩, 詞源倒流三峽水. 又, 泉聲帶玉琴. 李太白詩, 彈爲三峽流泉音. 又, 響入百泉去, 聽如三峽流.

35. 왕명지의 「눈」에 화답하다
和王明之雪

살펴보건대, 오증의 『능개재만록能改齋漫錄』에서 구양계묵이 동파에게 묻기를 "산곡의 시는 어느 작품이 좋습니까"라 하자, 동파는 대답하지 않고 다만 중황의 시만 칭찬하였다. 계묵이 이르기를 ""밤에 듣건대 휙휙 날리더니 다시 소복하 게 쌓이고, 새벽에 보니 바르게 또는 비스듬히 휘날리네"라는 시구는 아마도 아름다운 것 같습니다"라 하니, 동파가 "참으로 아름다운 구절이다"라 하였다. 이 시는 원우 정묘년 봄에 눈이 날릴 때 객관에 있으면서 지어서 광평공에게 바친 것이다. 광평은 바로 송영조로, 이 작품은 앞에 보이는 시를 차운하였다.

按吳曾漫錄云, 歐陽季默問東坡, 山谷詩何處好. 東坡不答, 但稱重黃詩. 季默云, 如夜聽疎疎還密密, 曉看整整復斜斜. 豈是佳耶. 東坡云, 正是佳處. 此詩賦元祐丁卯春雪時在館中, 奉呈廣平公. 廣平即宋盈祖, 此篇次前韻.[80]

金母紫皇開壽域	금모와 자황이 수역을 열고서
煉成天地一爐沙	천지를 단련하여 화로를 만들었네.
千花亂發春無耐	온갖 꽃 만발하니 봄을 견딜 수가 없고
萬井交光月未斜	사방의 우물에 빛이 어려

80 **[교감기]** '次前韻'은 살펴보건대 「詠雪奉呈廣平公」을 가리키니, 『산곡내집』 권6에 보인다.

	달은 기울지 않았구나.
貧巷有人衣不纊	가난한 마을에 솜옷도 못 입는 사람 있는데
北窗驚我眼飛花	북창에서 나를 깨우니 눈에 꽃이 날리네.
歌樓處處催沽酒	노래하는 누대 곳곳에 술을 사와 권하니
誰念寒生泣白華	누가 「백화」에 우는 가난한 선비 생각할까.

【주석】

金母紫皇開壽域 : 동방삭의 『신이경』에서 "금모金母에게 읍하고 목공木公에게 절하네"라고 했다. 『한서 · 왕길전』에서 "한 시대의 백성을 인도하여 인수의 지경에 오르게 하였다"라고 했다. 두보의 「상위좌상上韋左相」에서 "온 천지 백성을 오래 살게 하며"라고 했다. 두목의 「군재독음郡齋獨吟」에서 "산 사람이 다만 잘 먹고 잔다면, 농상이 부유하여 장수하리라"라고 했다.

東方朔神異經, 揖金母, 拜木公. 漢書王吉傳, 驅一世之民, 躋之仁壽之域. 杜甫詩, 八荒開壽域. 杜牧之詩, 生人但食眠, 壽域富農桑.

煉成天地一爐沙 : 『장자 · 대종사大宗師』에서 "지금 일단 천지를 대로로 삼고, 조화를 대장장이로 삼는다면, 어디로 간들 안 될 것이 있겠는가"라고 했다. 가의의 「복조부」에서 "천지를 주물 단지로 삼음이여, 조화옹이 장인이 되었도다"라고 했다.

莊子, 子黎曰, 今一以天地爲大爐, 造化爲大冶. 賈誼鵩賦, 天地爲爐兮, 造

化爲工.

千花亂發春無耐 萬井交光月未斜 貧巷有人衣不纊 : 『좌전』에서 초자楚子가 소蕭를 정벌할 때 신공 무신申公巫臣이 왕에게 말하기를 "군사들이 추위에 떨고 있으니 왕께서 삼군을 순찰하시고 군사들을 위로해 주신다면 군사들은 다 솜옷을 입은 듯이 따스함을 느낄 것입니다"라고 했다. 『한서 · 진평전』에서 "집은 성곽을 등지고 가난한 마을에 있었으며 짚자리로 문을 만들었다"라고 했다.

左傳, 楚子一言, 而三軍之士皆如挾纊. 陳平傳, 家貧, 居陋巷, 以席爲門.

北窗驚我眼飛花 : 『화엄경』에서 "눈이 가린 사람이 허공의 꽃을 보는 것과 같다"라고 했다. 『원각경』에서 "비유하자면 저 눈에 병 걸린 자가, 허공의 꽃을 보는 것과 같다"라고 했다. 두보의 「제도수題桃樹」에서 "내년 봄이면 눈에 가득 꽃을 피우겠지"라고 했다. 한유의 「차등주계次鄧州界」에서 "눈은 이별 뒤 절로 꽃이 더해짐을 알겠다"라고 했다. 육창의 「경설驚雪」에서 "하늘은 어찌 그리 공교로워, 물을 바꿔 눈꽃을 날리나"라고 했다.

華嚴經, 如目翳人, 見空中花. 圓覺經, 譬如病目, 見空中花. 老杜詩, 歲來還舒滿眼花. 韓文公詩, 眼知別後自添花. 陸暢詩, 天人寧底巧, 剪水作飛花.

歌樓處處催沽酒 誰念寒生泣白華 : 『모시서』에서 "「백화」는 효자의 결

백함이다"라고 했다.

毛詩, 白華孝子之潔白也.

36. 자첨의 묵죽에 제하다

題子瞻墨竹

『연보』에서 "원우 연간에 객관에서 지었다"라고 했다. 산곡이 일찍이 발문을 지어서 "필묵이 모두 풍상을 띠고 있으니 참으로 신선중의 사람이다. 안타깝게도, 고맙게 감사하는 자는 없고 다만 뭇사람들이 모두 그를 죽이려 드는구나"라고 했다.

年譜, 元祐間館中作.[81] 山谷嘗有跋云, 東坡畫竹數本, 筆墨皆挾風霜, 眞神仙中人. 惜無賀監賞之, 但有衆人皆欲殺之耳.

眼入毫端寫竹眞	실제 대처럼 그리는 붓끝이 눈에 들어오는데
枝掀葉擧是精神	가지 흔들려 잎이 드날리니 이것이 정신이로다.
因知幻物出無象[82]	환물은 무상에서 나온 것임을 이를 통해 알았으니
問取人間老斲輪	묻건대 인간 세상에 재주 뛰어난 이 누구인가.

81 [교감기] 살펴보건대 황순(黃䇫)의 『산곡연보』 24권에서 이 시는 원래 원우 3년에 편차되어 있었다.

82 [교감기] '幻物'은 고본에는 '幻化'로 되어 있다.

【주석】

眼入毫端寫竹眞 : 양 간문제의 「영미인간화」에서 "어여쁘도다 모두 그림 같으니, 누가 그림 그린 것을 구별하랴"라고 했다. 두보의 「단청인丹青引」에서 "우연히 훌륭한 선비 만나면 초상화 그렸네"라고 했다. 이후주의 「죽」에서 "참모습 전하려하나 좋은 붓이 없고, 그림자 그리려하니 못에 가로 비치네"라고 했다. 소식의 「묵화墨花」에서 "꽃심이 먹 둘레에서 일어나고, 봄빛이 붓끝으로 들어가네"라고 했으며, 또한 「제고목죽題枯木竹」에서 "늙어도 대의 참모습 그려낼 수 있고"라고 했으며, 또한 "문부자에 힘입어 참모습 그려내네"라고 했다.

梁簡文帝詠美人看畫詩, 可憐俱是畫, 誰能辨寫眞. 杜詩, 偶逢佳士亦寫眞. 李後主竹詩, 傳眞無好筆, 寫影有橫塘. 東坡詩, 花心起墨暈, 春色入毫端. 又詩, 老可能爲竹寫眞. 又詩, 寫眞賴有文夫子.

枝掀葉舉是精神 : 한유의 「신죽新竹」 시에서, "바람 불어도 가지 휘날리지 않는데, 붉은 꽃에 먼저 이슬 맺혔네"라고 했다. 유종원의 「동유원장同柳院長」에서 "가지에 바람불어 흩어진 잎이 펼쳐지네"라고 했다.

昌黎竹詩, 風枝未飄吹, 露粉先含淚. 柳詩, 風枝陳散葉.

因知幻物出無象 : 『능엄경』에서 "일체의 뜬 티끌이 여러 가지 환상을 만들어낸다"라고 했다. 『전등록』에 실린 「칠불게」에서 "몸은 본디 형상이 없는 것에서 태어났으니, 마치 환상 속에 나타나는 모든 형상과

같음이라"라고 했다.

楞嚴經云, 一切浮塵, 諸幻化相. 傳燈錄, 七佛偈曰, 身從無相中受生, 猶如幻出諸形象.

問取人間老斲輪 : 『장자 · 천도天道』에서 제환공이 어전에서 책을 읽고 있는데, 윤편이라는 목수가 어전 뜰에서 수레바퀴를 깎고 있다가 말하기를 "소신이 하는 일을 두고 하시는 말씀입니다. 나무를 깎아 바퀴에 맞출 때 너무 쉽게 들어가면 견고하지 못하고, 너무 끼게 하면 잘 들어가지 않습니다. 너무 헐겁지도 않고 너무 끼지도 않게 하는 것은, 손으로 터득하여 마음으로 수긍할 뿐이지, 입으로 말할 수 없지요. 그 사이에 비결이 있는 것입니다. 옛날 사람들은 그들이 전할 수 없다는 것과 이미 죽었으니, 그대가 읽는 것들은 옛사람의 찌꺼기일 뿐입니다"라고 했다.

莊子曰, 齊桓公讀書於堂上, 輪扁斲輪於堂下曰, 以臣之事觀之, 斲輪, 徐則甘而不固, 疾則苦而不入, 不徐不疾, 得之於手, 應之於心. 口不能言, 有數存焉於其間. 古之人與其不可傳也死矣. 然則君之所讀者, 古人之糟粕也.

산곡별집시주권하山谷別集詩注卷下

1. 소자미가 비각의 벽에 쓴 시와 환관 장후 집의 19장의 종이에 쓰여진 묵적을 보고 동료 전재옹 학사와 함께 짓다

觀秘閣蘇子美題壁及中人張侯家墨跡十九紙率同舍錢才翁學士賦之

원우 원년 병인년에 산곡이 교서랑이 되었을 때 지은 것이다.

元祐元年丙寅, 山谷爲校書郎所賦.

仁祖康四海	인조께서 사해를 편안히 다스려
本朝盛文章	본조가 문장이 성대하였네.
蘇郎如虎豹	소순흠은 호표와 같아
孤嘯翰墨場	외로이 한묵의 마당에서 읊었었지.
風流映海岱	풍류는 동해와 대산에 어울리고
俊鋒不可當	빼어난 글씨는 당할 수 없어라.
學書窺法窟	글씨 배워 법굴을 넘겨다보고
當代見崔張	당대에 최원과 장백영을 보누나.
銀鉤刻琬琰	은빛 획은 아름답게 새겨지고
蠆尾回縑緗	전갈 꼬리는 책 속에서 휘감누나.
擢登羣玉府	군옥의 책부에 발탁되어 오르니

臺閣自生光	대각은 절로 빛이 나누나.
春風吹曉雨	봄바람은 새벽 비를 몰아오는데
禁直夢滄浪	궁궐 숙직에 창랑을 꿈꾸네.
人聲市朝遠	저자의 사람 소리는 멀고
簾影花光涼[1]	꽃 정경은 주렴 그림자에 서늘하여라
秋河湔筆硏	가을 강물에 붓과 벼루를 씻나니
怨句挾風霜	원망하는 구절은 풍상을 지녔어라.
不甘老天祿	천록각에서 늙어감을 달가워하지 않아
試欲叫未央	등용되어 미앙궁에서 부르짖고자 하였어라.
小臣膽如斗	소신은 담이 말만큼 큰데
侏儒俸一囊	난쟁이처럼 한 자루 곡식을 받네.
請提師十萬	십만의 군사를 달라고 요청하여
奉辭問犬羊	왕명을 받들어 견양을 토벌하였네.
歸鞍飲月支	돌아오는 말안장에서 월지로 술을 마시고
伏背笞中行	중항열을 무릎 꿇려 등을 매질하였네.
人事多乖迕[2]	인간사는 어그러짐이 많아
南遷浮夜航	남쪽으로 옮겨 밤에 배를 탔어라.
此時調玉燭	이 시절은 태평성대라

1 [교감기] '花光'은 전본과 건륭본의 원교에서 "이 구의 光은 본래 竹으로 되어 있었다"라고 했다. 살펴보건대 고본에는 '竹'으로 되어 있다.

2 [교감기] '多'는 고본에는 '喜'로 되어 있다.

日行中道黃	해가 하늘의 황도 가운데를 지났네.
柄臣似牛李[3]	정권 잡은 신하는
	우승유牛僧孺, 이종민李宗閔과 같아
傾奪謀未臧	빼앗으려는 계책 좋지 않았구나.
魯酒圍邯鄲[4]	노나라 술이 좋지 않아
	조의 한단이 포위를 당하고
老龜禍枯桑	늙은 거북은 메마른 뽕나무에
	화를 당하였네.
兼官百郡邸[5]	군의 저사邸舍에서 겸관하였으니
報賽用歲常	해마다 항상 신에게 제사 지냈네.
招延青雲士	청운에 오르는 선비가 되어
共醉椒糈觴	함께 초백주에 취하였어라.
俗客避白眼	속객은 백안을 피하고
傲歌舞紅裳	오가에 붉은 치마 기녀가 춤추노라.
謗書動宸極	비방하는 글이 임금을 동요하여
牢戶繫桁楊	감옥에서 목과 발에 칼을 찾어라.
一網收冠蓋	고관을 일망타진하여

3 [교감기] '浮夜航'부터 '牛李'까지 18글자는 저본, 홍치본에는 원래 빠져 있다. 지금 전본, 건륭본에 의거하여 정문(正文)을 보충하고 주(注)의 빠진 그대로 놔둔다.

4 [교감기] 건륭본의 원교에서 "이 구의 '魯는 달리 '薄'으로 되어 있다"라고 했다. 살펴보건대 고본에는 '薄'으로 되어 있다.

5 [교감기] '百'은 전본에는 '有'로 되어 있다.

九原人走臧[6]	구원으로 사람들 달아나 숨었네.
庖丁提刀立	포정이 칼을 잡고 섰어도
滿志無四旁	뜻이 커서 주위를 무시하였네.
論罪等饕餮	죄를 논하니 도철과 같아
囚衣禦方良	죄수 옷 입고 방량을 막았구나.
姑蘇麋鹿疃	고소대는 사슴이 뛰어놀고
風月在書堂	풍월은 서당에 있어라.
永無湔祓期	영원히 잘못 씻을 때가 없었나니
山鬼共幽篁	산귀도 함께 숲에서 근심하여라.
萬戶封侯骨	만호후에 봉해질 상인데
今成狐兎岡	지금 여우, 토끼 굴이 되었구나.
邇來四十年	이후로 사십 년이 흘러
我亦校書郎	나 또한 교서랑이 되었노라.
雄文終膾炙	웅방한 문장은 사람들에게 회자 되었고
妙墨見垣牆	뛰어난 글씨는 담장에 보이네.
高山仰豪氣	높은 산 호방한 기운을 우러르니
崢嶸乃不亡	우뚝하여 이에 사라지지 않도다.
張侯開詩卷	장후가 시권을 열어 보이니
詞意尙軒昂	말의 의미는 여전히 높아라.

6 **[교감기]** '九原'은 건륭본에는 '九京'으로 되어 있으며, 원교에서 "九京은 달리 '九衢'로 된 본도 있다"라고 했다. 살펴보건대 고본에는 '九衢'로 되어 있다.

草書十紙餘　　초서 십여 장
雨漏古屋廊　　옛집의 회랑에서 비가 새는 듯.
誠知千里馬　　참으로 알겠어라, 천리마는
不服萬乘箱　　만 승의 수레를 끌지 않음을.
遂令駕鼓車　　마침내 북 수레 끌게 하니
此豈用其長　　이 어찌 그 장점을 쓰는 것이랴.
事往飛鳥過　　새가 날며 지나듯 일은 지나가고
九原色莽蒼　　구원의 경치는 아득하여라.
敢告大鈞手　　감히 조물주에게 고하나니
才難幸扶將[7]　　인재는 얻기 어려우니
　　부축하여 세워줘야 하리.

【주석】

仁祖康四海 : 『국사』를 살펴보건대 인종 경력 4년에 붕당이 더욱 성해지니, 참정 범중엄은 마음이 편안하지 못하여 지방으로 나가 섬서하동로선무사가 되었으며, 추밀부사 부필은 하북선무사로 나갔다. 유손과 소순흠은 관적에서 제명되어 강제로 면직시켰다. 왕수, 조약, 강휴복, 왕익유, 주연준, 장민, 여진, 주정손, 송민구, 서수 등은 모두 쫓겨났다. 이보다 앞서 두연, 범중엄, 부필 등은 함께 집정하여 한 시대의 유명한 사람들을 많이 기용하여 서무庶務를 개혁하려고 하였다. 어사중

7　[교감기] 고본 시 끝의 원주에서 "이상은 모두 집안에 전하는 작품이다"라고 했다.

승 왕공진 등은 그들이 하는 일을 마뜩지 않게 여겨 자신의 부하인 어주순, 유원순 등을 사주하여 소순흠 등을 탄핵하게 하였다. 이때 동시에 쫓겨난 자들은 명사들이 많았다. 임금은 이를 지나치게 야박하다고 하였으나 왕공진 등은 바야흐로 스스로 기뻐하면서 "내가 일거에 다 그물질을 했다"라고 했다. 구양수가 지은 「소자미묘명」에서 "군의 이름은 순흠이요, 자는 자미로, 개봉 사람이다. 젊어서 옛것을 좋아하였으며 문장에 뛰어났다. 서울에서 벼슬하면서 지위는 비록 낮지만 자주 소장을 올려 조정의 중요한 일을 논하면서 사람들이 말하기 어려운 것을 감히 말하였다. 범문정공이 그를 천거하여 불러서 시험하고 나서 집현교리가 되었다. 원호가 반란을 일으키자 싸우러 나갔으나 공을 세우지 못하였다. 천하는 오랫동안 편안하게 지내다보니 전쟁에 힘을 쓰지 못하였다. 이에 천자가 분연히 3~4명의 대신을 기용하여 여러 폐단을 개혁, 백성들을 근심을 풀어주려고 하였다. 이 당시 범문정공은 부필 재상과 함께 많은 일을 시행하였는데, 소인들은 이를 불편하게 여겼다. 그러나 임금이 바야흐로 신용하였기에 그들을 뒤흔들려고 하였지만 그 근거를 찾지 못하였다. 소군은 문정공이 천거하였으며 재상 두공의 사위였다. 이에 일로 군을 중상하여 진주원을 감독하며 신에게 제사 지낸 일에 죄를 얽어매고 진주원에서 옛 지전을 판 돈으로 빈객을 모아 연회를 베풀었다는 이유로 자도죄를 적용시켜 관적에서 군을 제명하였다. 군의 명망이 천하에 높았기 때문에 연회에 모였던 빈객들도 모두 한때의 현준이었는데, 다들 연좌되어 폄적되어 쫓겨났다. 그

린 뒤에 군君을 중상中傷한 자가 기뻐하며 말하기를 "내가 일망타진하였다"라고 하였다. 그 뒤에 서너 명의 대신도 뒤이어 파직되어 떠났다. 군이 처자를 데리고 소주에 거처하였는데, 수석의 경치가 좋은 곳을 사 창랑정을 짓고 날마다 독서에 매진하여 크게 륙경에 잠심하였다. 때로 울분과 번민을 가사나 시로 표현하니, 그 격발하여 지은 시편은 왕왕 매우 뛰어나 사람을 놀라게 하였다. 또 행서와 초서를 좋아하였으니 모두 아낄 만하였다. 그러므로 비록 짧은 시편이나 취해서 쓴 글씨라도 군이 쓴 글씨는 사람들이 다투어 서로 전하였다"라고 했다.

按國史, 仁宗慶曆四年, 朋黨滋盛, 叅政范仲淹不自安, 出爲陝西河東路宣撫使. 樞密副使富弼, 出爲河北宣撫使. 劉巽蘇舜欽竝除名勒停. 王洙刁約江休復王益柔周延雋章岷呂溱周延遜宋敏求徐綬竝皆斥逐. 先是, 杜衍范仲淹富弼等同執政, 多引用一時聞人, 欲更張庶事. 御史中丞王拱宸等, 不便其所爲, 諷其屬魚周詢劉元瑜, 劾奏舜欽等. 同時斥逐者, 多知名士. 上以爲過薄, 而拱宸等方自喜曰, 吾一擧網盡矣. 歐陽公志蘇子美墓銘曰, 君諱舜欽, 字子美, 開封人. 少好古, 工爲文章. 官于京師, 位雖卑, 數上疏, 論朝廷大事, 敢道人之所難言. 范文正公薦君, 召試, 得集賢校理. 自元昊反, 兵出無功. 天下殆於久安, 而困兵事, 天子奮然, 用三四大臣, 欲盡革衆弊以紓民. 是時, 范文正公與富弼相多所設施, 而小人不便, 顧人主方信用, 思有以撼動, 未得其根. 以君, 文正公之所薦, 而宰相杜公壻也. 乃以事中君, 坐監進奏院祠神奏用市故紙錢會客, 自爲盜, 除名. 君名重天下, 所會客, 皆一時賢俊, 悉坐貶逐. 然後中君者喜曰, 吾一擧網盡之矣. 其後三四大臣繼罷去. 君攜妻子居蘇州, 買水石, 作

滄浪亭, 日益讀書, 時發其憤悶於歌詩. 至其所激, 往往驚絶. 又喜行草書, 皆可愛, 雖短章醉墨, 落筆爭爲人所傳.

本朝盛文章 : 『맹자』에서 "사람의 조정에 서서"라고 했다. 두보의 「영회詠懷」에서 "본조가 다시 섰는데"라고 했다. 한유의 「천사薦士」에서 "국조에는 문장이 왕성하여, 진자앙이 비로소 높은 경지에 올랐네"라고 했다.

孟子曰, 立乎人之本朝. 杜詩, 本朝再樹立. 韓詩, 國朝盛文章, 子昂始高蹈.

蘇郎如虎豹 孤嘯翰墨場 : 『문선』에 실린 선원 사첨謝瞻의 「장자방시張子房詩」에서 "찬연히 빛나는 한묵의 마당"이라고 했다. 두보의 「장유壯遊」에서 "한묵의 마당에서 노닐었네"라고 했다. 유종원의 「장농공張農公」에서 "한묵의 마당에서 붓끝을 흔들었지"라고 했다.

文選, 謝宣遠詠張子房詩, 粲粲翰墨場. 杜詩, 出游翰墨場. 柳子厚, 鋒搖翰墨場.

風流映海岱 : 『서경 · 우공』에서 "바다와 대산岱山과 회수 사이에 서주가 있다"라고 했다. 환이가 유량에게 일러 말하기를 "서녕은 참으로 해대의 맑은 선비입니다"라고 했다. 이백의 「증배중감贈裵仲堪」에서 "동해와 대산의 호걸들을 두루 찾아다니고, 노나라 협객 주가와 친교를 맺었어라"라고 했다.

書禹貢, 海岱及淮惟徐州. 桓彝謂庾亮曰, 徐寧眞海岱淸士. 李太白詩, 歷詆海岱豪, 結交魯朱家.

俊鋒不可當 : 공장 진림陳琳의 「격오장교부곡문檄吳將校部曲文」에서 "하늘의 위엄은 당할 수 없다"라고 했다. 잠삼의 「송유단送劉單」에서 "성난 진격 북소리 당할 수 없어라"라고 했다.

陳孔璋檄, 天威不可當. 岑參詩, 鼓怒不可當.

學書窺法窟 : 『사기 · 항우전』에서 "글을 배웠지만 이루지 못하여 그만두고 검술을 배웠다"라고 했다.

項羽傳, 學書不成, 去學劒.

當代見崔張 : 최원의 자는 자옥으로 초서를 잘 썼다. 왕은이 그를 일러 초현이라고 하였다. 장지의 자는 백영으로 글쓰기를 좋아하였다. 그가 초서로 쓴 「급취장」은 글자를 모두 한 번에 쓴 것이다. 장백영이 스스로 이르기를 "위로 최원, 두도杜度에 비기기에는 부족하고 아래로 나휘羅暉, 조습趙襲과 비기기에는 남음이 있다"라고 하였다. 최는 최원이요, 장은 곧 백영이다.

崔瑗字子玉, 善草書, 王隱謂之草賢. 張芝字伯英, 性好書, 其草急就章, 字皆一筆而成. 張伯英自稱, 上比崔杜不足, 下方羅趙有餘. 崔乃崔瑗, 張卽伯英也.

銀鉤刻琬琰 : 『법서원』에서 "삭정의 초서는 당대 제일로, "은 갈고리 전갈 꼬리"라고 불리었다"라고 했다. 『진서』에 실린 삭정의 「초서장」에서 "초서의 형상은 굽은 것이 은갈고리 같고 표일함이 놀란 난새와 같다"라고 했다. 두보의 「기배시수寄裵施州」에서 "용사가 상자에서 꿈틀거리며 은갈고리 서려 있네"라고 했으며, 또한 「증이비서贈李八祕書」에서 "천자 모실 때 은빛 획이 날아가고"라고 했으며, 또한 「추일기부秋日夔府」에서 "두타사에 왕건의 아름다운 비석이 있네"라고 했다.

法書苑, 索靖草書絶代, 名曰銀鈎蠆尾. 晉書索靖草書狀曰, 草書之爲狀也, 婉若銀鈎, 漂若驚鸞. 杜詩, 龍蛇動篋蟠銀鈎. 又詩, 拜舞銀鈎落. 又詩, 頭陀琬琰鐫.

蠆尾回緗緗 : 구양수의 시에서 "가축 기르는 우부는 책 속에서 늙어가네"라고 했다.

歐陽公詩, 牧愚老緗緗.

擢登羣玉府 : 『목천자전』에서 "군옥산은 선왕의 이른바 책부가 있는 곳이다"라고 했다. 유종원의 「독모영전讀毛穎傳」에서 "또렷하고 환한 것이 마치 군옥산의 책부가 열린 듯하였다"라고 했다.

穆天子傳曰, 羣玉山, 先王之所謂策府. 柳子厚文, 森然炳然, 若開羣玉府.

臺閣自生光 : 위응물의 「대량정大梁亭」에서 "뛰어난 명성 오랫동안 자

자하니, 대각에는 벗이 많아라"라고 했다. 잠삼의 「수성소윤酬成少尹」에서 "높은 성가는 대각을 뒤흔들고, 맑은 시는 명에 응하여 천천히 짓누나"라고 했다.

韋應物詩, 英聲久籍籍, 臺閣多故人. 岑衆詩, 高價振臺閣, 淸詞出應徐.

春風吹曉雨 禁直夢滄浪 : 소식의 「화장창언和張昌言」에서 "금림에서 밤에 숙직하니 강물이 울어댄다"라고 했다. 『맹자 · 이루』 상에서 "창랑의 물이 맑으면 나의 갓끈을 빤다"라고 했다.

東坡詩, 禁林夜直鳴江瀨. 孟子離婁上, 滄浪之水淸兮, 可以濯我纓.

人聲市朝遠 : 사조의 「화복무창和伏武昌」에서 "저자가 적막하게 변하고"라고 했다. 포조鮑照의 「대결객소년장행代結客少年場行」에서 "낮에는 거리에 가득하고, 수레와 말은 마치 흐르는 물과 같다"라고 했다.[8]

謝朓詩, 寂寞市朝變. 陸士衡詩, 日中市朝滿, 車馬若川流.

簾影花光凉 : 위응물의 「군루춘연郡樓春燕」에서 "생각은 꽃 경치 따라 어지럽고, 감상은 산 경치에 넘쳐 나누나"라고 했다.

韋應物詩, 思逐花光亂, 賞餘山景多.

秋河漪筆研 怨句挾風霜 : 『서경잡기』에서 "회남왕이 『홍렬』을 지어서

8 저자가 육기(陸機)로 되어 있으나, 이 시의 작자는 포조이다.

스스로 이르기를 "글자 가운데 모두 풍상을 지니고 있다"라 했다"라고 했다. 한유의 「증최립지贈崔立之」에서 "자주 버림받은 풍자하는 원망하는 시구를 자주 받았으니"라고 했다.

西京雜記, 淮南王著鴻烈, 自云, 字中皆挾風霜. 韓文公詩, 頻蒙怨句刺棄遺. 東坡詩, 怨句寫余恨.

不甘老天祿 : 천록각은 한나라 때 비서를 보관하던 곳이다. 양웅은 천록각에서 교정을 보았다. 천록은 짐승으로, 그것을 따라 이름을 지었다.

天祿閣, 漢世以藏秘書. 揚雄校讐天祿閣. 天祿, 獸也, 因以爲名.

試欲叫未央 : 한나라에 미앙궁이 있었다.

漢有未央宮.

小臣膽如斗 : 『예기 · 예운』에서 " 대신이 법을 따르고 작은 신하가 청렴하며"라고 했다. 『좌전 · 희공 4년』에서 "태자가 곡옥으로 가서 제사를 지내고서 헌공에게 제사 고기를 올리니, 이때 헌공은 사냥을 나가고 없었다. 여희가 그것을 궁중에 두었다가 6일 만에 헌공이 돌아오자 그 고기에 독을 타서 올렸다. 헌공이 그 술을 땅에 뿌리니 땅이 끓어오르고, 그 고기를 개에게 주니 개가 죽고, 그 고기와 술을 소신에게 주니 소신도 죽었다"라고 했다. 『좌전 · 성공 10년』에서 "어떤 소신이 새

벽에 경공을 업고 하늘로 올라가는 꿈을 꾸었는데, 정오에 진후를 업고 변소에서 나왔다. 드디어 그를 순장시켰다"라고 했다. 유공간의 시에서 "소신은 어리석은 사람처럼 신의가 있었다"라고 했다. 두보의 「석순행石筍行」에서 "또한 간신배가 지존에게 아첨하는 것과 같구나"라고 했다. 이백의 「춘일행春日行」에서 "소신이 남산과 같이 장수하시기를 바라는 마음으로 헌수하네"라고 했다. 소식의 「9월 15일九月十五日」에서 "소신은 원컨대 자미화를 마주하고프니"라고 했다. 『촉지·강유전姜維傳』에서 "세상에 전하는 말에 강유가 죽자 배를 갈라보니 담이 말만큼 컸다고 하였다"라고 했다.

禮運, 大臣法, 小臣廉. 左傳僖公四年, 太子祭于曲沃, 歸胙于公. 與小臣, 小臣亦斃. 成公十年, 小臣有晨夢負公以登天. 劉公幹詩, 小臣信頑魯. 杜詩, 亦如小臣媚至尊. 太白詩, 小臣拜獻南山壽. 東坡詩, 小臣願對紫薇花. 蜀志姜維傳, 世語曰, 維死時見剖, 膽如斗大.

侏儒俸一囊 : 서한의 동방삭이 글을 올리니 상이 옳다고 여겨 그로 하여금 대조공거를 삼았는데, 녹봉이 박하였다. 동방삭이 난장이들을 속여서 "주상께서 너희들을 다 죽이려고 한다"라 하였다. 무제가 "어찌하여 난장이들을 두려움에 떨게 하느냐"라 하자, 동방삭이 무제武帝에게 말하기를 "난쟁이는 키가 석 자 남짓밖에 안 되지만 한 자루의 곡식을 받고, 돈 240을 받는데, 신 삭은 키가 9자 남짓이나 되지만 역시 한 자루 곡식을 받고 돈 240을 받으므로, 난쟁이는 배가 불러서 죽을

지경이고, 신 삭은 배가 고파서 죽을 지경입니다. 그러니 신의 말을 채용할 만하시면 예우를 그들보다 다르게 해 주시고, 채용할 만하지 못하면 파면해 주시어, 장안의 쌀만 축내도록 하지 마소서"라고 했다. 주상이 크게 웃고는 그를 대조금마문으로 삼았다.

西漢東方朔上書, 上偉之, 令待詔公車, 俸祿薄, 朔紿侏儒曰, 上欲盡殺若曹. 上問朔, 何恐侏儒. 對曰侏儒長三尺餘, 俸一囊粟, 錢二百四十. 朔長九尺餘, 亦俸一囊粟, 錢二百四十. 侏儒飽欲死, 臣朔飢欲死. 無令但索長安米. 上大笑, 因使待詔金馬門.

請提師十萬 : 한유의 「송후참모送侯參謀」에서 "군사 10만여 명을 거느리니, 사해가 그 위엄에 떨고"라고 했다. 『전한서』에서 번쾌가 말하기를 "원컨대 십만의 군사를 얻으면 흉노 안에서 마구 헤집고 다닐 것이다"라고 했다. 이에 계포가 "쾌는 참수해야 합니다. 대저 고제가 30만의 군사로 평성에서 곤욕을 당했는데, 번쾌는 당시 그 안에 있었는데, 지금 어찌하여 10만으로 흉노 안에서 헤집고 다닌다고 합니까"라고 했다.

韓昌黎詩, 提師十萬餘, 四海欽風稜. 前漢書, 樊噲言, 願得十萬衆, 橫行匈奴中. 季布曰, 噲可斬也. 夫以高帝兵三十萬餘, 困于平城, 噲時亦在其中, 今噲柰何以十萬衆橫行匈奴中哉.

奉辭問犬羊 : 『서경 · 대우모』에서 우禹가 순舜 임금의 명을 받아 묘족

의 반란을 진압할 때, 군사들을 소집하여 명하기를 "이러므로 내가 너희 군사들을 거느리고 순 임금의 말씀을 받들어 죄를 지은 자들을 정벌하노니"라고 했다. 안인 반악의 「서정부」에서 "풍이馮異가 그 명을 받들어 죄지은 폭도들을 토벌하려 하니, 처음에는 패하여 회계回谿에서 날개를 접고 있었다"라고 했다.

書大禹謨, 奉辭伐罪. 潘安仁西征賦, 異奉詞以伐罪, 初垂翅於回谿.

歸鞍飮月支 : 『한서 · 장건전』에서 "흉노가 월지왕을 격파하여 그 머리로 술그릇을 삼았다"라고 했다.

漢張騫傳, 匈奴破月支王, 以其頭爲飮器.

伏背笞中行 : 『한서 · 가의전』에서 "폐하께서 신을 전속국외교담당으로 삼는다면 반드시 선우單于의 목을 밧줄로 묶어서 그의 목숨을 좌우하고, 중항열中行說을 무릎 꿇려 그의 등을 매질함으로써, 흉노의 무리 전체가 오직 상의 명령을 따르게 하겠습니다"라고 했다.

漢書賈誼傳, 陛下試以臣爲典屬國, 請必係單于之頸而制其命, 伏中行說而笞其背.

人事多乖迕 : 도연명의 「답방참군」의 서에서 "사람의 일이란 어그러지기를 잘하는 것이어서 금세 헤어진다는 말을 해야 하게 되었습니다"라고 했다. 두보의 「신혼별新婚別」에서 "인간사 어긋나는 일 많아도"라

고 했다. 소식의 「송정호조送鄭戶曹」에서 "인간사 참으로 어그러지는 게 많네"라고 했으며, 또한 다른 시에서 "인간사는 어그러짐이 많네"[9]라고 했다.

陶潛答龐叅軍詩序, 人事好乖, 便當語離. 杜詩, 人事多錯迕. 東坡詩, 人事固多乖.[10] 又詩, 人事多乖違.

南遷浮夜航 此時調玉燭 日行中道黃 柄臣似牛李 傾奪謀未臧 : 살펴보건대 이상 5구의 주는 원래 빠져 있었다.

按以上五句注文原缺[11]

魯酒圍邯鄲 : 『장자·거협胠篋』에서 "노나라 술이 묽어서 한단이 포위되었다"라고 하였는데, 『장자주』에서 "초나라 선왕宣王이 제후들을 조회할 때에 노나라 공왕恭王이 늦게 도착하였고 가지고 온 술도 묽었다. 선왕이 꾸중을 하자 공왕이 노나라로 돌아가 버렸다. 이에 선왕이 군대를 일으켜 제나라와 함께 노나라를 공격하였다. 양 혜왕梁惠王이 평소에 조나라를 공격하고 싶었으나 초나라가 도우러 올까 봐 염려했는데, 초나라가 노나라를 치고 있는 중이었기 때문에 양 혜왕이 조나라 한단을 포위할 수 있었다"라고 했으며, 허신이 낸 『회남자』 주에서 "초나라

---

9 소식의 시에는 이런 구절이 보이지 않는다.

10 [교감기] '乖違' 두 글자는 원래 없었는데, 전본에 의거하여 보충하였다.

11 [교감기] '按以上五句注文原缺'는 원래 전본의 교주였는데, 지금은 이곳에 옮겨 기록한다.

가 제후들을 불러 조회를 할 때에 노나라와 조나라가 초왕에게 술을 바쳤는데 노나라 술은 묽고 조나라 술은 진하였다. 초왕의 술 담당 관리가 조나라에 술을 요구하자 조나라가 술을 주지 않았다. 관리가 화가 나서 노나라 술과 조나라 술을 바꾸어서 보고하였다. 초왕은 조나라가 자기를 무시하고 묽은 술을 바쳤다고 생각하여 조나라 수도 한단을 포위하였다"라고 했다.

莊子外篇, 魯酒薄而邯鄲圍. 莊子注, 楚宣王朝諸侯, 魯恭公後至而酒薄. 宣王怒, 發兵攻魯. 梁惠王嘗欲擊趙, 而畏楚救, 楚以魯爲事, 故梁得圍邯鄲. 許愼注淮南子, 楚會諸侯, 魯趙俱獻酒於楚王. 魯酒薄而趙酒厚. 酒吏易魯薄酒, 故楚王圍邯鄲.

老龜禍枯桑 : 『이원』에서 "동오의 손권 때 어떤 이가 산에 들어가다 큰 거북이와 마주치자 곧 그것을 묶어 돌아왔다. 거북이가 곧 사람의 말을 하기를 "좋지 못한 때에 노닐다가 그대에게 잡혔구나"라 하였다. 사람들이 매우 괴이하게 여기고는 싣고 나와서 오왕에게 바치려 하였는데, 밤에 월리에 머무르며 배를 큰 뽕나무에 매어 두었다. 밤중에 나무에서 소리가 나와 거북이를 부르며 이르기를 "수고스럽겠구나, 거북아! 너에게 무슨 일이 있느냐"라 하니, 거북이가 "이제 잡혔으니 바야흐로 삶기게 될 것이다. 비록 남산의 땔나무를 다 태우더라도 나를 문드러지게 하지 못할 것이다"라 하였다. 이에 나무가 "제갈원손은 박식하니 필시 너를 괴롭게 할 것이다. 만약 그가 나와 같은 나무를 찾아낸

다면 너는 어떻게 화에서 벗어날 작정이냐"라 하므로 거북이 이르기를 "자명아 말을 많이 하지 말라, 재앙이 장차 네게도 미칠 것이다"라 하므로 나무가 잠자코 더 이상 말하지 않았다. 이윽고 도착하자 손권이 명을 내려 그것을 삶게 하며 1만 수레의 땔나무를 불살랐으나 오히려 전과 같다고 말하기에 제갈각이 이르기를 "여러 해 묵은 뽕나무를 베어다가 거북을 삶으면 곧 익혀질 것입니다"라 하였다. 거북을 바친 자가 이에 거북과 뽕나무가 주고받은 말을 해주자 손권이 사람을 보내 그 뽕나무를 베어 오게 해 거북을 삶았더니 즉시 푹 익었다"라고 했다.

異苑, 孫權時, 永康有人入山, 遇一大龜, 卽束之歸. 龜便言曰, 游不良時, 爲君所得. 人甚怪之, 載出, 欲上吳王. 夜泊越里, 纜船於大桑樹, 宵中, 樹呼龜曰, 勞乎元緒, 奚事爾耶. 答曰我被拘縶, 方見烹臛, 雖盡南山之樵, 不能潰我. 樹曰諸葛元遜博識, 必致相苦, 令求如我之徒, 計將安出. 龜曰子明無多詞, 禍將及汝. 樹寂而止. 旣至, 權命煮之, 焚柴萬車, 語猶如故. 諸葛恪曰, 然以老桑乃熟. 獻者仍說龜樹共言. 權命使伐樹, 煮龜立爛. 白樂天詩, 老龜烹不爛, 延禍及枯桑.

兼官百郡邸 : 『한서 · 성제기成帝紀』에서 "장인을 여러 벼슬에 봉하였으니, 광록대부 왕승이 안성후가 되었다"라고 했는데, 응소의 주에서 "제리는 무제가 처음 설치하였으니 모두 겸관에게 더한 것이다"라고 했다. 『사기』에서 "제후는 천자가 세운 집에서 천자에게 조회하는데 그것을 저라 한다"라고 했다. 『한서 · 문제기』에서 "저에 이르러 의논

하였다"라고 했는데, 안사고의 주에서 "군국이 조회하러 와서 머무는 집으로 서울에 있는 것을 대체적으로 저라고 부른다. 저는 이른다는 뜻이다"라고 했다.

漢成紀, 封舅諸吏, 光祿大夫王崇爲安成侯. 應劭曰諸吏, 武帝初置, 皆兼官所加. 史記, 諸侯朝天子, 於天子之所立宅舍曰邸. 漢文紀, 至邸議之. 師古曰, 郡國朝宿之舍, 在京師者率名邸. 邸, 至也.

報賽用歲常 招延靑雲士 : 『사기 · 백이열전』에서 "시골 사람이 행실을 닦고 명성을 세우고 싶어도 청운지사를 만나지 못한다면 어찌 후세에 자신의 이름을 전할 수 있겠는가"라고 했다. 유우석의 「무릉집기」에서 "일찍이 더불어 노는 자들은 모두 청운의 선비로, 유명한 이로는 노상盧象, 두보杜甫 같은 이가 있으며, 고아한 운치로는 포힐包佶, 이서李紓 같은 이가 있다"라고 했다. 한유의 「부강릉도중赴江陵途中」에서 "아침에 청운의 선비가 되었다가, 저녁에 흰머리의 죄수가 되었네"라고 했다.

伯夷傳, 閭巷之人欲砥行立名者, 非附靑雲之士, 烏能施於後世哉. 劉禹錫武陵集紀云, 嘗所與遊, 皆靑雲之士, 聞名如盧杜, 高韻如包李. (盧象杜甫包佶李紓)[12] 韓詩, 朝爲靑雲士, 暮作白首囚.

---

12 [교감기] 이 조목의 주는 원래 착간(錯簡)으로, 잘못 '劉禹錫' 구의 앞에 있어서 문리가 통하지 않았다. 전본에는 노상 등 네 사람의 이름과 '聞名'이하 두 구가 없으니, 문리가 전혀 통하지 않는다. 지금 『유우석집』 권19 「동씨무릉집기(董氏武陵集紀)」에 의거하여 교정하였다.

共醉椒糈觴 : 『초사 · 이소離騷』에서 "무함이 저녁나절 내려옴이여, 산초와 쌀 품고 가서 맞이하여 점치게 하네"라고 했다. 『사민월령』에서 "설날에 초백주를 올린다"라고 했다.

離騷, 巫咸將夕降兮, 懷椒糈而要之. 四民月令云, 元日進椒柏酒.

俗客避白眼 傲歌舞紅裳 : 왕익유의 자는 승지로, 소자미의 사신회에 참여하여 오만한 노래를 불렀다.

王益柔, 字勝之, 與蘇子美祠神會, 爲傲歌者.

謗書動宸極 : 『사기 · 감무전』에서 "위문후가 악양으로 중산을 정벌하게 하였는데, 그가 돌아와 공을 논하게 되었다. 문후가 그에게 비방하는 글 한 상자를 보여주었다"라고 했다. 『산호구시화珊瑚鉤詩話』에 실려 있는 내용에, 소자미가 진주원의 일을 맡게 되어 신에게 제사를 지내는 모임으로 인하여 동료들을 불렀다. 당시 홍주 이중사도 매성유를 통해 이 모임에 참여하고 싶어 하였는데, 소자미가 "음식 중에 필 씨와 나 씨가 좋아하던 만두가 있지 않으니, 좌상에 어찌 음관으로 고관이 된 국자감박사, 태자사중 그리고 우부, 비부의 원외랑이 참여할 수 있겠습니까"라고 하였다. 이에 이중사가 원한을 지니고서 그 일을 폭로하여 소자미는 연좌되어 죄를 받았다. 매성유의 「객지」란 시에서 "객에 열 사람이 있어, 함께 한 솥의 음식 먹었네. 한 객이 먹지 못하자, 솥을 엎어 여러 손을 다치게 하였네"라 하였으니, 대개 이중사를 가리킨

다. 두보의 「추일기부秋日夔府」에서 "화려한 명성은 북극성을 에워싸니" 라고 했다.

史記甘茂傳, 魏文侯使樂羊伐中山, 返而論功, 文侯示之謗書一篋. 詩話載, 蘇子美勾當進奏院, 因賽神會, 召館中同列. 時洪州李中舍因梅聖俞願與此會, 子美答曰食中不設饅羅饆夾, 坐上安有國舍虞比也. 李銜之, 暴揚其事, 子美坐責. 聖俞有客至詩云, 客有十人至, 共食一鼎珍. 一客不得食, 覆鼎傷衆賓. 盖指李也. 杜詩, 聲華夾宸極.

牢戶繫桁楊 : 『장자』에서 "칼과 차꼬의 쐐기"라고 했는데, 『음의』에서 "항양은 목과 발목을 채우는 것이다"라고 했다.

莊子, 桁楊接槢. 音義云, 械夾頸及脛者.

一網收冠蓋 : 좌사의 「영사시詠史詩」에서 "수레가 사거리를 뒤덮고"라고 했다. 조식의 「공연公燕」에서 "날으는 수레가 서로 뒤쫓고"라고 했다.

左太沖詩, 冠盖蔭四術. 曹子建詩, 飛盖相追隨.

九原人走藏 : 『예기』에서 진나라 헌문자가 "선대부를 구원에서 따르리라[以從先大夫於九京]"라고 했는데, 주에서 "진나라 경대부의 묘지가 구원에 있었으니, '경京'자는 대개 글자가 잘못된 것이다"라고 했다. 두보의 「대맥행大麥行」에서 "아낙은 울며 도망가고 사내는 달아나 숨었네"

라고 했다.

禮記, 晉獻文子曰, 從先大夫於九京. 注謂晉卿大夫之墓地在九原. 京蓋字誤. 老杜詩, 婦女行泣夫走藏.

庖丁提刀立 : 『장자 · 양생주養生主』에서 포정이 문혜군을 위해 소를 잡았다. 칼을 든 채 일어나서 사방을 둘러보며 머뭇거리다가 이내 흐뭇해져서 칼을 잘 닦아 넣어두었다. 문혜군이 말하기를 "훌륭하도다. 내가 포정의 말을 듣고 양생의 기술을 얻었다"라고 했다.

莊子內篇, 庖丁爲文惠君解牛, 提刀而立, 四顧爲之躊躇, 善刀而藏之. 文惠君曰, 善, 吾聞庖丁之言, 得養生焉.

滿志無四旁 論罪等饕餮 : 『좌전 · 문공 18년』에서 "진운씨에게 미련한 자식이 있었는데, 음식을 탐하고 재물을 좋아하였으므로 사람들이 그를 도철饕餮이라 일컬었다. 순이 요 임금의 신하가 된 뒤에 네 흉족인 혼돈과 궁기와 도올과 도철을 귀양 보내 사방 변경으로 쫓아내어 도깨비의 재앙을 막게 하였다"라고 했다. 장형의 「동경부」에서 "도철의 탐욕을 씻어버린다"라고 했는데, 이선의 주에서 인용한 두예의 『좌씨춘추』의 주에서 "재물을 탐하는 것을 도라 하고, 음식을 탐하는 것을 철이라 한다"라고 했다.

左傳文公十八年, 縉雲氏有不才子, 貪于飮食, 冒于貨賄. 天下之民以比三凶, 謂之饕餮. 舜臣堯, 流四凶族, 渾敦窮奇檮杌饕餮, 投諸四裔, 以禦魑魅.

東京賦, 滌饕餮之貪慾. 善曰, 杜預左氏傳注, 貪財曰饕, 貪食曰餮.

囚衣禦方良 : 『주례 · 하관 · 방상씨』에서 "묘소에 도착하여 광으로 진입할 때에는 창으로 네 귀퉁이를 쳐서 방량方良을 몰아낸다"라고 했는데, 주에서 "方良은 음이 망량이며 달리 글자 그대로 읽는다"라고 했다. 평자 장형의 「동경부」에서 "괴물 악귀인 위사螭蛇의 몸을 잘라버리고, 산에 사는 요괴 방량方良의 뇌를 뭉개버립니다"라고 했는데, 주에서 "예전에는 모든 악귀의 명칭을 종합하여 방량이라 하였으니, 초택의 귀신이다"라고 했다.

夏官方相氏, 以戈擊四隅, 敺方良. 注, 方良音罔兩, 又如字. 張平子東京賦, 斬螭蛇, 腦方良. 注, 向曰竝惡鬼名. 綜曰方良, 草澤之神.

姑蘇麋鹿畽 : 『시경 · 동산東山』에서 "집 옆의 빈 땅은 사슴 마당이 되었으며"라고 했는데, 주에서 "사슴이 노는 곳이다"라고 했다. '畽'의 음은 '宅'과 '短'의 반절법이다. 오피가 회남왕에게 간하기를 "옛날에 오자서가 오왕에게 간하였는데, 오왕이 들어주지 않자 이에 "이제 고소대에서 사슴이 뛰놀 것이며 궁중에 가시가 자라 이슬이 옷을 적실 것을 보게 될 것입니다"라 하였습니다"라고 했다. 이백의 「상화가사相和歌辭 · 대주對酒」에서 "가시나무가 석호전에서 자라고, 사슴은 고소대를 달리네"라고 했다. 백거이의 「잡흥雜興」에서 "고소대 아래의 풀숲에서, 사슴은 남몰래 새끼를 낳누나"라고 했다.

詩, 町畽鹿場. 注, 鹿跡也, 畽, 宅短反. 伍被諫淮南王曰, 昔子胥諫吳王, 吳王不聽, 迺曰臣今見麋鹿遊於姑蘇之臺, 宮中生棘荆, 露沾衣也. 李太白詩, 棘生石虎殿, 鹿走姑蘇臺. 白樂天詩, 姑蘇臺下草, 麋鹿暗生麑.

風月在書堂 永無湔祓期 : 조식의 「응조시표」에서 "황발黃髮의 노년에 이를 때까지 규珪를 들고 조정에 설 희망이 영원히 없을 줄 알았습니다"라고 했다. 『한서 · 창읍왕하전』에서 "담당 관리를 잡아들여 대왕의 잘못을 씻어내십시오"라고 했다. 한유의 「시상示爽」에서 "끝내 더러움을 씻어내지 못할까 두렵네"라고 했다.

曹子建應詔詩表, 永無執珪之望. 漢書昌邑王賀傳曰, 以湔洒大王. 退之詩云, 懼終莫湔洗.

山鬼共幽篁 : 산귀란 말은 『사기 · 진시황기』에 보인다. 『초사 · 구가』에 「산귀」편이 있다. 명원 포조鮑照의 「무성부」에서 "물의 도깨비 산의 귀신, 들판의 쥐와 성의 여우. 바람 불고 비가 쏟아지면, 어두울 때 나타나서 새벽에 사라지네"라고 했다. 두보의 「호아행虎牙行」에서 "눈서리 몰아칠 때 산귀도 근심하누나"라고 했다.

山鬼字見史記秦始皇紀. 楚詞九歌有山鬼. 鮑明遠蕪城賦, 水魅山鬼, 野鼠城狐. 風嘷雨嘯, 昏見晨趨. 杜詩, 山鬼幽憂雪霜逼.

萬戶封侯骨 : 『한서 · 이광전』에서 문제가 이르기를 "애석하도다, 이

광이 때를 만나지 못함이여. 만약 고조의 시대에 태어났다면 만호후에 봉해지는 것은 말할 필요가 있겠는가"라고 했다. 『후한서 · 반초전』에서 관상쟁이가 반초를 가리켜 "제비의 턱에 호랑이 머리니 날아다니며 고기를 먹을 것이니 만리후가 될 상이다"라고 했다. 『한서 · 적방진전』에서 "채보에게 관상을 물으니 채보가 "소리는 제후에 봉할 상을 지녔소"라 했다"라고 했다.

漢書李廣傳, 文帝曰惜廣不逢時. 令當高祖世, 萬戶侯豈足道哉. 後漢班超傳, 相者指超曰, 生燕頷虎頸, 飛而食肉, 此萬戶侯相也. 翟方進傳, 從蔡父相, 蔡父謂曰, 小吏有封侯骨.

今成狐兎岡 : 환담桓譚의 『신론』에서 옹문주가 맹상군을 보고서 "신은 천추 만세 후에 그대의 무덤에 가시가 자라고 여우와 토끼가 그 안에 굴을 낼까 슬퍼합니다"라고 했다. 맹양 장재張載의 「칠애시」에서 "여우와 토끼가 그 안에 굴을 파서, 더럽게 하여 다시 다듬지 않네"라고 했다.

桓子新論, 雍門周見孟嘗君, 曰臣竊悲千秋萬歲後, 墳墓生荊棘, 狐兎穴其中. 張孟陽七哀詩, 狐兎窟其中, 蕪穢不復掃.

邇來四十年 : 제갈량의 「출사표」에서 "이후로 21년이 되었습니다"라고 했다. 이백의 「촉도난」에서 "이후로 사만 팔천 년이 지났어라"라고 했다. 구양수의 시에서 "이후로 어느덧 사십 년이 흘렀네"라고 했다.

諸葛亮出師表, 邇來二十有一年矣. 太白蜀道難, 邇來四萬八千歲. 歐陽公

詩, 邇來不覺四十年.

我亦校書郞 : 산곡은 원풍 8년 4월에 교서랑이 되었으니, 그 일이 있은 후 꼭 40년이다.

山谷元豐八年四月除校書郞, 恰四十年.

雄文終膾炙 : 구양수의 「제소자미」에서 "그대는 문장에 웅방하고 방사하였다"라고 했다. 『맹자』에서 "사람들에게 회자되었다"라고 했다. 소강절의 시에서 "말의 맛은 구운 고기처럼 달았다"라고 했다.

歐陽公祭蘇子美云, 子於文章, 雄豪放肆. 孟子曰, 膾炙哉. 邵康節詩, 言味止如甘膾炙.

妙墨見垣牆 : 『서경 · 비서』에서 "감히 약탈하고 빼앗으며 담장을 넘어 가지 말라"라고 했다.

費誓, 無敢寇攘, 踰垣墻.

高山仰豪氣 : 『모시』에서 "저 높은 산봉우리를 우러르네"라고 했다. 『위지魏志 · 서막전徐邈傳』에서 "진등陳登의 자는 원룡이다. 유효표가 유비와 천하의 인물을 논하였는데, 허사許汜가 "원룡은 강호의 선비이니 오만한 호기를 버리지 못하였습니다"라 했다"라고 했다.

毛詩, 高山仰止. 豪氣, 見前注.

崢嶸乃不亡 : 좌사의 「오도부」에서 “남북이 험준하게 솟았네”라고 했는데, 주에서 “험준한 모양이다”라고 했다. 이백의 「대붕부」에서 “우뚝한 고론을 토해내었다”라고 했다. 곽박의 『방언주』에서 “쟁영은 높고 험준함이다”라고 했다. 『노자』에서 “죽어도 없어지지 않는 것을 수라 한다”라고 했다.

吳都賦, 南北崢嶸, 注, 峻險貌. 李白大鵬賦, 吐崢嶸之高論. 郭璞方言注, 崢嶸, 高峻也. 老子曰, 死而不亡曰壽.

張侯開詩卷 詞意尙軒昂 : 한유의 「청영사탄금」에서 “갑자기 높은 곡조로 변하니”라고 했다.

韓退之聽穎師彈琴詩, 劃然變軒昂.

草書十紙餘 雨漏古屋廊 : 주월의 『법서원』에서 “안진경과 회소가 금오병조 오동鄔彤에게 초서를 배웠다. 어떤 이가 묻기를 “장사 장욱張旭이 공손대랑의 검무를 추는 것을 보고 내리고 올리며 돌며 오르는 필법을 깨우쳤는데, 병조도 그런 것이 있습니까”라 하자, 회소가 옛 비녀 다리의 필법으로 대답하였다. 이에 안진경이 “지붕에 물이 샌 흔적과는 어떠한가”라 하자, 회소가 “늙은이가 깨우쳤다”라 했다”라고 했다. 두보의 「모옥위추풍소파가茅屋爲秋風所破歌」에서 “침대마다 집이 세어 마른 곳 없는데”라고 했다.

周越法書苑, 顔魯公與懷素同學草書于鄔兵曹, 或問, 張長史見公孫大娘舞

劍, 始得低昂回翔之狀, 兵書有之乎. 懷素以古釵脚對, 魯公曰, 何如屋漏痕. 杜少陵詩, 牀牀屋漏無乾處.

誠知千里馬 不服萬乘箱 : 『전국책』에서 곽외가 연소왕에게 이르기를 "옛날 임금은 사신을 보내 천금을 주면서 다른 나라에서 천리마를 사오게 하였습니다"라고 했다. 『한서 · 가연지전』에서 "효문제 때 천리마를 바치는 사람이 있었다"라고 했다. 『시경 · 대동大東』에서 "반짝이는 저 견우성, 수레 끌 생각 않네"라고 했다. 장형의 「사현부」에서 "천리마를 끌어다가 큰 수레에 매어놓았네"라고 했다. 소식의 「천수우天水牛」에서 "부질없이 하늘을 날며 수레를 끌지 않아라"라고 했다.

戰國策, 郭隗謂燕昭王曰, 古人君遣使者賚千金, 市千里馬於他國. 賈捐之傳, 孝文帝時, 有獻千里馬者. 毛詩, 睆彼牽牛, 不以服箱. 張平子思玄賦, 縶騕褭以服箱. 東坡詩, 空飛不服箱.

遂令駕鼓車 : 『후한서 · 순리전』에서 "건무 13년에 다른 나라에게 명마를 바쳤다. 하루에 천 리를 가는데, 조서를 내려 그 말로 고거高車를 끌게 하였다"라 하였다. 두보의 「송위평사送韋評事」에서 "내 들으니 북수레를 멍에 진다하는데, 천리마에게 어울리지 않네"라고 했다. 또한 「부수復愁」에서 "오늘 날아오르는 기린마, 먼저 북수레 끄는 것이 마땅하겠네"라고 했다. 소식의 「송구양변送歐陽辯」에서 "한혈마가 북수레를 끄누나"라고 했다.

後漢循吏傳, 建武十三年, 有獻名馬, 日行千里, 詔以馬駕鼓車. 老杜詩, 吾聞駕鼓車, 不合用騏驥. 又, 今日翔麟馬, 先宜駕鼓車. 東坡詩, 汗血駕鼓車.

此豈用其長 事往飛鳥過 : 『문선』에 실린 장협張協의 「잡시雜詩」에서 "새가 눈앞을 지나는 것처럼 잠깐이네"라고 했다. 두보의 「이유소부貽柳少府」에서 "나의 삶은 지나가는 새와 같고"라고 했다. 백거이의 시에서 "삶은 새가 눈앞을 지나는 것과 같고"라고 했다. 두목의 「독작獨酌」에서 "높고 먼 푸른 하늘 아득히 넓은데, 한 마리 새 나는 듯 만고 세월 지났어라"라고 했다.

文選張景陽詩, 忽如鳥過目. 杜少陵詩, 余生如過鳥. 樂天詩, 生猶鳥過目. 杜牧之詩, 長空碧杳杳, 萬古一飛鳥.

九原色莽蒼 : 『장자 · 소요유逍遙遊』에서 "가까운 교외에 가는 자는 세 끼 밥만 가지고 갔다가 돌아와도 배가 여전히 부르고"라고 했다. 왕안석의 「기장사군寄張使君」에서 "무창의 산천을 지금 상상할 수 있으니, 푸른 물이 휘휘 돌고 아득한 들판에 이내 덮였네"라고 하였다.

莊子逍遙篇, 適莽蒼者, 三飡而返, 腹猶果然. 王介甫詩, 武昌山川今可想, 綠水逶迤烟莽蒼.

敢告大鈞手 : 가의의 「복조부鵩鳥賦」에서 "자연이 만물을 기르는 것은 아득하여 끝이 없습니다"라고 했다. 이백의 「문유거마객행門有車馬客行」

에서 "존망은 조물주에 맡겨두고"라고 했다.

賈誼賦, 大鈞播物, 坱圠無垠. 李太白詩, 存亡任大鈞.

才難幸扶將 : 『논어』에서 "인재를 얻기 어렵다고 하니, 그렇지 않은가"라고 했다. 『한서 · 효경왕후전』에서 "딸이 책상 아래로 도망쳐 숨으니, 데리고 나와 절을 하게 했다"라고 했다. 이 작품은 처음에는 소공의 재주를 찬미하고 중간에서는 소공의 원한을 풀어주었으며, 마지막에서는 재주 있는 사람 얻기 어려움을 탄식하니 마땅히 사랑해야 함을 말하고 있다. 시인의 규간과 풍자의 체제가 갖추어졌다.

魯論曰, 才難, 不其然乎. 漢孝景王皇后傳, 女逃匿, 扶將出拜. 樂府木蘭歌, 爺孃聞女來, 出郭相扶將. 是篇始則美蘇公之才, 中則伸蘇公之寃, 終則嘆人才之難, 謂當愛護. 詩人箴規美刺之體備矣.

2. 문로공 「황하의」 뒤에 제하다

題文路公黃河議後

소자유의 「유로전」에서 “원풍 연간에 황하가 대오에서 터졌다. 신종이 옛날 물길을 회복할 수 없음을 알고 이윽고 북쪽으로 물길을 인도하니 물의 기세가 이윽고 잠잠해졌다. 원우 초기에 문로공 문언박文彦博과 여급공 여대방呂大防이 황하의 물길을 되돌리자고 주장하였는데, 백성을 힘들게 하고 재물을 소비하였으나 끝내 이익이 없었다. 이 일은 소철의 「영빈유노전潁濱遺老傳」에 자세히 보인다.

蘇子由遺老傳云, 元豐中, 河決大吳, 神宗知故道不可復, 因導之北流, 水性已順. 至元祐初, 文潞公呂汲公主回河之議, 勞民費財, 竟無益也. 詳見遺老傳.

澶淵不作渡河梁	단연에 다리를 놓아 건너지 않으니
由是中原府庫瘡	이로써 중원의 곡창이 손상을 입었네.
白首丹心一元老	백수의 일편단심 원로가
歸來高枕夢河隍[13]	돌아와 높이 베개 베고 하황을 꿈꾸네.

【주석】

澶淵不作渡河梁 : 『구역지』에서 “하북동로개덕부는 본래 단연이라 하였으니, 즉 단주이다.

13 [교감기] ‘隍’은 고본에는 ‘湟’으로 되어 있다.

九域志, 河北東路開德府, 本曰澶淵, 卽澶州.

由是中原府庫瘡 白首丹心一元老 : 두보의 시에 "북궐에 단심이 향하고"라고 했다. 『시경 · 채기采芑』에서 "방숙이 매우 늙었으나"라고 했다.

杜少陵詩, 北闕丹心在. 毛詩, 方叔元老.

歸來高枕夢河湟 : 『사기 · 장의전』에서 "대왕께서는 베개를 높이 베고서 누울 수 있습니다"라고 했다. 또한 『초사』에서 "그러므로 높이 베개를 베고서 스스로 만족한다"라고 했다.

史記張儀傳, 大王高枕而臥. 又楚詞, 故高枕而自適.

3. 종실 대년의 그림에 제하다

題宗室大年畫[14]

미불의 『서화사』에서 "종실 조영양의 자는 대년으로 작은 축을 만들었는데 매우 청려하였다"라고 했다. 후산 진사도의 「제명발고헌과도題明發高軒過圖」에서 "지금 시대의 풍류로 조대년을 치네"라고 했으니, 이를 가리킨다. 이 시는 홍경로의 『이견지』에 실려 있는데, 산곡이 조대년의 그림에 일찍이 발문을 쓰기를 "대년은 동파 선생에게 배워 작은 산의 총죽을 그렸는데, 매우 운치가 있었다. 다만 죽석이 모두 부드럽고 고우니 대개 젊기 때문에 아름다운 것을 좋아하기 때문이다"라고 했다. 또한 "먼 변방 한가로울 때 또한 자득한 의미가 있으니, 옛사람에게 비유하면 다만 호장함과 여운이 적다"라고 했다. 『연보』에서 "원우 연간에 관館에서 지었다"라고 했다.

米芾書畫史, 宗室令穰, 字大年, 作小軸, 甚淸麗. 陳後山詩云, 今代風流數大年, 是也. 此詩洪景盧夷堅志所載, 山谷嘗跋大年畫云, 大年學東坡先生, 作小山叢竹, 殊有思致. 但竹石皆覺筆意柔嫩, 盖以年少喜奇故耳. 又云, 荒遠閒暇, 亦有自得意處, 比之古人, 但少豪壯及餘味耳. 年譜, 元祐間館中作.[15]

---

14 [교감기] 고본에는 시의 제목이 「제대년소경(題大年小景)」으로 되어 있다. 전본의 제목 아래에는 '二首'라는 두 글자가 있다.

15 [교감기] 황순(黃㽦)의 『산곡연보(山谷年譜)』 권 24권에 이 시는 원래 원우 3년에 편차되어 있다.

첫 번째 수其一

水色烟光上下寒	물빛과 이내 위아래로 차가운데
忘機鷗鳥恣飛還	기심 잊은 갈매기 마음대로 나는구나.
年來頻作江湖夢	근래 자주 강호의 꿈을 꾸었는데
對此身疑在故山	그림 마주하니 이 몸 고향에 있는 듯.

【주석】

水色烟光上下寒 : 이백의 「노군요사魯郡堯祠」에서 "산빛과 물빛이 쪽보다 푸르네"라고 했다.

李太白詩, 山光水色靑于藍.

忘機鷗鳥恣飛還 : 『문선』에 실린 강엄의 「잡체시」에서 "맑은 현사에 게을리하지 않고, 마음속에서 기교심을 없애네. 사물과 내가 모두 무심하니, 갈매기와 친할 수 있었지"라고 하였다. 『열자』에서 "바닷가에 사는 사람 중에 갈매기를 좋아하는 사람이 있었는데, 아침이면 바닷가에 가서, 갈매기를 따르며 노니, 이르는 갈매기의 수가 백이었다. 그 아버지가 말하기를, "내가 들으니 갈매기가 너를 따라논다고 하니, 네가 잡아와 보거라, 내가 그것을 가지고 놀 테니"하였다. "알겠습니다"라고 말하고, 다음날 아침 바닷가로 가니, 갈매기가 춤은 추지만 내려오지는 않았다"라고 하였다. 이백의 「명고가鳴皐歌」에서 "그저 백구나 날아와서, 길이 그대와 친하리라"라고 했다.

文選江文通雜體詩曰, 亹亹玄思淸, 胸中去機巧. 物我俱忘懷, 可以狎鷗鳥. 列子, 海上有人好鷗鳥, 者以百數. 其父曰吾聞鷗從汝遊, 試取來, 吾從玩之. 曰諾. 明旦之海上, 鷗鳥舞而不下. 李太白詩, 白鷗兮飛來, 長與君相親.

年來頻作江湖夢 對此身疑在故山東 : 소식의 「봉화전목부奉和錢穆父」에서 "몽매간에도 강호에 가려 하는데"라고 했다. 사령운의 「초발석수성初發石首城」에서 "고향 산에 해는 이미 돌아왔건만"이라고 했다. 두보의 「봉유증집현원최우이학사奉留贈集賢院崔于二學士」에서 "고향에는 약재도 많고"라고 했다.

東坡詩, 江湖來夢寐. 謝靈運詩, 故山日已還. 杜詩, 故山多藥物.

두 번째 수其二

輕鷗白鷺定吾友	경쾌한 갈매기와 백로는 참으로 나의 벗
翠柏幽篁是可人	푸른 잣나무와 그윽한 대숲은 좋은 사람.
海角逢春知幾度	바다 모퉁이에서 봄을 만난 것이 몇 번째인가
卧遊到處總傷神	와유하는 곳마다 모두 마음이 아프다네.

【주석】

輕鷗白鷺定吾友 : 두보의 「민悶」에서 "갈매기 경쾌하여 짐짓 돌아오지 않네"라고 했다. 소식의 「적벽부」에서 "물고기, 새우와 짝하고 사슴과 벗하다"라고 했다. 한유의 「증별원협률贈別元協律」에서 "우리 벗 유자

후"라고 했다. 『산곡전집』에 실린 시에서 "나의 벗 진사도"란 말을 두 번 사용하였다.

杜少陵詩, 鷗輕故不還. 東坡赤壁賦, 侶魚鰕而友麋鹿. 韓昌黎詩, 吾友柳子厚. 山谷前集詩, 兩用吾友陳師道.

翠柏幽篁是可人 : 위응물의 「대신황對新篁」에서 "맑은 새벽 정자 아래에 머무르니, 다만 이 그윽한 대숲을 사랑하노라"라고 했다. 『예기』에서 공자가 "관중이 도적떼를 만났는데 그중에서 두 사람을 선발, 천거하여 환공의 신하가 되게 하면서 "그들이 함께 지낸 자들이 못된 자들이어서 도적질을 하게 된 것이지, 쓸 만한 사람들입니다"라고 했다. 또한 『촉지 · 비위전』과 『진서 · 환온전』에 보인다.

韋應物詩, 淸晨止亭下, 獨愛此幽篁. 可人字見蜀志費禕及晉書桓溫傳.

海角逢春知幾度 : 문정공 범중엄范仲淹의 「해릉서계모란」에서 "따뜻한 햇살은 땅을 가리지 않아, 바다 모퉁이에도 봄이 왔어라. 상림의 경치 생각하노니, 마주보매 벗과 같아라"라고 했다.

范文正公海陵西溪牡丹詩, 陽和不擇地, 海角亦逢春. 憶得上林色, 相看如故人.

卧遊到處總傷神 : 두보의 「발담주發潭州」에서 "멀리 돌려 보니 마음이 아프누나"라고 했다. 왕안석의 「정진화숙呈陳和叔」에서 "산림에 늙어가

니 온통 마음이 아프네"라고 했다.

杜詩, 回首一傷神. 王荊公詩, 山林投老一傷神.

4. 연저 양천공 양호당의 그림에 제하다

題燕邸洋川公養浩堂畫[16]

이 시는 홍경로의 『이견지』에 있는 것을 끄집어내어 드러낸 것이다. 『연보』에 "원우 연간에 관館에서 지은 것이다"라고 했다. 살펴보건대 『용재기이』에서 "연저 내주 양천공의 집에 고금의 그림 10책이 있다. 동파가 지나가다가 찌에 글을 써서 그 뒤에 "고당의 흰 벽에 있어 펼치거나 닫는 수고로움이 없고, 밝은 창 맑은 안석에서 앉거나 누워서 편안히 감상한다"라고 적었다"라고 했다. 또 살펴보니 『용재기이』에 실린 「소사음쌍죽」과 「제대년화」 두 작품, 그리고 『이견지』에 실려 있는 후後 한 연聯을 지금 함께 모아 기록하였다.

此詩洪景盧夷堅志表出之. 年譜, 元祐間館中作.[17] 按容齋紀異云, 燕邸萊州洋川公家, 有古今畫十冊. 東坡過之, 爲書籤題其後云, 高堂素壁, 無舒卷之勞, 明窗淨几, 有坐卧之安. 又按容齋紀異上載蕭寺吟雙竹及題大年畫二篇,[18] 夷堅志方載後一聯, 今併錄之.

16 [교감기] 전본은 시의 제목 아래 '二首'가 있다.
17 [교감기] 살펴보건대 『연보』 권24에 이 시는 원우 3년에 편차되어 있다.
18 [교감기] '上載'는 전본에는 '止載'로 되어 있다.

첫 번째 수其一

蕭寺吟雙竹	쓸쓸한 절에서 쌍죽을 읊으며
秋醪薦二螯	가을 술에 두 마리 게를 먹네.
破塵歸騎速[19]	티끌 깨치고 돌아가는 말 빠른데
橫日雁行高	비낀 해에 기러기 높이 나네.

【주석】

蕭寺吟雙竹 秋醪薦二螯 破塵歸騎速 橫日雁行高 : 한유의 「조부가서행향早赴街西行香」에서 "말타고 돌아올 때 서로 만나세"라고 했다. 구양수의 「석상송유도관席上送柳都官」에서 "궁궐 길 나무 푸른 기운 돌아오는 말에 내리고"라고 했다. 소식의 「차운유자옥次韻柳子玉」에서 "멀리서 알겠어라 한식에 돌아오는 말 재촉할 것을"이라고 했다. 백거이의 「강루만조江樓晩眺」에서 "기러기 푸른 하늘에 점찍으니 글자가 한 줄이로다"라고 했다. 소식의 「청비파聽琵琶」에서 "끝이 없는 푸른 하늘에 기러기 높이 날고"라고 했다.

昌黎詩, 歸騎得相收. 歐陽公詩, 天街樹綠騰歸騎. 東坡詩, 遙知寒食催歸騎. 白樂天詩, 雁點青天字一行. 東坡詩, 碧天無際鴈行高.

19 [교감기] 건륭본의 원교에서 "'速'은 달리 '遠'으로 되어 있는 본도 있다"라고 했다. 살펴보건대 고본에는 '遠'으로 되어 있다.

두 번째 수其二

擁膝庶殘臘	무릎 껴안고서 섣달은 지내고
攀條摘蕙草	가지 당겨 혜초를 따누나.
陳郎浮竹葉	진랑은 죽엽을 띄워서
着我北歸人	북으로 돌아가는 나에게 보내노라.

【주석】

擁膝庶殘臘 : 백거이의 「납후세전臘後歲前」에서 “섣달이 지났는데도 모진 눈서리 전혀 없네”라고 했다.

樂天詩, 度臘都無苦霜霰

攀條驚早春 : 「의위태자시擬魏太子詩」에서 “가지를 당겨 향초를 땄네”라고 했다. 『문선』에 실린 「고시」에서 “가지를 끌어당겨 그 꽃을 꺾어, 그리운 님에게 드리려 하네”라고 했다. 이백의 「천태효망天台曉望」에서 “가지를 당겨 붉은 열매를 따네”라고 했다. 유종원의 「남중영귤유南中榮橘柚」에서 “가지 당기며 어찌 탄식하랴”라고 했다. 구양수의 「여사삼학사與謝三學士」에서 “가지 당기니 눈이 떨어져 놀라고”라고 했다.

謝靈運詩, 攀條摘蕙草. 文選古詩, 攀條折其榮, 將以遺所思. 李太白詩, 攀條摘朱實. 柳子厚詩, 攀條何所嘆. 歐詩, 攀條驚雪盡.

5. 유법직의 시권에 제하다

題劉法直詩卷

『연보』에서 "원우 연간에 관館에서 지었다"라고 했다.

年譜, 元祐間館中作.[20]

往日劉隨州	지난날 유 수주는
作詩驚諸公	시를 지어 제공을 놀라게 했었지.
老兵睨前輩	노병은 전배를 흘겨보고
欺詆阮嗣宗	완사종을 비난하는구나.
才卿望長卿	재경이 장경을 바라니
歲數未三百	삼백 년이 되지 않았네.
豈其苗裔耶	아마도 그의 후손이리니
詩句侵唐格	시구는 당률에 맞았네.
慨然古人風	개연히 옛사람의 풍모 지녀
乃作逐客篇	이에 「축객편」을 지었어라.
朝廷重九鼎	조정은 구정보다 무거워지니
政欲多此賢	참으로 이런 어진 이 많았으면.
虎豹九關嚴	호표의 구관이 엄숙하니
漂零落閒處	떠돌며 한가한 곳에 떨어졌구나.

20 **[교감기]**『연보』 권 22에 의거하면 이 시는 원래 원우 2년에 편차되어야 한다.

空餘三百篇[21]	부질없이 삼백 편을 남겼으나
不隨夜臺去	야대로 따라가진 못하누나.

【주석】

往日劉隨州 作詩驚諸公 : 당나라 사람 유장경의 자는 문방이다. 일찍이 수주 자사를 지냈으며 시집이 세상에 전해진다. 두보의 「강상치수江上値水」에서 "말이 사람 놀래키지 않으면 죽어도 그치지 않았네"라고 했다.

唐人劉長卿, 字文房, 嘗爲隨州刺史, 有詩集行於世. 杜甫詩, 語不驚人死不休.

老兵睨前輩 : 진나라 사혁이 일찍이 환온에게 술을 마시라 다그쳤다. 환온이 피하자 사혁이 장수 한 명을 이끌어다 함께 술을 마시면서 "노병 하나는 잃었으나 다른 노병 하나를 얻었다"라고 했다. 후한 공융의 「논성효장서」에서 "지금 소년들은 전배들 비방하기를 좋아한다"라고 했다.

晉謝奕嘗逼桓溫飮, 溫避之, 奕遂引一兵帥共飮, 曰失一老兵, 得一老兵. 後漢孔融論盛孝章書, 曰今少年喜謗前輩.

欺詆阮嗣宗 : 혜강의 「절교서」에서 "완사종은 타인의 허물을 논하지 않았으니, 내가 항상 그를 본받았다"라고 했다.

21 [교감기] '三百篇'은 고본에는 '百篇詩'로 되어 있다.

嵇康絶交書, 阮嗣宗口不論人過, 吾每師之.

才卿望長卿 歲數未三百 豈其苗裔耶 : 『사기 · 항우찬』에서 "아마도 그의 후손일 것이다. 몸에 형벌을 받고서도 어찌 돌연히 빨리 일어날 수 있던 것일까"라고 했다.

史記項羽贊, 豈其苗裔耶, 何其若興之暴也.[22]

詩句侵唐格 : 『명현시화』에서 "황노직이 검남에서 돌아오니 이전 시체가 변하였다. 그가 말하기를 "모름지기 당률 가운데 타개할 방법을 찾아야만, 비로소 시에 대해 말할 수 있다. 이것이 법직에게서 취할 수 있는 바이다"라 했다"라고 했다.

名賢詩話云, 黃魯直自黔南歸, 詩變前體. 且云, 要須唐律中作活計, 乃可言詩. 此所以有取於法直也.

慨然古人風 : 『위지 · 모개전』에서 "태조가 흰병풍과 흰 안석을 모개에게 주면서 "그대는 옛사람의 풍모가 있다. 그러므로 옛사람이 사용하던 것을 그대에게 주노라"라 했다"라고 했다.

魏志毛玠傳, 太祖以素屛風素憑几賜玠, 曰君有古人之風, 故賜君古人之服.

---

22 [교감기] 전본에는 '其若' 두 글자가 없다. 홍치본과 건륭본에는 '興'은 '是'로 되어 있다. 살펴보건대 『한서』 권31에 '興' 위에 '若'자가 없다.

乃作逐客篇 : 『사기 · 이사전』에서, "이에 왕은 이사를 불러 그의 관작을 회복시키고 빈객을 추방하라는 명령을 없앴다"라고 하였다. 소식의 「임성도중臨城道中」에서 "쫓겨가는 사람은 누가 주의 깊게 살펴보랴"라고 했다.

逐客見史記李斯傳. 東坡詩, 逐客何人著眼看.

朝廷重九鼎 : 『사기』에서 "모수 선생께서 한 번 초나라에 가서 조나라를 구정과 대려보다도 더 무겁게 하였다"라고 했다.

史記, 毛先生一行, 使趙重九鼎大呂.

政欲多此賢 虎豹九關嚴 : 『초사 · 초혼招魂』에서 "호랑이와 표범이 천제天帝의 궁궐 문을 지키면서 아래에서 올라오려는 사람들을 물어 해친다"라고 했다.

楚詞招魂曰, 虎豹九關, 啄害下人.

漂零落閒處 空餘三百篇 : 시 삼백 편을 한 마디 말로 개론하면 "생각에 사특함이 없는 것이다"

詩三百, 一言以蔽之曰, 思無邪.

不隨夜臺去 : 유우석의 「수낙천」에서 "아름다운 집에서는 며칠간이나 앉아 있을 수 있을까? 야대로 돌아가면 곧바로 천 년이라네"라고

했다.

劉禹錫酬樂天詩曰, 華屋坐來能幾日, 夜臺歸去便千秋.

6. 벼슬을 그만두고 호주로 돌아가는 막 낭중을 전송하다 【병인】

送莫郎中致仕歸湖州【幷引】

세상에 전하기를 삽상에는 고사가 많다고 하니, 지금의 막공이 그 사람이다. 공은 형부낭중이 되었다가 하루아침에 고향으로 돌아갈 것을 생각하고 소장을 올려 벼슬에서 물러날 것을 청하였다. 조정에서는 그 사람의 재주를 대단히 애석하게 여겨 거듭 벼슬에서 물러남을 들어주지 않다가, 결국 형부낭으로 벼슬에서 물러났으니 최근을 살펴보면 이러한 예가 있지 않다. 이 당시 공은 바야흐로 중년으로 현달한 벼슬을 초개처럼 그만두고 물러났으니 최근을 살펴보면 그러한 사람을 볼 수 없다. 대저 조정의 사대부로부터 부사, 여항의 사람까지 모두 탄식하면서 이르기를 "어질도다! 막공이여"라고 했다. 그러나 내가 일찍이 보건대 사풍의 영락함이 오늘처럼 심한 때가 없었다. 다만 사풍만 더욱 그러한 것이 아니라 이에 법령이 그렇게 만든 것이다. 삼정승이라도 훗날 벼슬에서 물러나면 자식 한 명에게 벼슬을 얻게 해 주는 것도 현재는 불가하다. 조봉랑 정도는 얻을 수 있다. 조봉랑은 나이 및 격례로 얻는 것이 아니오, 직접 받지 않으면 얻을 수 없다. 조봉랑 벼슬이 이르면 늙어서도 떠나지 않고, 이미 떠났다가 다시 돌아온다. 스스로 그 나이를 늘려가며 자신의 부친이 돌아갈 나이보다 넘어가는데, 병이 심해져서야 바야흐로 돌아가기를 청하니 목숨은 이미 죽음에 이르게

되어 곡하며 시체를 부여잡고 명을 받든 자를 속이면, 사신이 받지 않고 송사가 어지러워 시간이 많이 지나도 결판이 나지 않는다. 옛날 사람은 벼슬에서 물러남을 영광으로 여겨 사귀는 벗들이 모두 하례하는데, 지금 사람은 벼슬에서 물러남을 병으로 여겨 자제들이 모두 꺼려한다. 오호라! 천하의 사풍이 이런 지경에 이르렀구나. 이로 말미암아 보건대 막공은 어진 사람이도다. 천하사람 가운데 그의 풍모를 들은 사람들은 흥기할 수 있을 것이다. 내가 비록 공과 깊히 사귀지는 않았지만 홀로 기뻐하며 즐겨 말한다.

世傳霅上多高士, 今莫公其人哉. 公爲刑部郎中, 一旦浩然思歸, 遂奏乞謝事. 朝廷深惜其人材, 重違其高致, 卽以本曹郎致仕, 考之近歲, 未有此例也. 是時公方中年, 擺落顯仕如遺芥, 考之近歲, 未見其人也. 凡朝廷之士大夫, 至於府史閭巷之人, 莫不咨嗟歎息曰, 賢乎哉, 莫公. 然余嘗觀之, 士風之零替, 未有如今日之甚也. 非特士風之尤, 乃法令致使然爾. 異日三丞致仕, 得官一子, 今則不得也. 至朝奉郎乃得之. 及朝奉郎, 年及格不得也, 不躬受不得也. 至則有耄老而不去, 旣去而復來. 自列其年, 歸過乃父, 疾亟方請, 命至已亡, 哭扶尸以紿將命, 使者不授, 牒訟紛紛, 逾時不決. 古人以致仕爲榮, 交親畢賀, 今人以致仕爲病, 子弟交諱. 嗚呼, 天下士風, 一至於此. 由是觀之, 莫公其賢者乎. 天下之人, 聞其風者, 可以興起矣. 余雖於公不深, 獨喜而樂道之.

霅上多高士	삽계에 고사가 많으니
君今又乞身	그대 지금 또한 은퇴하누나.

中年謝事客	중년에 일과 객을 사절하고
白日上昇人	대낮에 하늘로 오른 사람이로다.
靜泛苕溪月	초계의 달 아래 고요히 배 띄우고
閑嘗顧渚春	한가로울 때 고저의 봄날 차를 맛보네.
滔滔夜行者	도도하게 밤에 떠나는 자여
能不愧淸塵	맑은 행적에 부끄럽지 않구나.

【주석】

雪上多高士 : 『환우기』에서 "소계, 삽계는 호주에 속한다. 삽계는 네 강물이 격렬하게 쳐대는 소리이니, 네 강물이 하나로 모여 삽계가 되니, 즉 초계, 전계, 여불계, 삽계이다"라고 했다. 동한에 『고사전』이 있다. 장지화는 스스로 연파조도라 칭하고 소계와 삽계 사이를 오갔으니, 달리 원진자라고도 한다.

寰宇記云, 苕霅二溪屬湖州. 霅者, 四水激射之聲, 盖四水合爲一溪也. 曰苕溪曰前溪曰餘不溪曰霅溪. 東漢有高士傳. 張志和自稱烟波釣徒, 往來苕霅間, 亦名元眞子.

君今又乞身 : 『후한서 · 이통전』에서 "당시 천하가 대략 안정되었기에 이통은 영광과 총애를 피하려고 하여 병을 핑계로 벼슬에서 물러났다"라고 했다. 구양수의 「답판반손대제答判班孫待制」에서 "만년에 은혜 깊어 벼슬 물러남을 허락하였네"라고 했다. 소식의 「옥당재화玉堂裁花」

에서 "임금 은혜에 조금이나마 보답하기 위해 문득 벼슬에서 물러났어라"라고 했다.

後漢李通傳, 時天下略定, 通思欲避榮寵, 以病乞身. 歐陽永叔詩, 晩節恩深許乞身. 東坡詩, 粗報君恩便乞身.

中年謝事客 : 『진서 · 왕희지전』에서 사안이 "중년 이후로 애락에 마음이 안타까운데, 벗과 이별하면 며칠을 두고 슬퍼한다"라고 했다.

晉王羲之傳, 謝安曰中年以來, 傷于哀樂, 與親友別, 輒作數日惡.

白日上昇人 : 『신선전』에서 "촉 지방 여인인 사자연은 사마승정을 스승으로 삼았는데, 후에 대낮에 하늘로 날아올랐다"라고 했다. 『동선전』에서 "모몽의 자는 초성으로 귀곡선생을 스승으로 삼았다. 구름을 타고 용에 멍애를 매어 대낮에 하늘에 날아올랐다"라고 했다. 소강절의 「임하林下」에서 "영단으로 환골한 것도 도리어 비슷한가, 대낮에 하늘로 오르는 것이 조금은 비슷하리라"라고 했다. 『주낭십육』에서 "멍애 맨 용을 내달려 대낮에 하늘로 오른다"라고 했다. 『유양잡조』에서 "한낮에 하는 시해尸解를 상해라고 한다"라고 했다. 최거사의 「당중악한존사갈문」에서 "일찍이 거울을 보면서 스스로 찬하기를 "내 눈은 네모지니 대낮에 하늘로 오를 것이다"라 했다"라고 했다.

神仙傳, 蜀女謝自然師司馬承禎, 後白日上昇. 洞仙傳, 茅濛字初成, 師鬼谷先生, 乘雲駕龍, 白日昇天. 邵康節詩, 靈丹換骨還如否, 白日昇天似得麽.

珠囊十六云, 馳騁龍駕, 白日登晨. 酉陽雜俎曰, 白日去曰上解. 崔居士唐中岳韓尊師碣文曰, 嘗覽鏡自贊曰, 我瞳正方, 可白日昇天.

靜泛苕溪月 閑嘗顧渚春 : 살펴보건대 『여지광기』에서 "고저는 호주에 속한다. 이 지역에서 차를 진상하는데 제품이 매우 좋다"라고 했다. 유몽득의 「시다가」에서 "어찌 봄날 몽산의 고저와 비교하랴"라고 했다. 소식의 「송유사승送劉寺丞」에서 "천금으로 고저의 봄을 사서"라고 했다.

按輿地廣記, 顧渚隸湖州, 地有進茶, 品甚珍. 劉夢得試茶歌, 何況蒙山顧渚春. 東坡詩, 千金買斷顧渚春.

滔滔夜行者 : 『논어』에서 "도도히 흐르는 것은 천하가 모두 이와 같다"라고 했다. 『한서 · 주매신전』에서 "부귀하고서 고향에 돌아가지 않는 것은 비단 옷을 입고 밤에 다니는 것과 같다"라고 했다.

論語, 滔滔者天下皆是也. 漢書朱買臣傳, 富貴不歸故鄉, 如衣錦夜行.

能不愧清塵 : 『초사』에서 "적송자가 남긴 맑은 행적을 듣고서"라고 했다. 사령운의 「술조덕」에서 "맑은 행적은 널리 퍼지니"라고 했다. 두보의 「봉증소사군奉贈蕭使君」에서 "전후로 맑은 행적에 끼었지"라고 했다. 자고 증공의 「송임규送任逵」에서 "낭의 지위는 맑은 행적 이어 받았네"라고 했다. 산곡은 막공으로 인해 당대의 고질병을 거론하였다.

楚詞, 聞赤松之清塵. 謝靈運述祖德詩, 遙遙播清塵. 杜詩, 前後間清塵. 曾

子固詩, 郎位襲淸塵. 山谷因莫公以起當世之痼疾也.

7. 잡시
雜詩

『연보』에서 "소성 원년 여름에 산곡이 불인과 서로 만났는데, 아마도 이 때 지었을 것이다"라고 했다.

年譜, 紹聖元年夏, 山谷與佛印相遇, 當是此時作.

迷時今日如前日	헤매는 오늘은 어제와 같고
悟後今年似去年	깨달은 후 올해는 지난해와 같아라.
隨食隨衣隨事辦	되는대로 먹고 입고 일을 하니
誰知佛印祖師禪	불인의 조사선인 것을 뉘 알랴.

【주석】

迷時今日如前日 : 『한시외전』에서 "전날에는 어찌 살았나, 오늘부터 무엇으로 성취할까"라고 했다.

韓詩外傳云, 昨日何生, 今日何成.

悟後今年似去年　隨食隨衣隨事辦　誰知佛印祖師禪 : 『관불삼매경』에서 "염불에 머무르는 자는 심인이 무너지지 않는다"라고 했다. 『전등록』에서 혜가가 "모든 부처님의 법인法印을 들을 수 있습니까"라 하니, 달마가 "제불법인은 사람에게서 얻은 것이 아니다"라고 했다. 또한 앙산 스님이

향품 선사에게 이르기를 “너는 다만 여래선만 얻었고 조사선은 얻지 못하였다”라고 했다. 소식의 「포간사蒲澗寺」에서 “후래 담복의 조사선”이라고 했다.

觀佛三昧經云, 住念佛者, 心印不壞乎. 傳燈錄, 慧光問達磨曰, 諸佛印可得聞乎.檐師曰諸佛法印, 匪從人得. 又仰山謂香嵓禪師曰, 汝只得如來禪, 未得祖師禪. 東坡詩, 後來檐蔔祖師禪.

8. 명숙이 고맙게도 두 게송을 보여주기에

明叔惠示二頌

『연보』에서 "소성 정축년에 검남으로 귀양 가서 지은 작품이다"라고 했다. 그 서에서 "명숙혜가 두 편 게송을 보여주면서 "칠불의 게송을 보면 깜짝 놀라 깨우치는 것이 있는 듯하다. 이것이 바로 이에서 도를 보는 발단이다"라 하였다. 그러므로 두 송을 지어 답하였다"라고 했다. 양호의 자는 명숙, 미주 단릉 사람으로 검중에서 벼슬하였다. 당시 산곡이 귀양을 가서 그와 함께 노닐었다. 산곡의 「화양명숙우자운」 7편을 모두 송이라 일렀으니, 『전집』에 5편이 실려 있으며, 서주 「묵묘정비」에 새겨진 2편이 바로 이 작품이다. 팽산 황씨가 산곡의 묵적 7편을 보관하고 있는데, 이를 모두 실었다.

年譜, 紹聖丁丑謫黔南作. 其序云, 明叔惠示二頌云, 見七佛偈, 似有警覺. 乃是見道之端發於此, 故以二頌爲報. 楊皓字明叔, 眉州丹稜人, 官於黔中. 時山谷遷謫, 與之遊從. 山谷和楊明叔隅字韻七詩, 皆謂之頌, 前集載其五. 叙州墨妙亭碑刻其二, 卽此是也. 彭山黄氏舊藏山谷墨蹟七首, 並錄.

첫 번째 수其一

山川圍宴坐	산천이 편히 앉은 자리를 에워싸고
日月轉庭隅	해와 달은 뜰 모퉁이를 도누나.

般若尋常事	반야는 보통의 일이며
如來臥起俱	여래는 누웠다가 일어나는 일에 갖춰져 있네.
多聞成外道	많이 들어서 외도를 이루는데
只是守凡夫	다만 이는 범부만 될 뿐이네.
欲聽虛空教	허공의 가르침을 들으려 한다면
須彌作鼓桴	수미산으로 북채를 만들어야 하네.

【주석】

山川圍宴坐 : 『동방삭외전』에서 "무제가 편안히 앉아 있자 동방삭이 창을 잡고 대전 계단 옆에 있었다"라고 했다. 당나라 관휴의 『낙거라찬』에서 "안탕산을 지나자니 구름이 아득히 피어오르고, 용추에 고요히 앉아있자니 비가 후두둑 떨어지네"라고 했다. 소식의 「월주수락당越州壽樂堂」에서 "턱을 괴고 편히 앉아서 문을 나서지 않네"라고 했으며, 또한 「경산시」에서 "거친 산의 꼭대기에 띠집 지어 편안히 앉았노라"라고 했으며, 또한 어떤 시에서 "숲에 편안히 앉았으니 때로 호랑이가 나타나네"라고 했으며, 또한 「진외정塵外亭」에서 "은자가 편안히 앉아 있는 곳"이라고 했으며, 또한 「오자야장출가吳子野將出家」에서 "종기가 났을 때 편안히 앉아"라고 했다. 산곡의 「제호일노치허암」에서 "산에서 때로 편히 앉아 도서를 꺼내보고"라고 했다.

東方朔外傳, 武帝宴坐, 朔執戟, 在殿階旁. 唐貫休諾詎羅贊, 雁蕩經行雲漠漠, 龍湫宴坐雨濛濛. 東坡詩, 拄頤宴坐不出門. 又徑山詩, 結茅宴坐荒山

顚. 又, 宴坐林間時有虎. 又, 幽人宴坐處. 又, 宴坐柳生肘. 山谷題胡逸老致虛庵亦云, 山隨宴坐畫圖出.

日月轉庭隅 : 두보의 「권야倦夜」에서 "들녘 달빛은 마당에 가득하네"라고 했다. 소식의 「송유경문送劉景文」에서 "밝은 달이 어찌 기꺼이 뜰 모퉁이에 머무르랴"라고 했다.

杜甫詩, 野月滿庭隅. 東坡詩, 明月豈肯留庭隅.

般若尋常事 : 『반야경』에서 "수보리가 굴 안에 편안히 앉았는데 제석이 꽃비를 내려며 "내 들으니 그대가 반야를 잘 설한다고 합니다"라 하였다. 이에 수보리가 "나는 반야에 대해 일찍이 한 글자도 말하지 않았습니다"라 하니, 제석이 "존자가 말하지 않았으니, 나도 듣지 못하였습니다. 말하지 않고 듣지 않으니, 이것을 반야라 합니다"라 했다"라고 했다.

般若經, 須菩提宴坐嵒中, 帝釋散花曰, 我聞尊者善談般若. 須菩提曰, 我於般若未嘗談著一字. 帝釋曰, 尊者無說, 我亦無聞. 無說無聞, 是名般若.

如來卧起俱 : 불서의 잡설에 '여如'는 래來의 채요, 래는 여의 용이다. 담담하여 항상 절로 있으면서 변하지 않는 것을 여라고 하고, 사물에 응하여 오는 것을 래라고 한다.

佛書雜說, 如者來之體, 來者如之用. 湛然常自在而如如者謂之如, 應物而

來者謂之來.

多聞成外道 : 『능엄경』에서 "아난이 부처님을 뵙고 머리를 조아려 예를 올리고 슬프게 울면서 시작 없는 옛적부터 줄곧 불법을 많이 들어서 알기는 하지만, 도의 힘이 완전하지 못함을 한탄하였다"라고 했다. 『전등록』에서 "다른 도를 믿는 사람이 부처에게 묻기를 "말로 대답하느 것도 묻지 않고 말없이 대답하는 것도 묻지 않겠습니다"라 했다"라고 했다.

楞嚴經, 阿難見佛, 頂禮悲泣, 恨無始來, 一向多聞, 未全道力. 傳燈錄, 外道問佛, 不問有言, 不問無言.

只是守凡夫 : 『금강경』에서 "범부라는 것은 여래가 말한 범부가 아니니라"라고 했다. 소식의 「유배천游杯泉」에서 "잔을 타고 건넌 것이 범부가 아님을 분명코 알아야 하네"라고 했다.

金剛經, 凡夫者, 如來說卽非凡夫. 東坡詩, 要知杯渡是凡夫.

欲聽虛空教 : 『능엄경』 권6의 게송에서 "미혹한 망상으로 허공이 있게 되고"라고 했다. 두보의 「숙찬공방宿贊公房」에서 "텅 빈 마음 참선에서 떠나지 않아"라고 했다.

楞嚴經第六卷, 偈迷妄有虛空. 老杜詩, 虛空不離禪.

須彌作鼓桴 : 『예기 · 예운』에서 "흙덩이를 뭉쳐서 북채와 북을 만들었다"라고 했는데, 소에서 "桴는 북을 두드리는 물건을 이른다"라고 했다. 『사기 · 사마양저전』에서 "북채를 잡고 북을 두드렸다"라고 했는데, '枹'가 '桴'로 되어 있다. 『보적경』에서 "내가 만약 입정하면 바로 대신력을 갖춘 어떤 사람으로 하여금 백억사천하百億四天下로써 한 큰 북을 만들고 수미산을 취해 한 큰 망치를 만들게 해 내가 입정한 때 한 대인으로 하여금 내 앞에 머무르면서 그 큰 망치를 잡아 큰 북을 두드릴 것이다"라고 했다. 『설두후록』에 실린 염관제안화상이 대중에게 보여준 글에서 "허공으로 북을 삼고 수미산으로 북채를 만들면 어떤 사람이 두드릴 것인가"라고 했다.

禮運云, 蕢桴而土鼓. 疏云, 桴謂擊鼓之物. 史記司馬穰苴, 援桴而鼓之. 枹作桴. 寶積經, 須提菩言世尊, 我若入定, 正使有人具大神力, 以百億四天下爲一大鼓, 取須彌山爲一大椎, 於我定時, 令一大人, 住在我前, 執彼大椎, 撾擊大鼓. 雪竇後錄載鹽官齊安和尙示衆云, 虛空爲鼓, 須彌爲椎, 甚麽人打得.

두 번째 수其二

平生討經論	평생 경전을 토론하고
苦行峻廉隅	고행하며 염결을 엄준하게 하네.
僞契已無分	거짓 모임은 이미 분수가 아니니
買山雲自如	산을 사매 구름이 자유로이 오가네.

身爲廊廟宰　　몸은 낭묘의 대신이 되었지만
夢作種田夫　　꿈에서 밭가는 농부가 되었어라.
欲辨身兼夢　　대신과 농부를 구분 지으려 하니
還如鼓與桴　　더욱 북과 북채 같구나.

【주석】

平生討經論 苦行峻廉隅 : 『문선』에 실린 육수陸倕의 「석궐명」에서 "사람마다 염치를 알고 집집마다 예의를 안다"라고 했다. 자연 왕포王褒의 「통소부」에서 "그러므로 욕심이 많은 자들은 그 소리를 듣고서 염치를 알게 된다"라고 했다.

文選石闕銘, 人識廉隅, 家知禮義. 王子淵洞簫賦, 故貪饕者, 聽之而廉隅.

僞契已無分 買山雲自如 : 『세설신어』에서 "지둔이 심공에게 나아가 앙산을 사려고 하니. 공이 이르기를 "소부巢父와 허유許由가 산을 사서 은거했다는 말은 듣지 못하였소"라 했다"라고 했다. 왕안석의 시에서 "허공에 구름은 자유롭다"라고 했다.

世說, 支遁就深公買仰山, 公曰, 未聞巢由買山而隱. 王介甫詩, 太空雲自如.

身爲廊廟宰 : 『문선』에 실린 소경 이릉李陵의 「답소무서」에서 "그러나 황제 친척들과 아첨하는 무리들은 모두 조정의 대신이 되었습니다"라고 했다.

李少卿答蘇武書, 親戚貪佞之類, 悉爲廊廟宰.

夢作種田夫 : 소식의 「경원선의왕장慶源宣義王丈」에서 "나는 글자를 아는 밭가는 농부"라고 했다.

東坡, 我是識字耕田夫.

欲辨身兼夢 還如鼓與桴 : 『한서 · 이심전』에서 "화기가 곧바로 이르나니, 북을 두드리면 소리가 나는 것과 같다"라고 했다.

前漢李尋傳, 和氣可立致, 猶桴鼓之相應也.

9. 검남 수령 장무종에게 주다

與黔倅張茂宗

살펴보건대 촉본 『시집주』에서 "산곡이 처음 검남에 이르렀을 때 태수太守 백달 조보와 쉬倅 무종 장선이 매우 두터이 대해 주었다"라고 했다. 산곡의 「여대주부삼십삼서」에서 "태수 공비 조보는 제양의 조카이며, 통판 장선은 장경검의 손자이고 공휴의 처남이다. 모두 어질고 고아하여 서로 형제처럼 지낸다"라고 했다. 『연보』에서 "원부 원년에 융주로 옮겼을 때 지었다"라고 했다.

按蜀本詩集注云, 山谷初到黔南, 守曺譜伯達, 倅張銑茂宗待之頗厚. 山谷與大主簿三十三書云, 太守曹供備譜, 濟陽之姪, 通判張銑, 張景儉孫, 公休之妻弟, 皆賢雅, 相頭如骨肉. 年譜, 元符初元遷戎州作.

靜居門巷似烏衣	고요히 거처하는 집 앞은 오의향 같고
文采風流衆所歸	문채와 풍류는 많이 사람들이 존모하네.
別乘同來二千石[23]	별승과 함께 오니 이천석이요
化民曾寄十三徽[24]	백성을 교화하여 일찍이 열세 줄의 거문고 주었네.

23 [교감기] '同來'는 원래 '來同'으로 되어 있었는데, 고본에 의거하여 교정하였다.

24 [교감기] '曾'은 원래 '魯'로 되어 있었으니, 잘못이다. 지금 고본과 홍치본, 전본과 건륭본, 그리고 청초본에 의거하여 고쳤다.

寒香亭下方遺愛　　한향정 아래에 바야흐로 자취를 남기고
吏隱堂中已息機　　이은당에서 이미 기심 없어라.
暫與計司叅婉畫　　잠시 계사와 더불어 원활한 계책 세우니
百城官吏借光輝　　여러 성의 관리가 그 광휘를 빌리네.

【주석】

靜居門巷似烏衣 : 『능엄경』에서 “비유하자면 사람이 고요히 거처하는 것과 같다”라고 했다. 왕일의 「구사」에서 “고요히 거처하며 스스로 즐기는구나”라고 했다. 맹동야의 시에서 “선을 물으며 부질없이 고요히 거처하네”라고 했다. 왕안석의 시에서 “선천에서 고요히 거처하기 좋아라”라고 했다. 두보의 「주몽晝夢」에서 “고향 마을은 가시덤불 아래 있고”라고 했다. 『세설신어』에서 왕도가 이르기를 “원규庾亮가 만약 쳐들어 온다면 나는 은거할 때 입는 옷을 입고 그와 함께 오의향으로 돌아갈 것이오”라고 했는데, 주에서 인용한 『단양기』에서 “오의향이 생긴 것은 오나라 때 오의영이 있던 곳이다. 동진이 처음 세워졌을 때 낭야의 제왕이 살던 곳이다”라고 했다. 살펴보건대 『환우기』에서 “오의항은 지금 건강 상원현에 있다”라고 했다. 유우석의 「오의항」에서 “주작교 근처에는 야생화만 피어 있고 오의항 어귀에는 쓸쓸히 해가 진다”라고 했다.

楞嚴經云, 譬如人靜居. 王逸九思, 靜居兮自娛. 孟東野詩, 問禪徒靜居. 王介甫詩, 禪天好靜居. 老杜詩, 故鄉門巷荊棘底. 世說, 王導曰, 元規若來, 吾

角巾還烏衣. 注引丹陽記曰, 烏衣之起, 吳時烏衣營處所也. 江左初立, 琅邪諸王所住. 按寰宇記, 烏衣巷在今建康上元縣. 劉禹錫詩, 朱雀橋邊野草花, 烏衣巷口夕陽斜.

文采風流衆所歸 : 두보의 「단청인丹靑引」에서 "문채와 풍류는 지금까지도 남아있네"라고 했다.

杜甫詩, 文采風流今尙存.

別乘同來二千石 : 『진서』에서 유량이 "별가는 이전에 자사별승과 함께 왕의 교화를 널리 펼치는 일을 맡았으니, 그 임무는 자사의 반 정도 된다"라고 했다. 구양수의 「문영주통판여지군학사聞潁州通判與知群學士」에서 "옥 먼지털이의 고담에 별승의 뛰어남을 아네"라고 했다.

晉書, 庾亮曰別駕舊典與刺史別乘, 同流王化, 任居刺史之半. 歐陽公詩, 玉麈高談別乘賢.

化民曾寄十三徽 : 『악서』에서 "거문고는 하나인데, 어떤 이는 복희가 만들었다고 하고, 어떤 이는 신농이 만들었다고 한다. 위는 둥글고 아래는 네모지니 천지를 본뜬 것이고, 기러기발이 열두 개인 것은 십이율을 형상한 것이다"라고 했다.

樂書曰, 琴一也, 或謂伏羲作, 或謂神農作. 上圓下方, 象天地, 徽十有二, 象十二律.

寒香亭下方遺愛 吏隱堂中已息機 : 이백의 「송하감」에서 “일찍이 장생에게 기심을 멈추라고 말하였네”라고 했다. 백거이의 「제야除夜」에서 “공명의 기심을 이미 멈추고”라고 했다. 한악의 「한식寒食」에서 “어찌 감히 당대에 기심을 멈출 수 있으랴”라고 했다.

李白送賀監詩, 曾向長生說息機. 白樂天詩, 功名已息機. 韓偓詩, 爭敢當年便息機.

暫與計司叅婉畫 : 『문선』에 실린 선원 사첨謝瞻의 「장자방시張子房詩」에서 “원활하게 군사 일을 계획하고”라고 했다.

文選謝宣遠詩曰, 婉婉幕中畫.

百城官吏借光輝 : 두보의 「무산현연별巫山縣宴別」에서 “많이 모여 전별해 광휘를 빌려 주도다”라고 했다. 이적지의 「송하지장」에서 “행로에 광휘가 가득하여라”라고 했다. 이량의 「원일감회元日感懷」에서 “편장이 때로 이르니 광휘를 빌리누나”라고 했다.

杜甫詩, 擁別借光輝. 李適之送賀知章詩, 行路滿光輝. 李諒詩, 篇章時到借光輝.

10. 임도와 눈 내리는 동고에서 노닐며 그가 지은 차운하다

次韻任道雪中同遊東皐之作25

산곡의 「여왕관복서」에서 "임도 이여는 본래 목수인데 강나루에 산 지 20여 년이 되었다. 그 사람의 언행은 모범이 되며, 도의 요점을 얻었으니, 노성한 사람이다"라고 했다. 문집에 「답임도」 등의 여러 시가 있는데, 원부 2년에 검남에서 융지의 강진으로 옮겼을 때 지은 것이다.

山谷與王觀復書云, 有李仔任道, 本梓人, 而寓江津二十餘年. 其人言行有物則, 敎道得其要, 老成人也. 集中有答任道諸詩, 元符二年自黔移戎至江津作.

四方民嗷嗷[26]	사방의 백성이 슬피 우니
我奔走獨勞	내가 달려와 홀로 수고롭네.
停舟近北渚	배를 멈추니 북저에 가깝고
扶杖步東皐	지팡이 잡고 동고를 거니노라.
霜落瘦石骨	서리 내려 바위 뼈는 앙상하고
水漲腐溪毛	물이 불어 시냇물의 풀은 썩었네.
更有山陰興	더욱이 산음의 흥취가 있으니
能無秦復陶	능히 진나라 털옷이 없으랴.

25 [교감기] 고본 제목의 주에서는 "임도 지닌 정원을 동고(東皐)라고 부른다"라고 했다.

26 [교감기] '四方民'은 전본에는 '四海方'으로 되어 있다.

【주석】

四方民嗷嗷 : 『시경 · 홍안』에서 "슬픈 울음 끼룩끼룩"이라고 했다. 『수신기』에서 "만물이 메말라 비틀어지니 백성들이 슬피 울었다"라고 했다. 두보의 「송위풍送韋諷」에서 "온 나라가 슬픔에 하소연하면서"라고 했다.

詩鴻雁, 哀鳴嗷嗷. 搜神記, 萬物焦枯, 百姓嗷嗷. 老杜詩, 萬方哀嗷嗷.

我奔走獨勞 : 『시경 · 북산北山』에서 "대부들을 공평하게 쓰지 않고서, 나만 부려먹으며 홀로 힘들구나"라고 했다.

詩, 我從事獨賢.

停舟近北渚 : 『초사 · 상부인湘夫人』에서 "상부인이 북저에 강림하니"라고 했다. 사룡 육운陸雲의 「답형평원시答兄平原詩」에서 "북저에는 다리도 없어"라고 했다.

楚詞, 帝子降兮北渚. 陸士龍詩, 北渚無河梁.

扶杖步東皐 : 전한 가산의 「지언」에서 "신은 듣건대, 산동의 관리가 조령을 포고하자, 아무리 늙고 병든 백성이라도 모두 지팡이를 짚고 가서 들으면서 잠시나마 죽지 않고 덕화가 이루어지는 것을 보고 싶어 했다고 합니다"라고 했다. 도연명의 「귀거래사」에서 "동쪽 언덕에 올라 휘파람을 부네"라고 했다. 문통 강엄의 「잡의시」에서 "동쪽 언덕에

는 싹을 심고"라고 했다.

前漢賈山至言, 山東吏布詔令, 民雖老羸癃疾, 扶杖而往聽之. 陶淵明歸去來詞, 登東皐以舒嘯. 江文通雜擬詩, 種苗在東皐.

霜落瘦石骨 : 한유의 「석정石鼎」에서 "뛰어난 장인이 산의 뼈를 깎아"라고 했다. 『하도괄지상』에서 "땅은 돌로 뼈를 만든다"라고 했다.

韓昌黎詩, 巧匠斲山骨. 河圖括地象曰, 地以石爲骨.

水漲腐溪毛 : 『좌전 · 은공 3년』에서 "진실로 신의만 있다면 산골 물이나 못가에 난 물풀이라 할지라도 귀신에게 음식으로 올릴 수가 있다"라고 했다.

左傳隱公三年, 澗溪沼沚之毛.

更有山陰興 : 『진서 · 왕휘지전』에서 "일찍이 밤에 눈이 내리다가 막 개어 달빛이 맑고 은은하니, 문득 대규가 생각이 났다. 대규는 당시에 섬 땅에 살고 있었는데, 곧 밤에 작은 배를 타고 찾아갔다. 하룻밤이 지나 바야흐로 섬에 도착하여 문앞까지 찾아갔다가 들어가지 않고 돌아왔다. 어떤 사람이 그 까닭을 물으니, 왕휘지는 "본래 흥을 타고 갔는데, 흥이 다하여 돌아온 것이다. 어찌 안도를 볼 필요가 있겠는가"라 했다"라고 했다.

晉書, 王徽之嘗居山陰, 夜雪初霽, 忽憶戴逵. 逵時在剡溪, 便夜乘小船詣

之, 經宿方至. 造門不前而返. 人問其故, 徽之曰, 本乘興而來, 興盡而返, 何必見戴安道耶. 杜詩, 山陰野雪興難乘. 東坡詩, 忽起山陰興.

能無秦復陶 : 『좌전 · 소공 12년』에서 "초자가 주래로 사냥을 나갔다. 눈이 내리니 초왕은 피관을 쓰고 진나라가 보내준 우의을 입었다"라고 했는데, 주에서 "진나라에 보내준 깃털 옷이다"라고 했다.

左傳昭十二年, 楚子狩于州來. 雨雪, 王皮冠, 秦復陶. 注, 秦所遺羽衣也.

11. 장난삼아 원상인 차군헌에 제한 시운을 써서 시를 지어 주언이 나를 깨우친 작품의 '병든 눈이 어지럽다'는 구에 답하였는데, 격률에 미치지 못하고 글자도 형편없다

戲用題元上人此君軒詩韻奉答周彥起予之作病眼空花句不及律書不成字27

시의 후제에서 "이 시는 여원공이 차군헌에 새기려고 하였으니, 가청거 모본이다"라고 했다. ○ 왕상의 자는 주언으로 영주 사람이다. 『산곡전집』에 「제영주조원대사차군헌시」가 있는데, 그 시에서 "관청의 주원의 글씨는 서까래 만하고"라는 구절이 있다. 영주의 가우사에 「차군헌」 시를 새겼는데, 그곳에 있는 산곡의 발문에서 "내가 이미 그의 운자를 써서 이 시를 지어 주언에게 보냈다. 주언에 그 시를 베껴 원사에게 보내니, 원사가 나의 묵적을 얻고서 그곳에 초서를 썼다. 초서는 근래 사대부들이 고법을 제대로 아는 이가 없으며, 다만 붓을 희롱하여 좌우로 어지럽게 쓰면서 드디어 초서라고 한다. 그러나 이는 과두체, 전서, 예서 등과 같은 법인 것을 알지 못하니, 수백 년 이래로 다만 장장사, 영주 광승 회소와 나 세 사람만이 이러한 법을 깨우쳤다. 소재옹도 깨우친 바가 있으나 그 중요한 뜻을 다 알지는 못하며, 그 나머지들은 그저 녹록할 뿐이다. 강안성의 북쪽 여울가에 띠집을 지으니, 위尉 이상여가 나를 위하여 창문 두 개를 내 주었는데 대단히 밝고 따뜻하기에 묵적을 희롱하여 생각을 드러낼 수 있었다"라고 했다. 묵

27 **[교감기]** 고본은 시의 제목 아래에 '公'자가 있다. 또한 '空'은 '皆'로 되어 있다.

적은 지금 전 충남 수守 유자휘의 집에 보관되어 있다. 원부 2년에 검남에서 융지로 옮겼을 때 강안에서 머물며 지은 작품이다.

詩後題云, 此詩如元公欲刻之此君軒, 可聽渠摹本也. ○ 王庠字周彦, 滎州人. 山谷前集有寄題滎州祖元大師此君軒詩, 詩中有公家周彦筆如椽之句. 滎州嘉祐寺此君軒詩刻, 又有山谷跋云, 余旣追韻作此詩, 寄周彦. 周彦鈔本送元師, 元師得余手墨, 因爲作草. 草書, 近時士大夫罕得古法, 但弄筆左右纏紖, 遂號爲草書爾, 不知與科斗篆隸同法同意, 數百年來, 惟張長史永州狂僧懷素及余三人, 悟此法爾. 蘇才翁有悟處, 而不能盡其宗趣. 其餘碌碌爾. 江安城北灘上作茅亭, 尉李相如爲余開兩窗, 極明暖, 故能戲弄筆墨可意. 墨蹟今藏於前忠南劉守子暉家. 元符二年, 自黔移戎, 留江安作.

此道沈霾多歷年	이 도가 매몰된 지 오랜 시간이 지났는데
喜君占斗斸龍泉	그대 북두성을 보다가
	용천검을 찾아내어 기쁘도다.
我學淵明貧至骨	나는 도연명의 뼈에
	사무치는 가난을 배웠지만
君豈有意師無絃	그대 어찌 무현금을 본받을 생각 지녔는가.
蕭灑侯非貪爵命[28]	소쇄한 공은 벼슬을 탐하지 않으니

28 [교감기] '侯'는 원래 잘못 '候'로 되어 있었는데 ,고본과 전본, 그리고 건륭본에 의거하여 바로잡았다. 또한 '非貪'은 고본과 홍치본, 건륭본과 청초본에는 '王非'로 되어 있다.

道人胸中有水鏡	도인의 흉중은 수경과 같아라.
霜鐘堂下明月前[29]	서리 내린 종의 당하, 밝은 달 앞에
枝枝雪壓如懸磬	가지마다 눈에 눌려 경쇠를 매단 듯.
敝帚不掃舍人門	헤진 비로 사인의 문을 쓸지 않으며
如願不謁靑洪君	여원의 청홍군을 배알하지 않누나.
來聽道人寫風竹	도인을 찾아와 들으니 풍죽 소리 울리고
手弄霜鐘看白雲	상종을 희롱하며 백운을 보누나.
平生竊聞公子舊	평소 오래전에 공자에 대해 들었는데
今日誰擧賈生秀	오늘 가의 같이 빼어남을 누가 천거하리오.
未知束帛何當來	모르겠어라, 폐백이 언제나 올지
但有一笻相倚瘦	다만 지팡이 짚고서 수척한 몸 기대어라.
欲截老龍吟夜月	늙은 용을 잘라서 달밤에 불고 싶은데
無人處爲江山說	강산에 대해 말해 줄 사람이 없구나.
中郞解賞柯亭椽	중랑장은 가정의 서까래를 알아보았으니
玉局歸時君爲傳	옥국이 돌아올 때 그대는 전하여 주시게.

【주석】

此道沈霾多歷年 : 『상서 · 군석』에서 “그러므로 은나라가 예를 올려 하늘을 짝하여 여러 해를 지나게 되었다”라고 했다. 『맹자 · 만장상』에서 “여러 해를 지나서 백성들에게 은택을 베푼 지가 오래되었다”라고

29 [교감기] ‘明月’은 고본에는 ‘月明’으로 되어 있다.

했다.

尙書君奭篇, 故殷禮陟配天, 多歷年所. 孟子萬章上, 歷年多, 施澤於民久.

喜君占斗斸龍泉 : 『진서 · 장화전』에서 "북두와 견우성 사이에 항상 자줏빛 기운이 있었다. 이에 뇌환이 "이것은 보검의 정기가 하늘 위로 솟은 것으로 예장의 풍성입니다"라고 했다. 장화가 즉시 뇌환을 풍성령에 보임했다. 뇌환이 풍성현에 도착하여 감옥의 터를 파서 하나의 돌 상자를 얻었는데, 그 속에 두 개의 검이 있었다. 하나는 용천검이고 다른 하나는 태아검이었다"라고 했다.

晉張華傳, 斗牛之間, 常有紫氣. 雷煥曰此寶劍之精, 上徹于天, 當在豫章豐城. 華卽補煥爲豐城令. 煥到縣, 掘獄屋基, 得一石函, 中有雙劍, 一曰龍泉, 一曰太阿.

我學淵明貧至骨 : 두보의 「우정오랑又呈吳郞」에서 "가렴주구가 뼈에 사무쳤다고 이미 하소연했네"라고 했다. 소식의 「밀주가蜜酒歌」에서 "선생은 근래 곤궁에 뼈에 사무치고"라고 했다.

杜甫詩, 已訴徵求貧到骨. 東坡詩, 先生年來窮到骨.

君豈有意師無絃 : 「도연명전」에서 "음률을 알지 못하였는데 줄이 없는 거문고를 지니고 있다가 매번 술이 거나하게 취하면 곧 거문고를 어루만지면서 자신의 뜻을 부쳤다"라고 했다. 이백의 「증최추포贈崔秋

浦」에서 "최령은 도연명을 배워, 북창 아래서 항상 낮잠을 자네. 거문고 안고서 때로 달을 희롱하는데, 무현금에 자신의 뜻을 맡기네"라고 했다.

陶淵明傳, 不解音律, 常蓄無絃素琴一張, 每酒酣, 卽撫弄以寄意. 李太白詩, 崔令學陶令, 北窗常晝眠. 抱琴時弄月, 取意任無弦.

瀟灑侯非貪爵命 道人胸中有水鏡 : 소식의 「차운증잠견증次韻僧潛見贈」에서 "도인의 흉중은 수경처럼 맑구나"라고 했다. 『촉지·방통전』의 주에서 "사마덕조가 바로 수경선생이다"라고 했다. 『진서·악광전』에서 위관이 "이 사람은 수경 같다"라고 했다.

東坡詩, 道人胸中水鏡淸. 蜀志龐統傳注, 司馬德操爲水鏡. 晉書樂廣傳, 衛瓘曰此人之水鏡也.

霜鐘堂下明月前 : 『산해경』에서 "풍산에 종이 아홉 개 있는데, 서리가 내리면 운다"라고 했는데, 원에서 상종으로 그 당을 명명하였다.

山海經, 豐山有鍾九耳, 霜降則鳴. 元以霜鍾名其堂.

枝枝雪壓如懸磬 : 한유의 「희설헌배상서」에서 "매화처럼 속여서 함께 가지를 누르네"라고 했다. 『좌전』에서 "집에 재산이 없어서 달아 놓은 종과 같고, 들판에 푸른 풀이 없다"라고 했다.

昌黎喜雪獻裴尙書詩, 欺梅竝壓枝. 左氏, 室如懸磬, 野無靑草.

敝帚不掃舍人門 : 위나라 조비曹조의 『전론典論 · 논문論文』에 "무릇 사람이란 스스로를 나타내는 데는 잘하지만, 그러나 글은 한 가지 체가 아니어서 다 잘 할 수 있는 이는 드물다. 그래서 각자 자신이 잘하는 것으로써 서로 남이 못하는 것을 경시한다. 속담에 이르기를 "집에 낡은 빗자루가 있으면, 그것을 천금에 해당한다고 여긴다"라 하였으니, 이는 스스로를 알지 못하는 우환이다"라고 하였다. 『한서 · 고오왕전』에서 "위발은 항상 홀로 제나라 재상의 사인의 문을 쓸었다"라고 했다.

魏文帝論文曰, 里語曰家有敝帚, 享之千金. 漢書高五王傳, 魏勃常獨掃齊相舍人門.

如願不謁青洪君 : 『녹이전』에서 "여릉의 구양명은 장사치를 따라서 팽택호를 지나게 될 때 매번 배안의 물건들을 조금 호수 안으로 기도하면서 던졌다. 후에 문득 한 사람이 와서 구양명을 맞이하면서 이르기를 "청홍군께서 그대를 기다렸습니다"라 하자, 구양명이 매우 두려워하였다. 관리가 "두려워할 필요 없습니다. 청홍군이 선생이 앞뒤로 예물을 바친 것에 대해여 고맙게 여겨서 그대를 맞이하였으니, 반드시 귀중한 선물을 드릴 것입니다. 그대는 다른 것은 취하지 말고 오직 여원을 달라고 하십시오"라고 했다. 구양명이 이윽고 청홍군을 만나게 되지 곧바로 여원을 달라고 하니, 구양명을 따라가게 하였다. 여원은 바로 청홍군의 여종이었다. 구양명이 곧 돌아와서는 원하는 것은 곧바

로 얻게 되니 수십 년 동안 큰 부자로 지냈다"라고 했다.

錄異傳曰, 廬陵歐陽明, 從賈客,[30] 道經彭澤湖, 每以船中所有投湖中. 後忽見一人來候明, 云是清洪君使.[31] 明甚怖. 門下吏曰,[32] 清洪君感君前後有禮, 故要君, 必有重遺. 君勿取, 獨求如願爾. 明旣見青洪君, 乃求如願. 使逐明去. 如願者, 青洪君婢也. 明將歸, 所願輒得.

來聽道人寫風竹 : 두보의 「기제강외초당寄題江外草堂」에서 "술을 즐기고 바람부는 대를 좋아하여"라고 했다. 소식의 「취성당聚星堂」에서 "춤추는 빈객들 바람에 대나무 흔들리 듯"이라고 했다.

杜甫詩, 嗜酒愛風竹. 東坡詩, 衆賓起舞風竹亂.

手弄霜鐘看白雲 平生竊聞公子舊 今日誰擧賈生秀 : 『한서 · 가의전』에서 "하남 태수 오공이 가의가 수재라는 소문을 듣고서 그를 자신의 집으로 불렀다. 문제가 즉위하여 오공의 다스림이 천하에 제일이라는 말을 듣고서 그를 불러 정위로 삼았다. 오공이 이에 말하기를 "가의는 나이가 어리지만 글에 정통합니다"라 하니, 문제가 불러서 박사로 삼았다"라고 했다.

---

30 [교감기] '客'은 원래 '容'으로 되어 있었는데, 『태평광기』 권292에서 인용한 『녹이전』에 의거하여 바로잡았다.

31 [교감기] '使'자는 원래 빠져 있었는데, 『태평광기』 권292에서 인용한 『녹이전』에 의거하여 보충하였다.

32 [교감기] '門下吏曰' 네 글자는 원래 빠져 있었는데, 『태평광기』 권292에서 인용한 『녹이전』에 의거하여 보충하였다.

漢書賈誼傳, 河南守吳公聞誼秀才, 召至門下. 文帝立, 聞吳公治爲天下第一, 徵爲廷尉. 吳公乃言, 誼年少, 通書. 上召以爲博士.

未知東帛何當來 但有一節相倚瘦 欲截老龍吟夜月 無人處爲江山說 中郎解賞柯亭椽 : 장척의 『고사전』에서 "채옹이 오나라 사람에게 고하기를 "내가 일찍이 회계의 고천정을 지났는데, 정자 오른쪽 열여섯 번째 서까래의 대를 보니 피리를 만들 수 있을 것 같았다"라 했다. 이에 가져다가 피리를 만드니 과연 뛰어난 소리가 났다"라고 했다. 복도의 「장적부」에서 "채옹이 강남으로 피난 갔을 때 가정에 묵었는데, 가정관은 대나무로 서까래를 만들었다. 채옹이 올려다보고서 "좋은 대로다"라고 하니, 그것으로 피리를 만드니 뛰어난 소리를 냈으며 여러 대를 걸쳐 전해졌다"라고 했다. 『진서·환이전』에서 "환이는 음악을 잘 하여 한 시대의 뛰어남을 다 지녔다. 채옹의 가정의 피리를 지녀 자주 불었다. 왕휘지가 조정의 부름에 달려갈 때 청계에 배를 댔는데, 사람을 부려 환이에게 이르기를 "그대가 피리를 잘 분다고 하니 나를 위해 한 번 불어주시오"라 하였다. 환이는 평소 왕휘지의 명성을 들었기에 곧바로 수레에게 내려 호상에 걸터앉아 삼조를 연주하였다"라고 했다. 채옹은 중랑장을 지냈다.

張隲高士傳, 蔡邕告吳人曰, 吾嘗經會稽高遷亭, 見屋東間第十六椽竹可以爲笛. 取用, 果有異聲. 伏滔長笛賦敘曰, 蔡邕避難江南, 宿於柯亭, 柯亭之館, 以竹爲椽. 邕仰而盼之曰, 良竹也. 取以爲笛, 奇聲獨絶, 歷代傳之. 晉書桓伊

傳, 伊善音樂, 盡一時之妙. 有蔡邕柯亭笛, 常自吹之. 王徽之赴召, 泊舟青溪, 令人謂伊曰, 聞君善吹笛, 試爲我一奏. 伊素聞徽之名, 便下車, 踞胡牀, 爲作三調. 邕嘗爲中郎將.

玉局歸時君爲傳 : 옥국은 대개 동파를 가리킨다. 즉 채옹이 가정의 서까래를 알아주었듯이 동파가 시를 감상해 주기를 기다린다는 의미이다.

玉局, 盖指東坡, 意欲待東坡之賞音, 如蔡邕之賞柯亭椽也.

12. 포태형의 시에 화운하다. 4수

和蒲泰亨. 四首

태형은 청신 사람이다. 원부 경신년 휘종이 즉위하자, 산곡은 융주에서 풀려나 돌아와 고모 개경 장지의 모친을 천신에서 찾아뵈었다. 이 시는 이 때 화답한 것으로, 그 묵적이 지금 비찬 양공의 집에 보관되어 있다.

泰亨, 青神人. 元符庚辰徽宗卽位, 山谷自戎州放還, 省其姑張祉介卿之母於青神. 是詩此時所和, 墨跡今藏于秘撰楊公家.

첫 번째 수其一

我已人間無所用	나는 이미 세상에 쓸모가 없으니
鬢飄霜雪眼生花	수염에 눈서리 날리고 눈은 어지럽구나.
東坡兄弟來雖晚	동파 형제 오심이 비록 늦었지만
折箭堪除蝕月蛙	화살 꺾어 달을 먹는 두꺼비를 없애리라.

【주석】

我已人間無所用 鬢飄霜雪眼生花 東坡兄弟來雖晚 折箭堪除蝕月蛙 : 노동의 「월식」에서 "옛날 노인의 말을 들인, 달은 먹는 것은 두꺼비의 정기라네"라고 했다. 소식의 「송삼연파관」에서 "달이 두꺼비에게 먹혀 가

다가 다시 밝아지누나"라고 했다.

盧仝月蝕詩, 傳聞古老說, 蝕月蝦蟇精. 東坡送三掾罷官詩, 月啖蝦蟇行復皎.

두 번째 수其二

東坡海上無消息	동파가 해상에서 소식이 없으니
想見驚帆出浪花	놀라게 빠른 돛배 물보라에서 나오고 있으리.
三十年來世三變	삼십 년 이래로 세상이 세 번 변하였으니
幾人能不變鶉蛙	어떤 사람이 개구리, 메추라기로 변하지 않으랴.

【주석】

東坡海上無消息 : 이백의 「기원십일寄遠十一」에서 "금병은 우물에 떨어져 소식이 없구나"라고 했다.[33] 의산 이상은李商隱의 「단구丹丘」에서 "단구 만 리라 소식이 없구나"라고 했다.

老杜夢李白詩, 金瓶落井無消息. 李義山詩, 丹丘萬里無消息.

想見驚帆出浪花 : 소식의 시에서 "경쾌한 돛배 바다 건너는데 바람이 잡아당기고"라고 했다. 유우석의 「낭도사浪淘沙」에서 "무단히 들판에 광풍이 거세게 불어오니, 놀라 일어난 원앙이 꽃 흐르는 물에서 날아

33 저자와 작품이 모두 잘못되어, 바로잡아 번역하였다.

오르네"라고 했다. 두보의 「망도솔사望兜率寺」에서 "번쩍번쩍 물보라가 번득이네"라고 했으며, 또한 「장팔구丈八溝」에서 "장막 거두니 물결에 꽃이 요동치네"라고 했으며, 또한 「낭수가閬水歌」에서 "정말로 고우니, 해가 물보라 부수고 나오며"라고 했다. 소식의 「구일요중둔전九日邀仲屯田」에서 "술동이의 술을 어찌하면 파랑波浪 위에 띄울까"라고 했으며 「호포천」에서 "용이 파랑을 만들어 손으로 어루만지게 하누나"라고 했으며, 또한 「팔월십오간조」에서 "조수의 꼭대기 얼마나 높은지 알려면, 월산이 완전히 물보라 속에 있다네"라고 했으며, 또한 「자호협조풍慈湖夾阻風」에서 "뱃사공은 물보라 속에서도 달게 자네"라고 했다.

東坡詩, 輕帆度海風掣回. 劉禹錫詩, 無端陌上狂風急, 驚起鴛鴦出浪花. 杜甫詩, 閃閃浪花翻. 又, 幔卷浪花浮. 又, 正憐日破浪花出. 東坡詩, 樽酒那能泛浪花. 又虎跑泉詩, 龍作浪花供撫掌. 又八月十五看潮詩, 欲識潮頭高幾許, 越山渾在浪花中. 又詩云, 篙師酣寢浪花中.

三十年來世三變 : 심약의 『송서 · 사령운전론』에서 "한으로부터 위나라까지 4백여 년 동안 문장가들의 문체가 세 번 변하였다"라고 했는데, 세 번 변한 것은 대개 희풍, 원우, 소성 연간을 이른다.

沈約宋書謝靈運傳論, 自漢至魏, 四百餘年, 詞人才子, 文體三變. 三變盖指熙豐元祐紹聖也.

幾人能不變鶉蛙 : 『열자 · 천서』에서 "개구리가 메추라기로 변하는 것

과 같다"라고 했는데, 주에서 "이 말은 『묵자』에 보인다"라고 했다.

列子天瑞, 若蛙爲鶉, 注, 事見墨子.

세 번째 수其三

玉座天開旋北斗	옥좌가 하늘에 열려 북두성을 도는데
淸班鳥散落餘花	청반의 새는 흩어지고 남은 꽃도 떨어지네.
有人難立百官上	백관 위에 서기 어려운 사람이 있으니
不爲廟中羔菟蛙	사당에 양, 토끼, 개구리 제수 때문만이 아니어라.

【주석】

玉座天開旋北斗 : 사조의 「동작대」에서 "옥좌는 아직도 고요하네"라고 했다. 두보의 「해민解悶」에서 "옥좌는 응당 방울 진 이슬을 슬퍼했으리"라고 했다. 독고급의 「풍후팔진도기」에서 "별이 달리고 하늘이 돌며 우레가 쳐서 산이 부서지는 것 같다"라고 했다. 당시 휘종이 등극하였으므로 옥좌가 하늘에 열렸다는 말을 하였다.

謝脁銅雀臺詩, 玉座猶寂寞. 老杜詩, 玉座應悲白露團. 獨孤及風后八陣圖記, 若星馳天旋, 雷動山破. 時徽廟登極, 故有玉座天開之句.

淸班鳥散落餘花 : 백거이의 「중증이대부重贈李大夫」에서 "일찍이 청반

에 접하여 옥계에 올랐어라"라고 했다. 소식의 「이선우군二鮮于君」에서 "옥처럼 빼어난 이들이 청반에 가득하네"라고 했다. 사조의 「유동원遊東園」에서 "물고기 노니 새 연잎 움직이고, 새 흩어지니 남은 꽃 떨어지네"라고 했다.

白樂天詩, 早接淸班登玉陛. 東坡, 珪璋滿淸班. 謝脁詩, 魚戲新荷動, 鳥散餘花落.

有人難立百官上 : 두보의 「봉증위좌승奉贈韋左丞」에서 "매번 백관 앞에서"라고 했다.

杜甫詩, 每於百寮上.

不爲廟中羔菟蛙 : 『한서 · 곽광전』에서 곽산이 "승상은 함종 사당의 양, 토끼, 개구리를 마음대로 하였으니, 죄를 줄 수 있다"라고 했는데, 안사고는 "양, 토끼, 개구리는 제사에 바치는 것이다"라고 했다. "백관 위에 서기 어렵다"는 말은 장돈을 가리키니, 장돈의 죄는 다만 양, 토끼, 개구리 뿐만이 아니라는 것이다.

漢書霍光傳, 山曰丞相擅減宗廟羔菟蛙, 此可罪也. 師古曰羔菟蛙, 所以供祭. 難立百官上, 指章惇, 言惇罪不特羔菟蛙耳.

네 번째 수其四

栽竹養松人去盡	대와 솔을 길러 사람은 다 떠나니
空聞道士種桃花	도사가 복사꽃 심었다고 부질없이 들었네.
昨來一夜驚風雨	엊그제 밤새 풍우에 놀라더니
滿地殘紅噪暮蛙	땅에 가득 꽃 지고 저물녘 개구리 시끄럽게 우누나.

栽竹養松人去盡 空聞道士種桃花 : 몽득 유우석劉禹錫의 「원화십년자낭주소지경희증간화군자」에서 “장안 번화한 길에 먼지 얼굴을 스치는데, 사람마다 꽃구경하고 돌아온다 말하네. 현도관에 복사꽃 천 그루, 모두 내가 떠난 뒤 심은 것이라네”라고 했다. 대중 2년 3월에 다시 와서 노닐면서 절구를 지었는데, 함께 지은 인引에서 “내가 정원 21년에 상서둔전원외랑이 되었다. 이 당시 현도관玄都觀에는 복사꽃이 없었다. 이해에 연주자사連州刺史로 나갔는데, 곧이어 낭주사마로 좌천되었다. 10년이 지난 뒤 천자가 나를 불러 장안에 돌아오니 사람들이 모두 “도사가 손수 심은 선도仙桃가 현도관에 가득하여 마치 붉은 노을 같다”라고 하였다. 이에 마침내 전편을 지어 그 당시의 일을 기록하였다. 얼마 뒤에 또 지방관으로 나갔다. 다시 14년이 흐른 지금 다시 주객낭중이 되어 장안으로 돌아와 거듭 현도관을 거닐어보니, 다 베어지고 한 그루도 남지 않았다. 다만 너도 바람꽃과 메밀만이 봄바람에 하늘거리고 있었다. 이에 다시 28글자를 지어 뒤에 노니는 사람들을 기다린다”라

하였으니, 그 시에서 "현도관 중앙 넓은 뜰엔 이끼가 태반, 복사꽃 다 사라지고 채마만 자랐구나. 복사 심었던 도사는 어디로 갔는가, 접때의 유랑이 지금 또 왔는데"라고 했다.

劉夢得元和十年自朗州召至京師戲贈看花諸君子詩, 紫陌紅塵拂面來, 無人不道看花回. 玄都觀裏桃千樹, 盡是劉郎去後栽. 大中二年三月復來遊作絶句, 幷引曰, 予貞元二十一年, 爲尙書屯田員外郎, 時此觀中未有花木. 是歲出牧連州尋貶朗州司馬, 居十年, 召至京師. 人皆言, 有道士植仙桃滿觀, 如爍晨霞. 遂作詩以志一時之事. 旋又出牧, 于今十有四年, 得爲主客郎中. 重遊玆觀, 蕩然無復一樹, 惟兎葵燕麥動搖春風耳. 因再題二十八字詩云, 百畝庭中半是苔, 桃花浄盡菜花開. 種桃道士歸何處, 前度劉郎今又來.

昨來一夜驚風雨 滿地殘紅噪暮蛙 : 촉의 승려 원국의 시에서 "두 조정의 기업은 모두 꿈이 되었으니, 숲은 창창하여 저물녘 까마귀 시끄럽게 우누나"라고 했다.

蜀僧遠國詩, 兩朝基業都成夢, 林木蒼蒼噪暮鵶.

13. 태형이 술을 보내준 것에 대해 사례하다

奉謝泰亨送酒

風掃三峩山外雨	바람이 삼아산 밖의 비를 쓸어버리고
霜摧五柳宅邊花	서리는 오류댁 주변의 꽃을 꺾어버리네.
非君送酒添秋睡	그대가 술을 보내 가을 졸음을 보태지 않았다면
可耐東池到曉蛙	동지에 새벽까지 개구리울음 견딜 수 있으랴.

【주석】

風掃三峩山外雨 : 소식의 「기여미주寄黎眉州」에서 "아미산이 비온 뒤 하늘을 푸르게 쓸었네"라고 했다.

東坡, 峩眉翠掃雨餘天.

霜摧五柳宅邊花 : 도잠은 집 주변에 다섯 그루의 버들을 심고서 오류선생이라 자호하였다.

陶潛宅邊種五柳, 自號爲五柳先生.

14. 동파가 중천황, 왕원직에게 보낸 육언시에 화운하다
和東坡送仲天貺王元直六言韻34

산곡의 「자서」에서 이르기를 "왕원직이 고맙게도 동파 선생이 경문 노장에게 준 창화시 육언 10편을 보여주었다. 금석지감을 느껴 마치 동파가 이미 장기瘴氣의 바다를 건너 돌아온 것 같은데, 경문의 묘의 나무는 이미 한 아름이 되었다. 중천황의 무덤에도 또한 풀이 묵었다. 그렇지만 원직은 아직도 건강하여 전당의 옛 일을 능히 말할 수 있으니 기쁘다. 그러므로 그 운자를 따라 5편을 지었다. 지금 눈앞에 경문 또래의 사람이 없으니, 그러므로 시에서 더욱 많이 언급하였다"라고 했다. 이 시는 산곡이 청신에 머무를 때 지은 것으로, 그 묵적이 지금 비찬 양공 집에 보관되어 있다. 살펴보건대 동파 시의 서문에서 "중천황과 왕원직은 미산에서 전당에 있는 나를 보러 찾아왔다. 반년을 머물렀다가 이윽고 떠날 때 절구 5수를 지어 전송하였다"라고 했다. 이 시는 『동파전집』에 보인다. 유경문의 「화동파시」 서에서 "계손유경문의 자은 황공하게도 삼가 판부사의 내한을 받게 되었는데, 「송중천황왕원직시오수」를 고맙게도 보여주니, 부친의 시를 받든 것과 같아 광망한 죄를 견딜 수가 없었다"라고 했다. 그가 지은 시는 다음과 같다. "누가 천 리의 두 사람을 그리워하는가, 공이 육언시 다섯 편을 보내주었네. 달은 낮게 날고 구름은 서쪽으로 흘러, 산머리에 돌아가는 기러기 쌍

34 [교감기] 전본에는 제목 아래에 "五首' 두 글자가 있다.

쌍이 날아가네" "작은 배가 공에게 하직하고 저물녘 떠나니, 높은 집 처음 올 때 손을 기억하누나. 돌아갈 길 언제나 잊지 못하는데, 만 번 천 번 구비 돌아 길은 멀구나" "막하는 모두 뛰어난 인재인데, 좌중에 세 사람을 볼 수 없구나. ―수재 진소장도 동행하였다.― 멀리서 관하의 말머리에 뜻을 담아, 샘물 소리에 붓과 벼루 앞에서 고요히 읊조리네" "비록 촉도에 시간 흘러 이르렀는데, 문득 사부를 몇 년만에 만나보는가. 역력한 산천의 승경에, 그대 이전처럼 술잔 따르겠지" "즐거운 일은 술 마시는 게 최고라, 벼슬 그만 두니 절로 고상한 사람이네. 자라 머리 홍대 어른께 부쳐 주니, 이 노인 씩씩하게 봄을 찾누나"라고 했다. '홍대'는 왕경원 노인을 이른다. 인하여 이 시를 첨부하였다.

山谷自序云, 王元直惠示東坡先生與景文老將唱和六言十篇. 感今懷昔, 似聞東坡已渡瘴海來歸, 而景文墓木已拱. 仲天貺之壟, 亦有宿草. 猶喜元直尙健, 能道錢塘舊事, 故追韻作此五篇. 只今眼前無景文輩人, 故詩語及之尤多. 此詩山谷留靑神時所作, 墨跡今藏秘撰楊公家. 按東坡詩序云, 仲天貺王元直, 自眉山來, 見予錢塘, 留半歲, 旣行, 作絶句五首送之. 詩見前集. 劉景文和東坡詩序云, 季孫惶恐, 伏蒙判府內翰, 寵示送仲天貺王元直詩五首, 仰同嚴韻, 不勝狂妄之罪. 誰懷二子千里, 公賦五篇六言. 月底飛雲西去, 山頭歸雁雙騫. 小艇辭公晩發, 高齋記客初來. 耿耿不忘歸路, 阻脩萬折千回. 府下莫非羣雋, 坐中不見三明. -秦小章秀才同行- 遠意關河馬首, 靜吟筆硯泉聲. 雖到蜀都有日, 却逢謝傅何年. 歷歷林溪勝處, 想君把酒依然. 樂事莫如飮酒, 休官自是高人. 紅帶鼇頭寄與, 是翁矍鑠尋春. 紅帶, 謂王慶源老人也, 因附于此.

첫 번째 수其一

仲子霣霜殺草	중자는 서리가 내려도 시들지 않는 풀과 같아
風流無地寄言	그 풍류 전해 줄 곳이 없네.
王君攀鱗附翼	왕군은 용의 비늘 잡고 봉황 날개에 올라타
禮義端能不騫	예의가 분명코 어그러지지 않네.

【주석】

仲子霣霜殺草 : 『춘추 · 희공 23년』에서 "서리가 내렸지만 풀이 시들지 않았다"라고 했다. 『한서 · 무제기』에서 "광무 4년 여름 4월에 서리가 내려 풀이 시들었다"라고 했다.

春秋僖公二十三年, 霣霜不殺草. 漢武紀, 元光四年夏四月, 隕霜殺草.

風流無地寄言 : 굴원의 「회사」에서 "원컨대 떠가는 구름에 말을 전해주오"라고 했다. 송옥의 「구변」에서 "원컨대 흐르는 별에 말을 전해주오"라고 했다. 숙야 혜강嵇康의 「야금부」에서 "읊조리는 것이 부족하여 곧 말을 담아 뜻을 넓이네"라고 했다.

屈原懷沙, 願寄言于浮雲兮. 宋玉九辯, 願寄言夫流星兮. 嵇叔夜琴賦, 敘吟詠之不足則寄言以廣意

王君攀鱗附翼 : 양웅의 「연건편」에서 "용의 비늘을 잡고, 봉황의 날개에 붙어 가네"라고 했다.

楊子淵騫篇, 攀龍鱗, 附鳳翼.

禮義端能不騫 : 『좌전』에서 “예의가 어긋나지 않으면 어찌 타인의 말에 신경쓰리오”라고 했으니, ‘騫’자는 마땅히 살펴보아야 한다.

左氏, 禮義不愆, 何恤於人言. 騫字當考.

두 번째 수其二

不怨子堂堂去	그대 당당히 떠남을 원망하지 않으니
蓋念君得得來	그대 기어코 찾아오리라 믿기 때문이네.
家藏會稽妙墨	집에 회계의 묵적을 보관하고 있으니
晩歲喜識方回	만년에 극방회를 알게 되어 기쁘도다.

【주석】

不怨子堂堂去 : 『논어 · 자장』에서 “당당하여라, 자장이여, 그와 함께 인을 하기 어렵겠도다”라고 했다. 설능의 「춘일사부우회春日使府寓懷」 시에 “청춘은 나를 등지고 당당히 가 버리고”라고 했다.

堂堂乎本論語. 薛能詩, 靑春背我堂堂去.

蓋念君得得來 : 관휴의 「진정헌촉황제陳情獻蜀皇帝」에서 “병 하나 바리 하나로 늙어가고, 많은 물 많은 산을 지나 기어코 찾아왔네”라고 했다.

僧貫休詩, 萬水千山得得來.

家藏會稽妙墨 晩歲喜識方回 : 산곡의 자주에서 "극방회는 왕우군의 처제이다"라고 했으니, 산곡은 왕원직이 동파의 처제이기에 이를 인용하여 비유하였다.

山谷自注云, 郄方回, 王右軍妻弟. 山谷以王元直東坡妻弟, 故引此爲喩.

세 번째 수其三

兩公六字語妙	두 공의 여섯 글자 시어는 오묘하니
獨我一雙眼明[35]	홀로 내가 두 눈을 반갑게 대하네.
筆似出林鳥翼[36]	붓은 숲에서 날아 나는 새와 같고
詩如落澗泉聲	시는 「유간천」 소리와 같네.

【주석】

兩公六字語妙 : 한유의 「기몽記夢」에서 "여섯 글자는 보통 말이요 한 글자는 어렵네"라고 했다.

韓詩, 六字常語一字難.

---

35 [교감기] '獨我'는 사신행(査愼生)의 『보주동파선생시』에서는 인용하면서 '我獨'이라 하였다.

36 [교감기] '筆似'는 건륭본과 청초본에서는 '書似'로 되어 있다. 사신행의 주에서 또한 '書似'라고 했으며, '鳥翼'은 '飛鳥'라 하였다.

獨我一雙眼明 : 관휴의 「고의」에서 "다만 천상의 사람에 응하여, 나의 두 눈을 밝게 뜨누나"라고 했다. 두보의 「춘수생春水生」에서 "나도 너희들과 함께 기쁨에 눈이 커졌단다"라고 했다. 한유의 「성남연구」에서 "먼 멧부리 허공으로 조금 나오니, 두 눈에 반가움이 더하네"라고 했다.

貫休古意詩, 只應天上人, 見我雙眼明. 杜詩, 吾與汝曹俱眼明. 韓昌黎城南聯句, 遙岑出寸碧, 兩目增雙明.

筆似出林鳥翼 : 회소의 초서는 나는 새가 숲에서 나오는 것 같으며 놀란 뱀이 풀숲으로 들어가는 것 같다. 소식의 「왕일소첩시」에서 "숲에서 나온 나는 새 하늘을 쓰는 듯"이라고 했다.

懷素草書, 飛鳥出林, 驚蛇入草. 東坡王逸少帖詩, 出林飛鳥一掃空.

詩如落澗泉聲 : 두보의 「구일남전최씨장九日藍田崔氏莊」에서 "남수는 많은 골짜기 물과 합쳐져 멀리 흐르고"라고 했다. 『산곡전집 · 기제차군헌시』에서 "청아한 밤 「유간천幽澗泉」 떨어지는 소리인 듯"라고 했다.

杜詩, 藍水遠從千澗落. 山谷前集寄題此君軒詩, 響如淸夜落澗泉.

네 번째 수其四

老憶夷門老將	늙어서 기억하니 이문의 노장이여

當年許我忘年[37]	당시에 나에게 망년지우 허락했지.
博學似劉子政	박학은 유자정과 같았고
淸詩如孟浩然	맑은 시는 맹호연과 같았지.

【주석】

老憶夷門老將 : 유경문을 가리킨다.

指劉景文也

當年許我忘年 : 『문사전』에서 "예형과 공융은 너라고 부르는 교유를 맺었는데, 예형의 나이 20여 살이고 공융의 나이 50이었다. 예형의 재주가 좋은 것을 공경하여 나이를 잊었다"라고 했다. 『남사 · 강총전』에서 "장찬 등은 평소 서로 추중하여 망년지교를 맺었다"라고 했다.

文士傳, 禰衡與孔融作爾汝交, 衡年二十餘, 融年五十, 敬衡秀才而忘年也. 南史江總傳, 張纘等雅相推重, 爲忘年交.

博學似劉子政 : 『한서』에서 "유향의 자는 자정으로, 여러 책을 통달하였으며 문장을 잘 지었다. 유향에게 조서를 내려 비부秘府의 오경을 교정하게 하니, 오로지 경전에만 정신을 쏟았다"라고 했다. 『한서 · 유흠전』에서 "부자가 모두 옛 것을 좋아하여 널리 보고 많이 외웠다"라고 했다. 「사마천전」의 찬에서 "유향은 뭇 책을 널리 보았다"라고 했다.

37 [교감기] '我'는 사신행의 주에서는 '老'로 되어 있다.

漢書, 劉向字子政, 通達能屬文. 詔向領校中五經秘書, 專積思於經術. 劉歆傳, 父子俱好古, 博見強志. 司馬遷傳贊,[38] 劉向博極羣書.

淸詩如孟浩然 : 두보의 「해민」에서 "다시 돌이켜보니 양양의 맹호연, 맑은 시는 구절마다 모두 전할 만하네"라고 했다.

杜甫解悶詩, 復憶襄陽孟浩然, 淸思句句盡堪傳.

다섯 번째 수其五

天子文明濬哲	천자께서 문채가 빛나고 명철하여
今年不次用人	올해 차등을 두지 않고 사람을 기용하였네.
九原埋此佳士	구원에 이 훌륭한 선비 묻혔는데
百草無情自春	온갖 풀은 무정하여 절로 봄이로구나.

【주석】

天子文明濬哲 : 『상서 · 순전』에서 "깊고 명철하며 문채가 빛나고 밝으시며 온화하고 공손하며 성실하고 독실하셨다"라고 했다.

尙書舜典, 濬哲文明, 溫恭允塞.

38 [교감기] '司馬遷傳贊'에서 원래 '傳'자가 빠져 있었는데, 『한서』 62권에 의거하여 보충하였다.

今年不次用人 九原埋此佳士 百草無情自春 : 위응물의 「금곡원가」에서 "온갖 풀들 무정하여 봄날 절로 푸르구나"라고 했다. 한산자의 시에서 "황천은 밝은 날이 없고, 푸른 풀은 절로 봄을 아네"라고 했다. 어떤 이는 왕주의 시구인 "뜰의 풀은 사람 없어도 한껏 푸르고"라고 했다. 구양수의 「당숭양공주」에서 "행로에서 지금도 부질없이 탄식하니, 바위 꽃 시냇가 풀은 봄가을을 보내네"라고 했다. 왕안석의 「파가」에서 "매몰된 무너진 비석에 풀은 절로 봄이네"라고 했다. 당시 휘종이 등극하여 다시 원로대신들을 기용하였기에 산곡이 이 시를 지었다.

韋應物金谷園歌, 百草無情春自綠. 寒山子詩, 黃泉無曉日, 靑草自知春. 或用王胄庭草無人隨意綠之義. 唐崇陽公主詩, 行路至今空嘆息, 巖花澗草自春秋. 王荊公破冢詩, 埋沒殘碑草自春. 時徽廟嗣位, 復用元老大臣, 故山谷有是詩.

15. 원사가 영주에서 와서 노주 강안 면수역에 있는 나에게 뒤미처 시를 보냈다. 인하여 예전에 지었던 「차군헌」 시의 운자를 사용하여 지어주면서, 아울러 원사의 법제인 주언공王庠에게 편지 삼아 드리다

元師自滎州來 追送余於瀘之江安綿水驛 因復用舊所賦此君軒詩韻贈之 竝簡元師法弟周彦 公39

살펴보건대 황순의 『연보』에 있는 이 시의 산곡 발문에서 "예전에 동파가 지은 「취옹조」의 선본을 얻었다. 일찍이 원도지를 만났는데, 원도지가 기뻐하면서 "지난해에 성도동판 진기 군에게 그 악보를 얻었다"라고 했다. 마침내 서둘러 거문고를 타니, 가사와 소리가 서로 잘 어울렸다. 이 때문에 촉 지방에 「취옹조」가 있게 되었다. 그러나 가사 안의 은미한 뜻과 현 너머의 여운을 속세의 손가락과 진세의 귀로 어찌 쉽게 얻을 수 있겠는가. 건중 정국 원년 정월 신미일에 동파가 강안수의 우주정에 머무르면서 쓴 것이다. 그러므로 시에 취옹이란 말이 있다"라고 했다. 왕주언의 「차군헌화시」에 첨부하는데, 그 시의 서에서 "상이내가 학사 구 어른의 「제차군헌」을 보고서, 삼가 원시에 차운하여 시를 지어서 가르침을 구하였는데, 아랫사람으로서 매우 부끄럽고 죄송하였다"라 하였다. 그 시는 다음과 같다. "죽군 벗은 이미 나이를 잊고, 바람 맞으며 잎은 시냇물 소리처럼 울어대누나. 나의 둥근 속이

39 [교감기] '法弟'는 고본에는 '從弟'로 되어 있다.

옥 같음을 배우지 말며, 나의 곧고 굳셈이 줄과 같음을 본받지 말라. 사람에게 단계를 밟아 천명을 통하기를 권하니, 먹줄처럼 펼쳤다가 거두고 거울처럼 밝누나. 자는 자신을 굽혀서 부질없이 획 땅에서 머무르는 일 없고, 성인이 어찌 울울하여 경쇠 치는 마음이 있으랴. 한 해가 저물어 추워지면 늙은이 사립문에 와서 짝이 되었으나, 내 고요함을 좋아하지 않아 그대 위해 시끄럽게 하누나. 다만 푸르고 푸른 사계절 본성이 있지만, 천년 동안 웃으며 뜬구름처럼 부질없어라. 평안하다는 소식 봄에도 여전하지만, 진중한 도인이 우뚝 빼어남을 사랑하네. 굶주림 참아가며 어찌 무육의 죽순 먹으랴, 마주하며 서로를 잊으니 죽순은 검고 메말랐네. 게다가 부옹은 마음이 달과 같아, 평생 서로 비춰보니 어찌 말이 필요하랴. 차를 끓이지 않으려 서까래가 되지 않으니, 만학의 청풍이 도처에 전하네." ○ 상은 절을 올리고 머리를 조아리며 말씀드립니다. 삼가 학사 구 어르신께서 다시 주신 시를 얻게 되어 제가 참람되이 다시 화운하였으니, 살펴보시기를 바랍니다. 상은 재배합니다. "우는 봉황이 덕을 보고 찾아온 지 오래라, 성택이 흐르는 시내 같음을 알겠네. 상종당 앞에서 죽실을 배불리 먹으며, 도인이 봉황을 놀리며 순의 거문고 뜯누나. 문을 거세게 두드리니 누가 명을 전하는 것인가, 엷은 구름이 단청을 덮어 하늘 거울을 여네. 내일이면 부옹을 보내기로 약속했는데, 고요한 밤 깊은 숲은 맑은 경쇠소리 맴도네. 부옹이 귀문 떠나 만 리 길 가니, 죽지는 백사군을 번뇌케 하지 말라. 강철 같은 마음에 빙탄을 놓아보아라, 거문고 안고 멀리 떠나며 지

나가는 구름을 따라가리라. 동파를 만나면 응당 옛 이야기 나누리니, 다만 산수의 아름다움만 말하세요. 저에게 지금 어떻게 지내냐고 물으시니, 그대 돌아가니 하릴없이 비쩍 마른 학처럼 지낸답니다. 나는 하늘의 해와 달을 업신여겨도 부끄럽지 않으니, 어찌 다시 점을 치겠는가. 옥국의 동천엔 구름이 서까래를 맴도는데, 낚시하며 지내는 저의 먼 소식으로 공을 번거롭게 합니다."

按黃䓨年譜云, 此詩山谷跋云, 舊時東坡所作醉翁操善本,[40] 嘗對元道之. 元欣然曰, 往歲從成都通判陳君頎得其譜. 遂促琴彈之, 詞與聲相得也. 蜀人由是有醉翁操. 然詞中之微旨, 絃外之餘韻, 俗指塵耳, 豈易得之. 建中靖國元年正月辛未, 江安水次偶住亭書,[41] 故詩有醉翁之語. 王周彦此君軒和詩附, 庠竊觀學士九丈題此君軒詩, 謹次元韻, 因以求教, 下情愧悚之至. 竹君久要已忘年, 臨風相語葉響泉. 休學我圓中似璧, 莫師我直勁如絃. 勸人達節通天命, 舒卷若繩明若鏡. 尺無枉己空宿書, 聖豈有心猶擊磬. 歲寒來伴老柴門, 我豈好靜爲躁君. 惟有靑靑四時性, 笑殺千載空浮雲. 平安爲報春依舊, 珍重道人憐特秀. 忍飢寧可食無肉, 相對忘形筍黑瘦. 更有涪翁心似月, 平生相照何勞說. 不爲煎茶不作椽, 淸風萬壑到處傳. ○ 庠拜手頓首啓. 伏蒙學士九丈再賜詩章, 庠僭率繼和, 尙覬采覽, 庠再拜. 鳴鳳覽德來紀年, 要知聖澤如流泉. 霜鐘堂前飽竹實, 道人娛鳳撫舜絃. 敲門剝啄誰傳命, 淡雲磨丹開天鏡. 明朝

---

40 [교감기] '舊時'는 고본에는 '余舊得'으로 되어 있다. 전본과 건륭본에는 '舊得'으로 되어 있다.

41 [교감기] 고본에는 이상의 발문은 시의 끝에 보인다.

相約送涪翁, 夜靜林深遶淸磬. 涪翁萬里離鬼門, 竹枝莫惱白使君. 欲試剛腸置冰炭, 抱琴遠別衡行雲. 邂逅東坡應話舊, 但說海山千萬秀. 道庠問訊今何如, 自笑儂還空鶴瘦. 我不愧天欺日月, 何須更扣杯珓說. 玉局洞天雲遶椽, 漁竿遠信煩公傳.

歲行辛巳建中年　건중 신사년에
諸公起廢自林泉　제공이 임천에서 다시 기용되었네.
王師側聞陛下聖　의장병 늘어선 폐하에 대해 들으니
抱琴欲奏南風絃　거문고 안고 「남풍가」를 연주하고 싶네.
孤臣蒙恩已三命　고신이 이미 세 번 은혜를 받아
望堯如日開金鏡　하늘의 해처럼 요를 바라보니 금경이 열렸구나.
但憂衰疾不敢前　다만 늙고 병들어 감히 나아가지 못하니
眼前黑花耳聞磬[42]　눈은 흑화가 일고 귀는 경쇠가 우누나.
豈如道人山繞門　어찌 산이 문을 감도는 도인과 같으랴
開軒友此歲寒君　난간 열고 이 세한군을 벗하네.
能來作詩賞勁節　능히 와서 시를 지으며 굳센 절개 감상하니
家有曉事揚子雲　집안에는 사리 잘 아는 양자운이 있네.
擇龍森森新間舊　탁룡은 빽빽하여 새로 나온 것이 예전 것을 제치니

42　[교감기] '眼前'은 고본에는 '眼見'으로 되어 있다.

父翁老蒼孫子秀	부옹은 오래되어 검푸르고 손자는 빼어나네.
但知戰勝得道肥	다만 싸워 이겨서 도를 깨우쳐 살이 지니
莫問無肉令人瘦	고기가 없어서 사람을 수척하게 한다고 묻지 말라.
是師胷中抱明月	이 스승의 흉중엔 밝은 달을 안고
醉翁不死起自說	취옹은 죽지 않고 일어나 스스로 말하는 듯.
竹影生涼到屋椽	대 그림자에서 시원함이 나서 집에 밀려드는데
此聲可聽不可傳	이 소리는 들을 만하나 전할 수 없구나.

【주석】

歲行辛巳建中年 諸公起廢自林泉 : 한퇴지의 「별지부」에서 "내가 천하에 벗을 취한 지 곧 두 해가 되어간다"라고 했다. 건중 정국 원년 신사년에 휘종이 개원하고 노신을 크게 사면하였으며, 내쫓은 자들을 다시 기용하였다.

韓退之別知賦, 余取友於天下, 將歲行之兩周. 建中靖國元年歲在辛巳, 徽宗改元, 大赦諸老, 擯斥者皆復起廢.

王師側聞陛下聖 : 『열자』에서 "내가 우연히 들었으니, 너에게 말해 주겠다"라고 했다. 두보의 「조발早發」에서 "들으니 밤에 도적이 온다고 하는데"라고 했다. 소식의 「답장전도答章傳道」에서 "장자의 말씀을 곁에서 들으니"라고 했으며, 또한 어떤 시에서 "둔부자의 말씀을 곁에서 들

으니"라고 했다. 『한서 · 고제기』에서 "대왕 폐하"라고 했는데, 응소가 "폐陛란 것은 당의 계단이다. 무기를 잡은 병사가 계단의 곁에 나열하고 서 있으면, 뭇 신하와 임금이 말을 할 때 감히 임금을 곧바로 부를 수 없으므로 계단 아래에 있는 자를 불러서 고하는 것이니, 낮은 자를 통하여 존자에게 전달한다는 뜻이다"라고 했다. 한유의 「한식일寒食日」에서 "어찌 어진 이를 폐하의 임금에게 천거하지 않으랴"라고 했다.

列子, 吾仄聞之, 試以告汝. 老杜詩, 側聞夜來寇. 坡詩, 側聞長者言. 又, 側聞頓夫子. 漢書高帝紀, 大王陛下. 應劭曰, 陛者, 堂陛, 執兵陳階陛之側, 羣臣與至尊言, 不敢指斥, 故呼陛下者而告之, 因卑以達尊之意. 韓詩, 曷不薦賢陛下聖.

抱琴欲奏南風絃 : 순이 오현금을 연주하면서 「남풍가」를 불렀다. 왕십붕王十朋의 「인독한시첩화因讀韓詩輒和」에서 "「남풍」의 거문고에 화답하고 싶어라"라고 했다.[43] 소식의 「수락정水樂亭」에서 "베껴서 「남풍」의 거문고 악보에 넣을 필요 없네"라고 했으며, 또한 「장안도견시張安道近詩」에서 "「남풍」의 거문고에 화답하고 싶네"라고 했다.

舜彈五絃之琴, 以歌南風. 韓昌黎詩, 欲和薰風琴. 東坡, 不須寫入薰風弦. 又, 欲和南風琴.

孤臣蒙恩已三命 : 『맹자』에서 "버림받은 신하와 서얼 아들"이라고 했

43 작자가 한유가 아니라 왕십붕이다.

다. 한유의 「부강릉도중운운赴江陵途中云云」에서 "고신이 예전에 쫓겨났었지"라고 했다. 유종원의 「입황계문원入黃溪聞猿」에서 "고신의 눈물은 이미 다하고"라고 했다. 소식의 「신종황제만사神宗皇帝輓詞」에서 "초상을 새긴 고신은 부끄럽네"라고 하였으며, 「추전정보追餞正輔」에서 "고신이 남쪽에서 놀다가 황관에 빠지니"라고 했다. 『좌전 · 소공 7년』에서 송 정고보의 정명에서 "대부 때에는 고개를 수그리고, 하경下卿 때에는 등을 구부리고, 상경上卿 때에는 몸을 굽히고서"라고 했다. 살펴보건대 산곡의 「사면은명장」에서 "신이 예전 원부 3년 5월에 은혜를 입고 스스로 책망하면서 부주별가에 제수되었다가 다시 선의랑이 되었으며 악주를 감독하면서 성에 거주하며 소금 세금을 맡았습니다. 또 준고를 받아 다시 봉의랑이 되었으며 첨서정국군절도판관청공사 되었습니다. 건중 정국 원년에 다시 준고를 받아 조봉랑을 맡았으며 서주를 임시로 맡았습니다"라고 했으니, 이것이 이른바 삼명이다.

孟子, 孤臣孽子. 韓昌黎詩, 孤臣昔放逐. 柳子厚詩, 孤臣淚已盡. 東坡詩, 刻畫愧孤臣. 又, 孤臣南遊墮黃菅. 左傳昭七年, 宋正考父鼎銘曰, 一命而僂, 再命而傴, 三命而俯. 按山谷辭免恩命狀, 臣昨於元符三年五月蒙恩自責授涪州別駕, 復宣義郎監鄂州, 在城鹽稅, 又准告復奉議郎簽書定國軍節度判官廳公事. 建中靖國元年, 又准告復朝奉郎權知舒州, 所謂三命也.

望堯如日開金鏡 : 『사기 · 요기』에서 "하늘의 해처럼 바라보았다"라고 했다. 『낙서』에서 "진나라가 금경을 잃어버렸다"라고 했는데, 정현은

"금경은 밝은 도를 비유한다"라고 했다. 유효표의 「광절교론」에서 "금경을 잡고 풍열을 열어젖힌다"라고 했는데, 주에서 "금경은 밝은 도를 비유한다"라고 했다.

史記堯紀, 望之如日. 雒書曰, 秦失金鏡. 鄭玄曰, 金鏡喻明道也. 絶交論, 握金鏡, 闡風烈. 注, 金鏡喻明道也.

但憂衰疾不敢前 眼前黑花耳聞磬 : 두보의 「위시어취폐려魏侍御就敝廬」에서 "때로 쇠약하고 병든 나를 생각하여"라고 했다. 왕우칭의 표에서 "어린 나이에 병이 많아 눈에 흑화가 일고, 만년에 근심이 많아 머리에 백발이 생깁니다"라고 했다. 소식의 「증장묵贈章默」에서 "전년부터 흑화가 생겼네"라고 했다.

老杜詩, 時應念衰疾. 王禹偁表云, 蚤年多病, 眼有黑花. 晩歲多憂, 頭生白髮. 東坡云, 前年黑花生.

豈如道人山繞門 : 소식의 「야인려」에서 "굳센 기상 청산을 누르고 옛 거처를 맴도네"라고 했다.

東坡野人廬詩, 剛壓青山繞故居.

開軒友此歲寒君 : 두보의 「하야탄夏夜歎」에서 "난간 열어 조금 시원한 바람 들이네"라고 했다.

老杜詩, 開軒納微涼.

能來作詩賞勁節 家有曉事揚子雲 : 『문선』에 실린 양수의 「답임치왕전」에서 "저의 일가인 양웅揚雄이 말한 것은 늙어서 사리를 잘 알지 못한 것입니다. 그는 늙어서 억지로 책 한 권을 저술하고는 젊은 시절의 사부辭賦 창작을 후회하였습니다"라고 했다.

文選楊修答臨淄王牋云, 脩家子雲, 老不曉事, 強著一書, 悔其少作.

籜龍森森新間舊 : 노동의 「기남포손寄男抱孫」에서 "껍질의 용은 원망하나니, 죽여서 너의 입에 넣지 말라"라고 했다. 왕안석의 「제정각상인탁룡헌題正覺上人籜龍軒」에서 "탁룡은 도인이 머물렀다고 하네"라고 했다. 소식의 「화문여가和文與可」에서 "도끼가 어찌 탁룡을 용서하랴"라고 했다. 시인들이 대를 용조라 하였으니, 이는 비장방이 청죽을 갈피에 던져서 용으로 변한 고사에서 나온 것이다. 소식의 「여임안령與臨安令」에서 "아이들에 빽빽하니 마치 대가 선 듯하네"라고 했다. 『좌전·은공 3년』에서 석작이 간하기를 "천한 이가 귀한 이를 방해하며, 젊은이가 어른을 능멸하며, 먼 사람이 가까운 사람을 이간하며 비천한 이가 큰 사람 위에 있다"라고 했다. 소강절의 「연로봉춘年老逢春」에서 "새로운 사람이 오랜 사람을 이간질하는 세태를 견딜 수 없네"라고 했다.

盧仝詩, 籜龍正稱寃. 荊公詩, 籜龍名爲道人留. 東坡詩, 斤斧何曾赦籜龍. 詩人以竹爲龍祖, 出費長房以靑竹投葛陂化爲龍事. 東坡詩, 兒子森森如立竹. 左傳隱公三年, 石碏諫曰, 賤妨貴, 少陵長, 遠間親, 新間舊, 小加大. 邵康節詩, 世態不堪新間舊.

父翁老蒼孫子秀 : 정현의 『주례주』에서 “손죽은 가지와 뿌리가 아직 나지 않은 것이다”라고 했다. 한유의 「영죽」에서 “죽정에 사람도 찾아오지 않아, 새 죽순이 난간 앞에 가득하네. (…중략…) 노복처럼 줄을 이뤄, 대의 아손이 둘러섰네”라고 했다.

鄭玄周禮注, 孫竹, 枝根之未生者也. 韓文公詠筍詩, 竹亭人不到, 新筍滿前軒. (…중략…) 成行齊婢僕, 環立竹兒孫.

但知戰勝得道肥 : 『한비자』에서 “자하가 증자를 만났는데, 증자가 “어째서 살이 쪘는가”라 묻자, 대답하기를 “싸움에서 이겼기 때문에 살이 쪘네. 내가 집에서 책을 보며 선왕의 도를 배울 때는 그것을 부러워하였고, 집에서 나와 부귀한 이들의 환락을 보면 또 부러워하였네. 두 가지가 흉중에서 다퉈는데 어느 쪽이 이길지 알지 못하였기에 파리해졌다가 지금 선왕의 의리가 이겼기 때문에 살이 쪘네”라 했다”라고 했다. 사조의 「관우」에서 “바야흐로 싸움에서 이긴 자와 같으니, 북산의 고사리를 꺾었구나”라고 했다. 도연명의 「영빈사詠貧士」에서 “빈부가 항상 싸우는데, 도가 이겨서 근심하는 얼굴이 없네”라고 했다. 산곡의 「답왕우서」에서 “생각건대 도의가 사치의 병사와 상대하여 싸운 지 오래되었다”라고 했다.

韓非子, 子夏肥, 或有問之者. 子夏曰, 吾戰勝. 曰何爲戰勝. 曰吾入見先王之義則榮之, 出見富貴又榮之. 二者戰於胷臆, 而夫子之義勝. 謝脁觀雨詩, 方同戰勝者, 去剪北山萊. 陶淵明詩, 貧富常交戰, 道勝無戚顏. 山谷答王雩書

曰, 想以道義敵紛華之兵, 戰勝久矣.

莫問無肉令人瘦 : 동파의 「녹균헌시」에서 "밥상에 고기가 없을지언정, 거처에 대가 없게 하지는 말라. 고기가 없으면 사람을 파리하게 하지만, 대가 없으면 사람을 속되게 하느니"라고 했다.

東坡錄筠軒詩, 可使食無肉, 不可使居無竹. 無肉令人瘦, 無竹令人俗.

是師胷中抱明月 : 동파의 「적벽부」에서 "밝은 달을 안고서 오래도록 살다 마치리라"라고 했다.

東坡赤壁賦, 抱明月而長終.

醉翁不死起自說 : 구양 문충공의 자호는 취옹이다.

歐陽文忠公自號爲醉翁.

竹影生涼到屋椽 : 두보의 「관설직소보서화벽觀薛稷少保書畫壁」에서 "땅에서 서서 지붕 서까래 붙잡고 있네"라고 했으며, 또한 「팽아행彭衙行」에서 "낮은 나뭇가지로 쉴 곳 만들었네"라고 했다.

老杜詩, 發地扶屋椽. 又, 卑枝成屋椽.

16. 목귀정에 시를 남기다

木龜亭留題

『연보』에는 건중 정국 원년 「자촉지강릉」의 뒤에 편차되어 있다. 그 지명을 자세하지 않다.

年譜編在建中靖國初元自蜀至江陵詩後, 未詳地名.

南臺西路木龜坊	남대의 서쪽 길은 목귀방으로
乃是靈蛙贔屭藏[44]	바로 힘 쎈 영왜가 숨었던 곳이라네.
從此改名杉蚵蚾	이제 삼가피로 이름을 바꾸는데
恐來呑月直須防	아마도 달을 삼키러 오니 다만 방어해야 하네.

【주석】

南臺西路木龜坊 乃是靈蛙贔屭藏 : 「오도부」에서 "힘이 굳센 큰 거북이 머리에 영산을 이었다"라고 했는데, 주에서 "비희贔屭는 힘을 쓰는 모양이다"라고 했다. 한유의 「효노동월식」에서 "한기가 매서워 얼어붙어 바람도 없네"라고 했다. 소식의 「화송조和宋肇」에서 "힘든지도 모르고 균천광악에 춤을 추네"라고 했다.

吳都賦, 巨鼇贔屭, 首冠靈山. 注云, 作力貌. 韓昌黎效盧仝月蝕詩, 寒氣贔屭頑無風. 坡詩, 不知贔屭舞鈞天.

---

44 [교감기] '贔'는 고본에는 '奰'로 되어 있다.

從此改名杉蚵蚾 : 『옥편』에서 "'蚵'의 음은 '胡'와 '多'의 반절법으로, 도마뱀여기서는두꺼비이다. '蚾'의 음은 '薄'과 '碑'의 반절법으로 또한 벌레이다"라고 했는데, 지금은 마땅히 '惻'음을 따라야 한다. 『남당서』의 태부가 편지를 보내 송 제구를 꾸짖는 부분에 마령이 주를 달았다. 즉 제구가 사람을 시켜 태부를 꾀어서 배에 태운 뒤에 술에 취하게 하였다. 그리고 석두성 아래 가파기에 밀쳐서 빠트렸다고 하였다. 목귀로 정자를 이름 지은 것은 가파로 물가를 이름 지은 것과 같을 것이다.

玉篇, 蚵, 胡多反. 蚵蠪蜥蜴. 蚾, 薄碑反, 亦蟲也. 今當從惻音. 馬令南唐書汪台符貽書誚宋齊丘. 齊丘使人誘台符乘舟, 飮醉, 推沈石頭城下蚵蚾磯. 恐木龜名亭, 如蚵蚾之名磯也.

恐來呑月直須防 : 노동의 「월식시」에서 "어찌하면 만 리의 빛으로 이렇게 삼키는 재앙을 당하였는가"라고 했으며, 또한 "이 때 괴이한 일이 일어나니, 달을 삼키러 오는 동물이 있었네"라고 했다.

盧仝月蝕詩, 奈何萬里光, 受此呑吐危. 又云, 此時怪事發, 有物呑食來.

17. 나공산의 고백암에 제하다

題羅公山古柏庵[45]

이전 주와 같다.

同前注.[46]

첫 번째 수其一

塵埃奔走尙飄蓬	티끌 속에서 분주히 달리니
	여전히 굴러다니는 쑥대라
想聽庵頭老柏風	암자 꼭대기 늙은 잣나무에
	부는 바람 듣고 있으리라.
會向天階乞衰晩	천계에서 늙어 물러남을 청하여
住庵長作主人翁[47]	암자에 머물며 오랫동안 주인옹이 되었네.

【주석】

塵埃奔走尙飄蓬 : 『문선』에 실린 조식의 「잡시雜詩」에서 "굴러다니는

45 [교감기] 전본에는 시의 제목 아래에 '二首' 두 글자가 있다.

46 [교감기] 살펴보건대 『연보』 권28의 시에 "천제에서 늙어 물러남을 청하여"라는 구가 있는데, 두 시에 보이는 지명은 자세하지 않다. 아마도 촉 지역이거나 호외(湖外)에서 지었을 것이기에, 지금 이곳에 편차하였다.

47 [교감기] '翁'은 고본에는 '公'으로 되어 있다.

쑥대 뿌리에서 떨어져 나와, 긴 바람 따라 떠도네"라고 했다.

文選曺子建詩, 轉蓬離本根, 飄颻隨長風.

想聽庵頭老柏風 會向天階乞衰晩 : 『초사』에서 "천계를 부여잡고 올라 아래를 내려다보네"라고 했다.

楚詞曰, 攀天階而下視.

住庵長作主人翁 : 한유의 「등화」에서 "다시 번거롭게 기쁜 일을 가지고, 와서 주인옹에게 알리네"라고 했다. 유우석의 「흘나가」에서 "원컨대 천만의 수를 누려, 영원히 주인옹이 되시라"라고 했다.

韓昌黎詩, 來報主人翁. 劉禹錫紇那歌曰, 願郎千萬壽, 長作主人翁.

두 번째 수其二

千年鹿死尙精神	천년 사슴은 죽어도 정신은 뚜렷하고
睡足蒼龍半屈伸	충분히 잔 창룡은 반쯤 굴신하네.
百年妖狐住不得[48]	백년 요사한 여우 머물지 못하는데
箇中曾卧謫仙人	그 안에서 일찍이 누운 적선인.

48 [교감기] '百年'은 고본에는 '百歲'로 되어 있다.

【주석】

千年鹿死尙精神 : 『좌전 · 문공文公 17년』에서 "사슴이 죽게 되었을 때에는 그늘진 곳을 가릴 틈이 없다"라고 했다.

左氏, 鹿死不擇音.

睡足蒼龍半屈伸 百年妖狐住不得 : 소식의 「호아虎兒」에서 "눈빛은 백보에서도 요사한 여우를 도망가게 하네. 요사한 여우가 잔꾀를 자랑하지 않으니"라고 했다.

東坡詩, 眼光百步走妖狐, 妖狐莫誇智有餘.

箇中曾卧謫仙人 : 『남사』에서 "회계산에 채씨 성을 지닌 사람이 있었는데, 이름은 알지 못한다. 당시 사람들이 그를 적선이라 불렀다"라고 했다. 이백의 「답호주가섭사마문백시하인」에서 "청련거사 귀양온 신선"이라고 했다.

南史, 會稽山有人姓蔡, 不知名, 時人謂之謫仙. 李白答湖州迦葉司馬問白是何人詩曰, 青蓮居士謫仙人.

18. 동파가 그린 곽공보의 벽상 묵죽에 쓰다

書東坡畫郭功父壁上墨竹[49]

동파가 곽공보와 수창한 시는 동파의 문집에 보인다. 황순의 『연보』에 집에 보관된 산곡 이 시의 진적을 싣고 있다. 그 글에서 "「차운동파선생병간묵죽」은 이 여섯 구에 그친다. 다만 '草木春'은 '草偃風'으로 되어 있고, '一棊'는 '一壺'로, '瓊房'은 '琳房'으로 되어 있다. 아울러 함께 있는 공보의 발문에서 "동파가 우리 집 칠병漆屛의 위에 지었다. 노직의 시를 보면 그와 방불한 것을 알 수 있다'라 했다. 공보는 대개 태평주 사람이니, 태평에서 지은 것을 알 수 있다"라고 했다.

東坡與郭功父唱酬, 見坡集中. 黃㽦年譜戴家藏山谷此詩眞蹟, 題云, 次韻東坡先生屛間墨竹, 止此六句. 惟草木春作草偃風, 一棊作一壺, 瓊房作琳房. 並有功甫跋語云, 東坡作于余家漆屛之上, 觀魯直之詩, 可以見其髣髴矣. 功甫蓋太平州人, 可見在太平作.[50]

郭家髹屛見生竹	곽가의 검붉은 병풍에 생죽이 보이니
惜哉不見人如玉	애석하도다, 옥 같은 사람 볼 수 없음이.
凌厲中原草木春[51]	중원에서 봄날 초목처럼 기세 떨치다가

49 [교감기] '墨竹'은 원래 '黑竹'으로 되어 있었는데, 홍치본과 전본, 그리고 청초본에 의거하여 바로잡았다. 고본에는 시의 제목이 '書郭功父家屛上東坡所作竹'으로 되어 있다.

50 [교감기] '在太平作'은, 살펴보건대 『연보』 권 29에 이 시를 숭녕 원년에 편차하였다.

歲晚一棊終玉局	만년에 바둑 두며 옥국에서 마쳤네.
巨鼇首戴蓬萊山	큰 자라가 머리에 봉래산을 이고 있다가
今在瓊房第幾間[52]	지금은 경방에 얼마나 있었나.

【주석】

郭家髹屛見生竹 : '髹'의 음은 휴로, 옻인데 붉은 색이 많고 검은색이 적다. 『한서』에서 "소양사는 중앙 뜰이 붉고, 전에는 검붉은 옻을 칠했다"라고 했다. 하안何晏의 「경복전부」에서 "붉게 칠한 비단 서까래가 줄지어 있다"라고 했는데, 주에서 "서까래를 붉은 옻으로 장식하였다"라고 했다.

髹, 音休. 漆赤多黑少也. 漢書, 昭陽舍, 中庭彤朱, 而殿上髹漆. 景福殿賦, 列髹彤之繡桷. 注, 桷以髹漆飾之.

惜哉不見人如玉 : '애석하도다[惜哉]'라는 말은 본래 『사기·복불제전』에서 나왔다. 『문선』에 실린 중선 왕찬王粲의 「영사詠史」에서 "애석하다! 텅 비게 되었으니"라고 했다. 두보의 「병귤病橘」에서 "애석하다 열매가 작으니"라고 했으며, 「관설직소보서화벽觀薛稷少保書畫壁」에서 "애석하다! 공명은 저버렸으니"라고 했으며, 「이조팔분소전가李潮八分小篆歌」에서 "아쉽게도 이사와 채옹을 다시 볼 수 없지만"이라고 했으며, 「억

51 [교감기] '草'는 고본에는 '果'로 되어 있다.
52 [교감기] 고본에는 구의 끝 주에서 "이하는 빠져 있다"라고 했다.

금수거지懷錦水居止」에서 "안타깝구나, 경치 좋은 곳이"라고 했다. 소식의 「원공제袁公濟」에서 "애석하도다, 이 맑은 경치가"라고 했으며, 「왕중지시랑王仲至侍郎」에서 "애석하게도 이르지 못함이여"라고 했다. 『후한서 · 서치전』에서 곽림종이 "『시경』에서 이르지 않았는가. 망아지에게 먹이는 싱싱한 풀 한 다발, 그 사람 백옥처럼 아름다운 분이라고"라 했다.

惜哉, 字本史記必不齊傳. 文選王仲宣詩, 惜哉空爾爲. 老杜詩, 惜哉結實小. 惜哉功名忤. 惜哉李蔡不復得. 惜哉形勝地. 東坡, 惜哉此淸景. 惜哉不可致. 後漢徐穉傳, 郭林宗曰, 詩不云乎, 生芻一束, 其人如玉.

凌厲中原草木春 歲晚一棊終玉局 : 살펴보건대 『동파연보』에서 "소성 원년에 정주에서 영주로 폄적되었으며 다시 혜주로 폄적되었으며 또 다시 창화군으로 폄적되었다. 원부 3년에 또다시 영주로 갔다가, 조봉랑과 제거성도부옥국관이 되었다. 건중 정국 원년 5월에 상주에 이르렀다가 7월에 죽었다"라고 했다.

按東坡年譜, 紹聖元年, 自定州貶英州, 再貶惠州, 再謫昌化軍. 元符三年, 移廉州, 又改永州, 復朝奉郎, 提擧成都府玉局觀. 建中靖國元年五月, 至常州, 七月卒.

巨鼇首戴蓬萊山 : 이백의 「회선가」에서 "큰 자라야 삼산을 짊어지고 가지 마라, 내가 봉래산의 정상에 가려하니"라고 했다. 『열자』에서 "귀

허歸墟라는 가운데에 다섯 개의 산이 있는데, 상제가 큰 거북이 열다섯 마리로 하여금 그 산을 지고 있게 해서, 다섯 산이 비로소 높이 솟아 움직이지 않게 되었다. 그런데 용백국龍伯國에 거인이 있어 한 번 낚싯줄을 드리워서 여섯 마리 거북을 낚자, 이에 두 산이 북쪽 끝으로 흘러가버렸다"라고 했다. 좌사의 「오도부」에서 "힘이 굳센 큰 거북이 머리에 영산을 이었다"라고 했다. 『사기 · 봉선서』에서 "위 선왕, 연 소왕부터 사람을 동해로 보내 봉래, 방장, 영주 등을 찾았는데, 이 삼신산은 옛날 해중에 있어서 모든 선인과 불사의 약이 그곳에 있었다"라고 했다. 조식의 「원유편遠遊篇」에서 "신령한 자라가 방장을 이니, 신악은 우뚝 험준하도다. 신선이 그 모퉁이에서 날고, 옥녀가 그 언덕에서 노니누나"라고 했다.

李白懷仙歌, 巨鼇莫戴三山去, 吾欲蓬萊頂上行. 列子, 歸墟中有五山, 帝使巨鼇十五戴之, 五山始峙而不動, 龍伯國之大人, 一鈞連六鼇, 於是二山流於北極. 吳都賦, 巨鼇贔屭, 首冠靈山. 史記封禪書曰, 自威宣燕昭, 使人入海求蓬萊方丈瀛州, 此三神山者, 昔傳在海中, 諸仙人及不死之藥皆在. 曹子建詩, 靈鼇載方丈, 神岳儼嵯峩. 仙人翔其隅, 玉女戲其阿.

今在瓊房第幾間 : 이 말은 동파가 이에 봉래에서 돌아온 것을 이른다.

此言東坡乃歸蓬萊也.

19. 천휴 사중산의 만사

史天休中散挽詞

『연보』에서 "숭녕 계미년에 지었다"라고 했다. 『사씨보계』를 살펴보니, 사리용은 은청광록대부로 아홉 아들을 낳았는데, 두 번째 아들이 상으로 자는 천휴이며 태중대부에 추증되었다. 세 아들은 약, 강, 유이다. 그러므로 광록은 아홉 아들을 두었다는 말을 하였다.

年譜, 崇寧癸未作. 按史氏譜系, 史利用贈銀靑光祿大夫生九男, 第二曰祥, 字天休, 贈太中大夫. 三子約綱維, 故有光祿九男之語.

光祿九男君獨秀[53]	광록의 아홉 아들 중에 그대가 가장 빼어나지
賦名幾與景仁班	명망은 거의 범경인과 나란하네.
淹留州縣看恬默	주현에 지체되어도 편안하게 조용히 지내며
出入風波笑險難[54]	풍파에 드나들어 험난함에도 웃누나.
遺愛蜀中三郡有	촉 중의 세 군에 백성에게 사랑 남기고
退身林下十年閑	숲에 물러나 십 년 한가롭게 지냈네.
山川英氣消磨盡	산천의 영기가 다 사라져
昨日華堂作土山	엊그제 화당이 오늘 토산이 되었구나.

53 [교감기] '君'은 고본에는 '公'으로 되어 있다.
54 [교감기] '風波'는 전본에는 '風流'로 되어 있으며, '險難'은 전본과 건륭본에는 '險艱'으로 되어 있다.

【주석】

光祿九男君獨秀 賦名幾與景仁班 : 범진의 자는 경인으로 촉군공에 봉해졌다.

范鎭字景仁封蜀郡公.

淹留州縣看恬黙 出入風波笑險難 : 『좌전 · 희공 28년』에서 "험난함과 어려움을 실컷 겪었다"라고 했다.

左氏僖公二十八年, 險阻艱難, 備嘗之矣.

遺愛蜀中三郡有 : 『좌전 · 소공 10년』에서 "자산이 죽자, 공자가 듣고서 눈물을 흘리며 "백성들에게 사랑을 끼치신 분이다"라 했다"라고 했다. 소식의 「화심립지和沈立之」에서 "비석에 새겨 백성 사랑을 칭송할 필요 없다네"라고 했다.

左氏昭公十年, 子産卒, 仲尼聞之, 出涕曰古之遺愛也. 東坡詩, 不用鐫碑頌遺愛.

退身林下十年閑 : 『노자』에서 "공을 이루고 명성을 떨치면 몸은 물러나야 하는 것이 하늘의 도이다"라고 했다. 두보의 「미피서남대渼陂西南臺」에서 "물러나려니 어찌 벼슬 기다릴까"라고 했다. 소식의 「증행작贈行作」에서 "문득 낙사를 따라 벼슬을 관두고 떠나, 지금도 한가롭게 20년을 지냈네"라고 했으며, 또한 「차운자유次韻子由」에서 "몇 사람이나

숲에 있는 지 이것이 참된 쉼인데"라고 했다. 승 영철의 「게偈」에서 "서로 만나면 모두들 벼슬 버리고 떠난다고 하지만, 숲에서 어찌 한 사람이라도 보았을까"라고 했다. 백거이의 「증정광상인贈正光上人」에서 "한 번 앉아 십오 년, 숲에서 다시 봄가을을 보내네"라고 했다.

老子曰, 功成名遂身退, 天之道也. 杜詩, 身退豈待官. 東坡詩, 便從洛社休官去, 猶有閒居二十年. 又, 幾人林下是眞休. 僧靈徹詩, 相逢盡道休官去, 林下何曾見一人. 白樂天詩, 一坐十五年, 林下復春秋.

山川英氣消磨盡 昨日華堂作土山 : 조식의 「공후인箜篌引」에서 "화려한 집에서 태어나, 영락하여 산으로 돌아가네"라고 했으니, 산곡은 대개 이러한 뜻을 모방하였다. 『오지·여몽전』에서 "흙과 산을 다스리려면 반드시 세월이 지나야 이뤄진다"라고 했다. 『문선』에 실린 맹양 장재의 「칠애」에서 "예전에 만승의 군주였는데, 지금은 무덤의 흙 되었구나"라고 했다.

曹子建詩, 生存華屋處, 零落歸山丘. 山谷蓋倣此意. 吳志呂蒙傳, 治土山必歷日乃成. 文選張孟陽七哀詩, 昔爲萬乘君, 今作丘山土.

20. 송부인 만사

宋夫人挽詞

『연보』에서 "숭녕 계미년에 지었다"라고 했다.

年譜, 崇寧癸未作.

往歲塗宮暗碧沙[55]	지난 해 관을 칠하고 푸른 깃으로 가렸는데
傾城出祖路人嗟	온 성 사람이 나와 노제하니
	길가는 사람들도 탄식하였네.
松楠峯下遷華寢	송남의 봉우리 아래 화려한 정침 옮기니
雪月光中咽曉笳	눈과 달빛 속에서 새벽 피리에 흐느껴 우네.
有子今爲二千石	아들은 지금 이천 석의 관리로
同州才數兩三家	같은 고을에 겨우 두세 집 뿐이라네.
兒孫滿地厥衣擧[56]	아손들이 묘 주변에 가득 관의 옷을 들었는데
不見歸時桃李華	돌아올 때 도리꽃을 보지 못하네.

【주석】

往歲塗宮暗碧沙 傾城出祖路人嗟 : 『문선』에 실린 자형 손초孫楚의 「정서관속송어척양후작시征西官屬送於陟陽候作」에서 "온 성 사람들 멀리 따라

55 [교감기] '紗'는 원래 잘못 '沙'로 되어 있었는데, 고본에 의거하여 바로잡았다.

56 [교감기] '厥'은 고본에는 '猳'로 되어 있다.

와 출정을 전송하며, 우릴 천리 길에 잔치 베풀어 송별하네"라고 했다. 『시경 · 증민』에서 "중산보가 나가 노제를 지내니"라고 했다. 『전한서 · 임강왕영전』에서 "유영이 강릉의 북문에서 노제를 행하였다"라고 했는데, 안사고는 "조祖란 것은 길을 떠나는 이를 전송하는 제사이다"라고 했다. 사형 육기陸機의 「만가시」에서 "죽고 사는 것은 각각 세상이 다르니, 노제는 응당 때가 있네"라고 했다. 소식의 「만요둔전」에서 "고아한 사람 죽게 되자 길 가는 사람들이 슬퍼하네"라고 했다.

文選孫子荊詩, 傾城遠追送, 餞我千里道. 詩烝民, 仲山甫出祖. 前漢書臨江王榮傳, 榮行祖於江陵北門. 師古曰, 祖者, 送行之祭. 陸士衡挽歌詩, 死生各異倫, 祖載當有時. 東坡挽姚屯田, 高人淪喪路人悲.

松桷峯下遷華寢 : 사혜련의 「칠석」에서 "남은 연정 때문에 화려한 침소를 다시 돌아보고"라고 했다.

謝惠連七夕詩, 留情顧華寢.

雪月光中咽曉笳 : 의산 이상은李商隱의 시에서 "눈과 달빛 서로 어울리니 어찌하리"라고 했다.

李義山詩, 如何雪月光交映.

有子今爲二千石 : 『전한서 · 백관표』에서 "군수는 진나라 벼슬인데 그 고을을 다스림을 맡으며 녹봉은 이천 석이다"라고 했다.

前漢百官表, 郡守, 秦官, 掌治其郡, 秩二千石.

同州才數兩三家 : 두보의 「강반독보심화江畔獨步尋花」에서 "강 깊고 대 고요한 곳에 두세 집"이라고 했으며, 또한 「수함견심水檻遣心」에서 "이 곳에 두세 집"이라고 했다. 한유의 「답장공조答張功曹」에서 "슬피 원숭이 우는 곳에 두세 집"이라고 했다.

老杜詩, 江深竹靜兩三家. 又, 此地兩三家. 退之詩, 哀猿啼處兩三家.

兒孫滿地斂衣擧 : 소강절의 시에 "아손들은 눈에 가득 사랑이 끝이 없네"라고 했다. 『주례 · 사복』에서 "관 속에 넣은 의복이나 모든 의복의 진열이나 서열 등을 모두 관장한다"라고 했다.

邵康節詩, 兒孫滿眼愛無涯. 周禮司服, 斂衣服, 皆掌其陳序.

不見歸時桃李華 : 『한서 · 문제기』에서 "6년 겨울 10월에 도리가 꽃을 피웠다"라고 했다. 소식의 「등충신모만시」에서 "자모의 얼굴은 춘풍과 같은데, 도리가 열매 맺는 걸 보지 못하였네"라고 했다.

漢書文帝紀, 六年冬十月, 桃李華. 東坡鄧忠臣母挽詩, 慈顔如春風, 不見桃李實.

21. 법륜 제공에게 주다

贈法輪齊公

법륜은 즉 남악 구루봉의 용운사이다. 산곡의 「중서법륜고비발」에서 "대명의 본명은 혜원으로 사대선사의 손자이다. 우세남, 이백약, 잠문본 등과 방외의 사귐을 맺었다. 세 사람이 그를 위해 비명을 지었는데, 다행스럽게도 중서랑 잠문본의 글이 겨우 남았다. 또한 일을 처리할 줄 모르는 승려를 위해 석각에 전해주었는데, 글자가 마모되어 거의 읽을 수 없게 되었다. 이에 법륜사 주지 선사 경제가 나를 찾아와서 새길 글을 지어 달라고 하였으며 또한 그 글씨까지 요구하여 새겼다. 선사는 금릉 장산 사람으로 일찍이 방외지사 회당 심공의 집에 찾아가서 나를 동문이라 하였다. 대개 일찍이 왕형공에게 자설을 들었다. 그 사람됨이 통달하고 식견이 뛰어나 우뚝 서려 하는 마음이 있어서 타인들이 그를 업신여기지 못하였다. 그러므로 흔쾌히 그를 위해 글을 써주었다. 법륜사는 진나라 때 세워져 당나라 정관 연간에 이르러 비록 폐해졌지만 다시 세워질 대 용운사로 불리었다. 중간에 금륜사로 명칭이 바뀌었는데 기록한 문장을 찾을 수 없다. 아마도 무후시기에 고쳤을 것이다. 법륜이라 불린 것은 태평흥국 5년에 칙서를 내렸기 때문이다. 숭녕 3년 2월 병인에 수수의 황정견을 쓰다"라고 했다. 이 글을 즉 선주경행으로 좌천되었을 때 지은 것이다.

法輪, 卽南嶽岣嶁峯龍雲寺. 山谷有重書法輪古碑跋云, 大明本名惠遠, 思

大禪師之孫, 與虞世南李百藥岑文本爲方外之友. 三人皆爲作碑銘, 幸岑中書之文僅存. 又爲不解事僧, 傳於石刻, 敗剝之後, 幾不可讀矣. 而法輪寺住持禪師景齊來求予刊定, 且乞書而刊之. 師金陵蔣山中人, 嘗入予方外之師晦堂心公之室, 謂我爲同門. 盖嘗叅字說於王荊公. 其人通達辨識, 欲有所立, 人不能傾也. 故欣然爲之書. 法輪寺, 自晉至唐貞觀中, 雖旣廢, 復興皆號龍雲寺. 中間改號金輪, 而無文記可尋, 意武后時所改耳. 其號法輪, 則太平興國五年敕書也. 崇寧三年二月丙寅, 脩水黃庭堅書. 卽貶宜州經行時也.

法輪法眷有齊公	법륜의 법권에 제공이 있으니
曾探斑斑虎穴中	일찍이 얼룩덜룩한 호랑이 굴을 더듬었네.
不必老夫親到也	반드시 노부가 친히 가지 않아도 되니
自然千里便同風	자연히 천리에서도 문득 같은 생각이리라.

【주석】

法輪法眷有齊公 曾探斑斑虎穴中 : 『한서』에서 "반씨의 선조는 초나라와 동성으로, 영윤 자문의 후손이다. 자문이 처음 태어날 때 몽택에 버려졌다. 호랑이가 젖을 먹여 기우니 초나라 사람이 호반이라 불렀으며 그 자손들이 성씨로 삼았다"라고 했다. 『전한서·반초전』에서 "호랑이 굴을 찾지 않으면 어찌 호랑이 새끼를 얻을까"라고 했다. 『문선』에 실린 조식의 「칠계七啓」에서 "호랑이를 잡아끌어 얼룩무늬를 벗겨냅니다"라고 했는데, 주에서 "斑은 호랑이 무늬이다"라고 했다. 두보의 「기

찬상인」에서 "호혈 위를 오가기도 하고"라고 했으며, 또한 「과벌목課伐木」에서 "호랑이 굴이 마을로 이어지니"라고 했다. 소식의 「왕대년애사」에서 "천리마에서 떨어져 땅에서 내달리며, 호랑이가 나아 얼룩덜룩하네"라고 했다.

漢書, 班氏之先與楚同姓, 令尹子文之後. 子文初生, 棄於夢澤中, 虎乳之, 楚人謂虎斑, 其子以爲號. 東漢班超傳, 不探虎穴, 安得虎子. 文選七啓曰, 拉虎摧斑. 注, 斑, 虎文. 杜少陵寄贊上人詩, 徘徊虎穴上. 又, 虎穴連里閭. 東坡作王大年哀詞曰, 驥墮地走, 虎生而斑.

不必老夫親到也 自然千里便同風 : 『전등록·현사전』에서 설봉이 "군자는 천 리 떨어졌어도 함께 호흡한다"라고 했다. 승려 지신知愼의 「화동파和東坡」에서 "동헌의 장로를 아직 만나지 못하였는데, 이미 황주의 소식 한 통 받았네. 어찌 반드시 눈썹 휘날리며 볼 필요 있으랴, 모름지기 천리에서 같은 생각임을 알 것이라"라고 했다.

傳燈錄玄沙傳, 雪峯曰, 君子千里同風. 東坡詩, 東軒長老未相逢, 已見黃州一信通. 何必揚眉資目擊, 須知千里事同風.

22. 성지에게 주는 글과 시 두 편【인을 함께 싣다】

與成之書並二詩【幷引】[57]

내가 영남으로 폄적되었을 때 길이 형양을 지나는데, 주부군 익양 황성지를 보았다. 종파를 물어보니 사대조가 같은 형이었다. 이에 형수와 아들과 며느리를 불러내서 인사를 시켰다. 아아! 생각건대, 고조부의 형제가 멀지 않은 곳에 있었는데, 고향이 다르고 마을이 달라 60세가 된 이후에 알게 되니 매우 슬프다. 나의 숙부뻘인 익양 형의 부친 회부 시어는 집에서는 효우로 칭송 자자하였고, 조정에 있어서는 충간으로 명성이 나 있었다. 그러나 불행하게도 54살에 조정의 부름을 받고 가다가 길에서 타계하였다. 죽음에 임박하여 스스로 소장을 지어 박원의 일을 극론하였으니, 이른바 죽음에 임해서도 오히려 덕으로 임금에게 간하는 것을 잊지 않는다고 하겠다. 그 자손들은 반드시 번창하여 세상에 빛나는 자가 있을 것이다. 그러므로 이 시를 지어 주었다.

余之竄嶺南, 道出衡陽, 見主簿君益陽黃成之. 問宗派, 乃同四世祖兄也. 於是出嫂氏子婦相見. 喟然念高祖父之兄弟未遠也, 而殊鄕異井, 六十歲然後相識, 亦可悲也. 益陽兄之叔父晦夫侍御,[58] 在家著孝友之譽, 立朝有忠鯁之名, 不幸五十有四被召而歿於道上.[59] 將啓手足, 自力作疏, 極論濮園事, 所謂

57 [교감기] 고본의 시의 제목은 「贈益陽成之主簿幷引」이다.
58 [교감기] '兄' 아래에 원래 '弟'가 잘못 들어갔는데, 고본에 의거하여 삭제하였다.
59 [교감기] '年'자는 원래 없었는데, 고본에 의거하여 보충하였다.

歿猶不忘諫君以德. 其枝葉必將豐茂, 有赫赫於世者, 故作詩遺之.[60]

첫 번째 수其一

兩祖門中種陰德	두 선조가 문중에 음덕을 쌓아
名塞四海世有人	대대로 명성이 사해를 덮을 사람 있네.
諸兒莫斷詩書種[61]	여러 자손들은 시서의 종자를 끊기지 말아
解有無雙聳搢紳	둘도 없는 인재가 나와 벼슬아치를 고용高聳시켜야 하리.

【주석】

兩祖門中種陰德 : 당 헌종은 두 선조의 풍열을 거의 회복하려고 하였다. 『상서』에서 "고요는 힘써 덕을 펼쳤다"라고 했다. 『한서 · 우정국전于定國傳』에서 "우공于公이 "내가 옥사를 하는데 음덕陰德이 많아서, 일찍이 원망하는 자가 없었으니, 자손 중에 틀림없이 크게 출세하는 자가 있을 것이다"라 했다"라고 했다.

唐憲宗欲庶幾二祖風烈. 尙書, 皐陶邁種德. 陰德見前注.

60 [교감기] '遺'는 고본에는 '道'로 되어 있다.

61 [교감기] '詩書'는 원래 '詩禮'로 되어 있었는데, 격률에 맞지 않는다. 고본에 의거하여 교정하였다.

名塞四海世有人　諸兒莫斷詩書種　解有無雙聳搢紳 : 『한서 · 한신전韓信傳』에서 소하蕭何가 "모든 장군은 얻기가 쉬울 따름이지만 한신 같은 경우에 이르러서는 이 나라의 인물 중에 둘도 없습니다"라고 했다. 『후한서 · 황향전』에서 "경사에서 그에 대해 "천하에 견줄 자 없으니 강하의 황향이다"라 노래하였다"라고 했다.

前漢, 蕭何薦韓信, 如信國士無雙. 後漢黃香傳, 京師號曰天下無雙, 江夏黃童.

두 번째 수其二

人間卿相何足道	세상의 경상을 어찌 족히 말하리오
胷次詩書要不忘	가슴의 시서는 모름지기 잊지 말아야 하네.
男兒邂逅起屠釣	남아의 지우는 푸줏간, 낚시터에서 일어나지만
何如林下日月長	숲에 오래 세월을 보내는 것과 어떠하리.

【주석】

人間卿相何足道 胷次詩書要不忘 男兒邂逅起屠釣 : 『시경』에서 "해후하여 서로 만났으니"라고 했다. 두보의 「금석행今夕行」에서 "우연히 지우知友 만났으니 좋은 방도 아닌가"라고 했다. 『당서 · 배도전』에서 "성탕은 이윤을 주방에서 일으켰고, 문왕은 여망을 낚시터에서 일으켰다"라

고 했다. 두보의 「상춘傷春」에서 “많은 어진 이는 푸줏간이나 낚시터에 숨으니”라고 했다.

毛詩, 邂逅相遇. 老杜詩, 邂逅豈卽非良圖. 唐裴度傳, 成湯起伊尹於庖厨, 文王用呂望於屠釣. 杜詩, 賢多隱屠釣.

何如林下日月長 : 두보의 「수자지豎子至」에서 “오래토록 과일을 따 왔으면”이라고 했다.

杜詩, 提攜日月長.

23. 이양공 집에 보관되어 있는 주방이 그린 미인금완도에 제하다

題李亮功家周昉畫美人琴阮圖62

고자면의 시서에서 "용면 이양공의 집에 보관된 주방이 그린 미인금완도에는 궁궐의 부귀한 기상이 있다. 그 곁에는 죽마의 어린아이가 난간 앞의 버들을 꺾으려 했다. 양공은 장사의 수령이었을 때 산곡은 의주로 폄적되었는데 그곳에 들러 여러 날을 감탄하며 사랑하였다. 노란 비단 위에 시 한 수를 크게 썼다. 자면이 뒤미처 화운하였으니, 즉 "단청은 신기로운 재주라, 주랑은 홀로 그것을 겸하였네. 도화는 절세의 미녀라, 참 모습을 더할 수 없네. 그림 속의 여인이 사랑스러우니, 서로 마주하여 누가 손을 놓으랴. 모습을 상상하면 오히려 할 말 있으려니, 비는 무겁고 이내는 버들을 감싸네"라고 하였다. 이 그림은 후에 궁궐로 들어갔다. 호마가 먼지를 일으키니 얼마나 떠돌아다니는가. 시 또한 세상에 전하지 않는데, 나 홀로 옛날에 보고서 그 모습을 아직도 그려볼 수 있다. 내가 병중에 뒤미처 그 시에 화운하여 마땅히 화가로 하여금 자세히 그리게 하리라. 양공은 백시의 아우로, 동파 시에 보인다. 이름인 인이다.

高子勉詩序云, 龍眠李亮功家藏周昉畫美人琴阮圖, 兼有宮禁富貴氣象. 旁

62 [교감기] 원래 '李亮功家' 네 글자가 빠져 있었는데, 고본에 의거하여 보충하였다. 살펴보건대 『연보』 권30에 이 시는 숭녕 원년에 편차되어 있다.

有竹馬小兒, 欲折檻前柳者. 亮功官長沙, 山谷謫宜州, 過之, 嘆愛彌日. 大書一詩於黃素上, 子勉嘗追和曰,[63] 丹青有神藝, 周郎獨能兼. 圖畫絶世人, 眞態不可添. 却憐如畫者, 相與落誰手. 想像猶可言, 雨重烟籠柳. 此畫後歸禁中. 胡馬驚塵, 流落何許, 而詩亦世不傳, 獨僕舊見之, 位置猶可想像. 病中追和其詩, 當令善工細圖之. 亮功, 伯時弟, 見東坡詩中, 名寅.

周昉富貴女	주방의 부귀한 여인
衣飾新舊兼	복식은 새것과 옛것을 겸하였네.
髻重髮根急	비녀는 머리가 깊어 무겁고
粧薄無意添	화장은 옅어 덧칠할 생각 없네.
琴阮相與娛	완금으로 서로 즐기며
聽弦不觀手	활시위 들으며 손은 보지 않네.
敷腴竹馬郎	환하게 웃는 죽마랑은
跨馬欲折柳[64]	말에 걸터앉아 버들을 꺾으려 하네.

【주석】

周昉富貴女 : 『화단』에서 "주방이 미인과 어린 아이들을 그린 그림은 고금에 가장 뛰어나다"라고 했다.

---

63 [교감기] 원래 '子勉嘗追和曰'이란 글자가 빠져 있었는데, 고본에 의거하여 보충하였다.

64 [교감기] '欲'은 고본에는 '要'로 되어 있다.

畫斷云, 周昉畫美人子女, 爲古今冠絶.

衣飾新舊兼 髻重髮根急 : 소식의 「차운소백고次韻蘇伯固」에서 "황국을 가득 머리에 꽂아 비녀가 무거워도 싫어하지 않네"라고 했다.

東坡詩, 髻重不嫌黃菊滿.

粧薄無意添 : 왕안석의 「해당화海棠花」에서 "붉고 아리따운 요염함 넘치는 뺨에 가볍게 화장하여"라고 했다.

紅嫩妖饒臉薄粧, 見王荊公詩.

琴阮相與娛 : 『당서 · 원행충전』에서 "어떤 사람이 오래된 무덤을 발굴하여 동기를 얻었는데 비파와 비슷하여 매우 둥그러웠다. 행충이 "이는 완함이 만든 기구이다"라 하고 나무로 바꿔서 줄을 걸으라고 명하니, 그 소리가 청량하였다. 악부에서 마침내 그것을 완금이라 일렀다"라고 했다.

唐書元行沖傳, 有人破古冢, 得銅器, 似琵琶, 身正圓. 行沖曰, 此阮咸所作器也. 命易以木絃之, 其聲淸亮, 樂部遂謂之阮琴.

聽弦不覩手 敷腴竹馬郎 : 두보의 「견회遣懷」에서 "나를 보고 매우 기뻐하였네"라고 했다.

杜詩, 得我色敷腴.

跨馬欲折柳 : 고악부에 「양류곡」이 있다.

古樂府, 有折楊柳曲.

24. 신중이 멀리서 와서 나를 방문하고 또한 올해의 새 차를 주었다. 또한 신도가 아름다운 시편을 보내주기에 다시 차운하여 신중에게 올리고 아울러 신도에게 편지 삼아 보내다

信中遠來相訪 且致今歲新茗 又枉任道寄佳篇 復次韻呈信中兼簡任道

성도의 범료는 자가 신중이다. 산곡의 『을유가승』에서 "숭정 4년 3월 15일 범료가 나를 찾아와서, 5월 7일 계묘일에 이곳을 떠나 남루에서 묵었는데, 범신중이 함께 하였다. 이 시는 즉 이 해에 지었는데, 당시 산곡은 의주로 폄적되었다.

成都范寥字信中. 山谷乙酉家乘載, 崇寧四年三月十五日, 范寥來相訪, 五月七日癸卯, 自此宿南樓, 范信中同之. 是詩卽此年作, 時貶宜州.

安坐一柱觀	일주관에 편안히 앉아있다가
立遣十年勞	십 년 수고로운 나에게 보냈어라.
玄圭于我厚	검은 규를 두터이 나에게 주려
千里來江皐	천 리 강기슭으로 왔네.
松風轉蟹眼	솔바람에 게 눈은 뒤집히고
乳花明兔毛	포말에 가는 찻잎 또렷하네.
何如浮大白	어찌하면 큰 술잔에 술 따라
一擧醉陶陶	한 번 도도히 취해볼까.

【주석】

安坐一柱觀 : 『저궁구사』에서 “송 임천왕 유의경이 강하왕을 대신하여 강릉을 진무하였다. 나공주에서 누대를 보니 대단히 컸는데, 다만 기둥 하나만 있었다”라고 했다. 『복재만록』에서 인용한 장화의 『박물지』에서 “강릉에 누대가 있어 대단히 큰데, 다만 기둥 하나만 있고 여러 들보들이 모두 이 기둥에 올려져 있다. 그러므로 지방 사람들이 목리관이라 부른다”라고 했다. 양나라 유효작의 「강진기유지린」에서 “일주관을 지나고, 삼휴대를 출입하였네”라고 했다. 두보의 「박송자강정」에서 “일주관이 응당 가까우리”라고 했으며, 또한 「하협」에서 “배를 타고 일주관을 지나면, 잠시 머물러 같이 올라가 구경합시다”라고 했으며, 「송이공조지형주送李功曹之荆州」에서 “외로운 성에는 일주관이 있고, 흐르는 구강으로 해가 지겠지”라고 했으며, 「소사所思」에서 “구강의 해 지면 어디에서 술 깨며, 일주관 위에서 몇 번을 졸았는가”라고 했으며, 「기부영회」에서 “편지는 일주관에 자주 이르고”라고 했으며, 「송제부제주送弟赴齊州」에서 “강은 일주관으로 통하고”라고 했다.

渚宮舊事, 宋臨川王義慶, 代江夏王鎭江陵, 於羅公洲上立觀, 甚大, 而惟一柱. 復齋漫錄載, 張華博物志曰, 江陵有臺, 甚大, 而惟有一柱, 衆梁皆共此柱, 故土人呼爲木履觀. 梁劉孝綽江津寄劉之遴云, 經過一柱觀, 出入三休臺. 杜子美泊松滋江亭詩云, 一柱全應近. 又下峽云, 船經一柱過, 留眼共登臨. 送李功曹之荆州云, 孤城一柱觀, 落日九江流. 又所思云, 九江日落醒何處, 一柱觀頭眠幾回. 夔府詠懷云, 音徽一柱觀. 又送弟赴齊州, 江通一柱觀.

立遺十年勞 玄圭于我厚 : 『서경 · 우공』에서 "우가 검은 규를 폐백으로 올렸다"라고 했다.

書禹貢, 禹錫玄圭.

千里來江皋 : 사령운의 「종유경구從遊京口」에서 "밝은 햇빛에 강기슭이 아름답네"라고 했다. 두보의 「만성漫成」에서 "강기슭은 이미 한봄"이라고 했다.

謝靈運歌, 白日麗江皋. 杜詩, 江皋已仲春.

松風轉蟹眼 : 소식의 「전다」에서 "게의 눈을 이미 지나서 고기 눈이 나오니, 설설 소리가 솔바람 소리와 흡사하구나"라고 했다.

東坡煎茶詩, 蟹眼已過魚眼生, 颼颼欲作松風鳴.

乳花明兔毛 : 조업의 「다시」에서 "푸른 파도에 노을 다리는 부서지고, 향기는 포말에 떠서 퍼져가네"라고 했다. 임화정의 「다茶」에서 "절구에선 푸른빛의 가루들이 날리고, 찻물에선 건계차의 향기 풍겨 나오네"라고 했다. 송경문의 시에서 "사발에선 포말이 고루 떠오르고"라고 했다. 매성유의 「화구」에서 "가는 찻잎과 자줏빛 잔은 서로 어울리고, 맑은 시냇물은 반드시 하막천의 물을 구할 필요 없네"라고 했다. 소식의 「송남병겸사送南屛謙師」에서 "낮 잔에 가는 찻잎 들어 있어 놀라네"라고 했다. 채군모의 「북원시다」에서 "가는 찻잎 붉은 새 다구, 게 눈을

맑은 물에서 끓이네"라고 했다.

曹鄴茶詩, 碧波霞脚碎, 香泛乳花輕. 林和靖詩, 石碾輕飛瑟瑟塵, 乳花烹出建溪春. 宋景文詩, 甌泛乳花勻. 梅聖俞和歐詩, 兔毛紫盞自相稱, 淸泉不必求蝦蟆. 東坡詩, 忽驚午盞兔毛斑. 蔡君謨北苑試茶詩, 兔毫紫甌新, 蟹眼淸泉煮.

何如浮大白 : 유향의 『설원』에서 "위 문후가 대부들과 술을 마실 때 공승불인에게 주법을 시행하게 하면서 "술잔을 단번에 다 마시지 않는 자들에게는 큰 술잔으로 벌주를 내려라"라 명하였다"라고 했다. 소식의 「취성당설聚星堂雪」에서 "대백주에 술을 따라 들고 다니며 감상하고 싶어라"라고 했으며, 또한 「차운목부상서次韻穆父尙書」에서 "반가운 기운이 백 리에 떠서 그대에 이르네"라고 했다.

說苑曰, 魏文侯與大夫飮酒, 使公乘不仁爲觴政, 曰飮不釂者, 浮以大白. 東坡詩, 欲浮大白追余賞. 又云, 喜氣到君浮白里.

一擧醉陶陶 : 백륜 유령劉伶의 「주덕송」에서 "아무 근심걱정 없이 그 즐거움이 넘쳐나, 멍하니 취하고 어슴푸레 깨어났다"라고 했다. 이 시는 대개 「강진임도설중유동고」에 화운한 작품이다.

劉伯倫酒德頌, 無思無慮, 其樂陶陶. 兀然而醉, 恍然而悟. 此詩蓋和江津任道雪中遊東皐韻.

25. 유자옥의 관사에 화운하다. 10수

和柳子玉官舍. 十首

소식의 「파금시」의 인에서 “유근의 자는 자옥으로 시를 잘 지었으며, 행서와 초서를 잘 썼다”라고 했다. 『홍구보시화』에서 “산곡의 부친 이름은 서이며, 자는 아부이다. 시를 잘 지었으니, 그의 「괴석」 절구에서 “산귀와 수괴에 벽려에 들어붙으니, 천록각의 벽사에 이끼는 잠자네. 발을 걸고 앉아서 홀로 중얼거리니, 일찍이 한당 연못 관사에서 왔어라”라 했다. 어떤 이는 이 열 수는 아부가 지었다고 의심하니, 지금 둘 다 기록하여서 산곡의 시구는 가학의 전통을 이은 것을 밝혔으니, 두보가 두심언에게 가학을 이은 것과 같다”라고 했다.

東坡破琴詩引, 柳瑾字子玉, 善作詩及行草. 洪駒父詩話云, 山谷父名庶, 字亞夫, 能詩. 其怪石絶句云, 山鬼水怪著薜荔, 天祿辟邪眠莓苔. 鈎簾坐對心語口, 曾見漢唐池館來. 或疑此十首亞夫作, 今兩存之, 以見山谷詩句得之家傳, 猶杜子美於審言也.

심적당心適堂

一屏一榻無俗塵	병풍 하나 침상 하나에 속진은 없고
左置枯桐右開易	왼쪽에 오동 거문고,
	왼쪽에 『주역』을 펼쳐 놓았네.

重門不閉誰往還	중문을 닫지 않았으니 누가 오가는가
明月淸風是相識	명월과 청풍이 나를 아는 듯.

【주석】

一屛一榻無俗塵 左置枯桐右開易 : 진나라 『혜강집』 서문에서 "손등은 어떤 사람인지 알 수가 없다. 집도 없이 급군의 북산 토굴에 거처하며 자신 마음대로 즐기며 살았다. 여름이면 풀을 엮어 옷을 만들고 겨울에는 머리를 풀어 헤쳐 몸을 덮었다. 『주역』 읽기를 좋아하였으며 일현금을 연주하며 항상 좌우에 두었다"라고 했다. 유종원의 「증오무릉」에서 "붉은 대문은 마른 오동나무에 묶여 있다"라고 했다. 소식의 시에서 "오동나무는 거문고가 되었네"라고 했다. 백거이의 「희노자조喜老自嘲」에서 "『주역』은 보기를 그만두고, 도연명의 거문고는 줄을 달지 않았네"라고 했다. 황보밀의 『고사전』에서 진중자의 처가 이르기를 "오른쪽에 거문고 왼쪽에 서책이 두면 그 사이에 즐거움이 있다"라고 했다. 백거이의 「동정한망東亭閑望」에서 "누가 쓸쓸한 나와 짝이 될까, 무현금이 왼쪽에 있네"라고 했다.

晉嵇康集序, 孫登不知何許人. 無家, 於汲郡北山土窟, 放情自適. 夏則編草爲裳, 冬則披髮自覆. 好讀周易, 鼓一絃琴, 常不離左右. 柳子厚贈吳武陵詩, 朱門絙枯桐. 坡詩, 梧桐得雲和. 白樂天詩, 周易休開卦, 陶琴不上絃. 皇甫謐高士傳, 陳仲子妻謂曰, 左琴右書, 樂在其中矣. 白樂天詩, 誰伴寂寥身, 無絃琴在左.

重門不閉誰往還 : 『주역 · 계사전繫辭傳』에서 "문을 겹으로 설치하고 목탁을 치며 밤에 순찰을 하여 도적에 대비한다"라고 했다. 『한서 · 원섭전』에서 "둥그런 누각에 겹문"이라고 했다. 태충 좌사의 「촉도부」에서 "중문이 활짝 열렸다"라고 했다. 두보의 「팽아행彭衙行」에서 "날 저물 때 떠돌이 맞아들여, 등불 밝혀 중문을 열어주었네"라고 했다. 한유의 시에서 "겹으로 궁궐 문을 닫고"라고 했다. 소식의 「간조看潮」에서 "겹문에 열쇠를 채우지 않고"라고 했다.

周易, 重門擊柝, 以待暴客. 漢書原涉傳, 周閣重門. 左太沖蜀都賦, 重門洞開. 杜少陵詩, 延客已曛黑, 張燈啓重門. 昌黎詩, 重重限禁扃. 東坡詩, 重門休上鑰.

明月淸風是相識 : 『남사』에서 사혜가 이르기를 "나의 방에 들어오는 자는 다만 맑은 바람만 있고 나와 마주하여 술을 마시는 자는 오직 밝은 달을 볼 것이다"라고 했다. 『집선전』에서 인용한 여암呂巖의 「황학루시」에서 "황학루 앞에서 피리를 불 때, 흰마름 붉은 여뀌 강가에 비추네. 애처로운 마음을 하소연하고프나 누가 알랴, 다만 청풍과 명월만 알 뿐"이라고 했다. 관휴의 「고의古意」에서 "이 어찌 그리 청풍은 맑은가, 늠연히 서로 아는 듯하네"라고 했다. 이 구는 즉 한유의 「봉화유급사奉和劉給事」에서 "동문에 열쇠가 없어도 속객은 오지 않네"라는 구의 의미와 같다.

南史, 謝譓曰入吾室者, 但有淸風, 對吾飮者, 惟當明月. 集仙傳, 黃鶴樓詩,

黃鶴樓前吹笛時, 白蘋紅蓼映江湄. 哀情欲訴誰能會, 惟有淸風明月知. 貫休詩, 是何淸風淸, 凜然似相識. 此卽洞門無鎖鑰, 俗客不曾來之意.

사산재思山齋

吳兒心著吳山深	오아의 마음은 오의 깊은 산에 있으니
滿目終南不開慰	눈에 가득한 종남산은 위로하지 못한다네.
有時蟬蛻書几邊	책상 옆에서 매미처럼 허물 벗을 때가 되면
夢到五湖千里外	꿈에 천리 밖 오호에 이르리.

【주석】

吳兒心著吳山深 : 『진서 · 은일전』에서 "가충이 하통에게 「소해창」을 노래하라고 명하였다. 하통이 발로 뱃전을 구르며 청격한 소리를 끌어올리니 바람이 일고 낮인데도 어두워져 여러 사람들이 모두 두려워하였다. 가충이 기녀들로 하여금 금색, 푸른색 옷을 화려하게 차려 입고 배를 세 번 두르게 하였는데도 하통은 들리지 않는 것처럼 하였다. 이에 가충이 "이 사람은 오나라 사람으로 바로 목석 같은 마음을 지닌 사람이다"라 했다"라고 했다. 『풍속통』에서 "남쪽 사람들은 북쪽 사람들을 창부라고 부르고 북쪽 사람들은 남쪽 사람들을 오아라고 부른다"라고 했다. 두보의 「배정광문陪鄭廣文」에서 "물길 아는 오의 젊은이 찾아보네"라고 했다. 이백의 「선방회우禪房懷友」에서 "봄기운이 초의 관문에

서 변하고, 가을 소리는 오나라 산에 떨어지네"라고 했다. 소식의 「법혜사횡취각法惠寺橫翠閣」에서 "아침에 보니 오산이 비껴 있더니, 저녁에 보니 오산이 가로 누웠네"라고 했다.

晉書隱逸傳, 賈充令夏統歌小海唱. 統以足扣船, 引聲淸激, 風起晝冥, 衆皆恐. 充令妓女盛服金翠, 繞其船三匝, 統若無所聞. 充曰此吳兒是木人石心也. 風俗通, 南人謂北人爲傖父, 北人謂南人爲吳兒. 杜詩, 解水乞吳兒. 李太白詩, 春氣變楚關, 秋聲落吳山. 東坡詩, 朝見吳山橫, 暮見吳山從.

滿目終南不開慰 : 『시경 · 종남』에서 "종남산에 무엇이 있나, 가래나도 있고 매화나무도 있네"라고 했는데, 모장이 "종남은 주나라의 명산인 중남이다. 장안의 남쪽에 있으니 달리 태일산이다"라고 했다. 『지리지』에서 "부풍 무력현의 동쪽에 큰 산이 있는데, 고문에는 종남이라 하였다"라고 했다. 『오경요의』에서 "종남산은 장안의 남산이다. 일명 태일산이라 한다"라고 했다. 『한서』에서 "태일산은 고문에 중남산이라 하였다"라고 했다. 반악의 「관중기」에서 "그 산을 달리 중남이라 하니, 즉 하늘 가운데 있고 도성의 남쪽에 있기 때문에 중남이라 한다"라고 했다. 반고의 「서도부」에서 "태화산과 종남산으로써 표지標識를 삼으며, 황하黃河와 경수涇水 · 위수渭水 등 하천으로써 둘러싸여 있네"라고 했다. 두보의 「미피서남대渼陂西南臺」에서 "종남산의 푸른빛이 물에 어른거리고"라고 했으며, 또한 「남경정백중승覽鏡呈柏中丞」에서 "종남산은 태양 옆에 있네"라고 했다.

毛詩, 終南何有, 有條有梅. 毛萇曰, 終南, 周之名山中南也. 在長安之南, 一名太一. 地理志, 扶風武功縣東有大山, 古文以爲終南. 五經要義云, 終南山, 長安南山也. 一名太一. 漢書曰, 太一山, 古文以爲中南山. 潘岳關中記曰, 其山一名中南, 言在天之中, 都之南故曰中南. 西都賦, 表以太華中南之山, 帶以洪河涇渭之川. 杜詩, 錯磨終南翠. 又云, 終南在日邊.

有時蟬蛻書几邊 : 『사기 · 굴원전』에서 "더럽고 탁한 중에서 매미가 허물을 벗듯이"라고 했다. 『회남자 · 설림훈說林訓』에서 "매미는 마시기만 하고 먹지는 않지만, 30일 만에 허물을 벗는다"라고 했다. 맹견 반고의 「유통부」에서 "남풍이 불 때에 고향을 떠나와서"라고 했다. 평자 장형의 「사현부」에서 "가볍게 신선인 양 환골탈태 이루어서"라고 했다. 하후담의 「동방삭화상찬」에서 "매미가 허물을 벗듯 용이 변하듯, 세속을 버리고 신선으로 날아갔다"라고 했다. 『후한서 · 일민전론』에서 "더러운 세속에서 매미가 허물을 벗듯"이라고 했다.

史記屈原傳曰, 蟬蛻於濁穢. 淮南子, 蟬飮而不食, 三十日而蛻. 班孟堅幽通賦, 飄凱風而蟬蛻兮. 張平子思玄賦, 欻神化而蟬蛻兮. 夏侯湛東方朔畫像贊曰, 蟬蛻龍變, 棄俗登仙. 後漢逸民傳論曰, 蟬蛻於囂埃之中.

夢到五湖千里外 : 이백의 「강하증위빙江夏贈韋冰」에서 "서쪽으로 벗을 생각하지만 보지 못하고, 동풍이 꿈에 불어와 장안에 이르네"라고 했다. 백거이의 「기행간시」에서 "목 마른 사람은 꿈에서 걸핏하면 물을

마시고, 굶주린 사람은 걸핏하면 꿈에서 식사하네. 봄이 오니 어디를 꿈꾸는가, 눈을 감고 동천에 이르네"라고 했다. 이 구절은 대개 이 시의 뜻을 모방하였다. 또한 소식의 「차운전목보次韻錢穆父」에서 "강호는 꿈에서 찾아오고"라고 했다. 『공자가어』에서 공자가 "술동이와 도마 사이에서 벗어나지도 않고 천리 밖에 있는 적을 꺾어버렸으니, 안자晏子를 이르는 말이다"라고 했다. 명원 포조의 「무성부」에서 "다만 천리 밖을 바라보니, 다만 누런 먼지가 이는 것만 보이누나"라고 했다. 이 시는 즉 자옥이 호산의 흥취가 농밀하지만 벼슬 생각에 얽매어 있음을 말한다.

李太白詩, 西憶故人不可見, 東風吹夢到長安. 白樂天寄行簡詩云, 渴人多夢飮, 飢人多夢餐. 春來夢何處, 合眼到東川. 此盖倣其意也. 又東坡詩云, 江湖來夢寐. 家語, 孔子曰折衝千里之外. 鮑明遠蕪城賦, 直視千里外, 惟見起黃埃. 是詩言子玉湖山之興濃, 宦遊之念薄也.

소지小池

淸泉數斛關幽事	두어 곡의 맑은 시내는 그윽한 감상과 관계되니
坐見鏡中魚往來	앉아서 거울을 보니 물고기가 오가누나.
浮萍蝕盡秋月面	부평초는 물에 비친 가을 달을 잠식하고
霜爲一磨如匣開	서리는 갑을 연 듯 한 번 못을 갈았네.

【주석】

淸泉數斛關幽事 : 자안 성공수成公綏의 「소부」에서 "너럭바위에 앉고 맑은 시내에서 양치질하네"라고 했다. 두보의 「동둔모옥東屯茅屋」에서 "나 또한 맑은 시내로 못을 만드누나"라고 했다. 한유의 「용이龍移」에서 "맑은 샘 백 길이 흙으로 변했어라"라고 했다. 구양수의 「진사晉祠」에서 "잠시 백발 비춰보려 맑은 샘에 다가가네"라고 했다. 『포박자』에서 "갈치천은 임사현의 유료씨를 조상으로 삼았는데, 나이가 백 살이다. 운정의 물이 붉으니, 갈치전이 우물을 준설하여 단사 두어 곡을 얻었다"라고 했다. 두보의 「조기早起」에서 "해야 할 일이 자못 많아서라네"라고 했으며, 「병적屛跡」에서 "그윽한 경치는 은거에 어울리네"라고 했으며, 「진주잡시秦州雜詩」에서 "아름다운 경치 대단히 많은데"라고 했다.

成公子安嘯賦, 坐盤石, 漱淸泉. 杜詩, 吾亦沼淸泉. 韓文公詩, 淸泉百丈化爲土. 歐陽公詩, 暫照白髮臨淸泉. 抱朴子, 葛稚川祖爲臨沮縣有廖氏, 世年百歲, 云井水色赤, 葛濬井得丹砂數斛. 唐杜甫詩, 幽事頗相關. 又, 幽事供高卧, 稠疊多幽事.

坐見鏡中魚往來 : 운경 심전기沈佺期의 「조간釣竿」에서 "사람은 천상에 앉아 있는 듯, 물고기는 거울에 매달린 듯"이라고 했다. 소식의 「차운춘사次韻春思」에서 "새는 떨어지고 물고기는 거울에 뛰네"라고 했다.

沈雲卿詩, 人疑天上坐, 魚似鏡中懸. 東坡詩, 鳥落魚動鏡.

浮萍蝕盡秋月面 : 『논어』에서 "군자의 허물은 해와 달이 먹힌 것과 같다"라고 했다. 구양수의 「오대사시」에서 "중니는 해와 달이라, 일월식이 이미 다 했구나"라고 했다. 한산자의 시에서 "내 마음은 가을 달과 같고, 푸른 못은 맑아 깨끗하구나"라고 했다.

論語曰, 君子之過也, 如日月之食焉. 歐陽公五代史詩, 仲尼日月也, 薄蝕爲之旣. 寒山子詩, 吾心似秋月, 碧潭淸皎潔.

霜爲一磨如匣開 : 유신의 「경」에서 "옥갑의 거울을 에오라지 열어보네"라고 했다. 두보의 「월月」에서 "먼지 묻은 화장함을 방금 열고 나온 듯"이라고 했다. 이 구의 뜻은 마음 씀씀이가 이미 굳세고 결단하여 이욕에 가리지 않음을 말한다.

庾信鏡詩, 玉匣聊開鏡. 杜少陵詩, 塵匣元開鏡. 意謂用心旣剛斷, 不爲利欲所蔽.

신천新泉

牆根新冽寒泉眼	담장 밑의 맑고 시원한 새 샘
風廊一股來泠泠	풍랑의 한 끝에 바람이 시원하게 불어오네.
燈花夜半知我喜	한밤중의 등잔불에 나는 기쁘니
恰是舊花穿石聲	흡사 옛날 꽃이 바위 뚫는 소리 같구나.

【주석】

牆根新冽寒泉眼 : 한유의 「증최립지贈崔立之」에서 "담장 밑의 국화에 술을 사와야지"라고 했다. 『주역 · 정괘』에서 "우물이 시원하여 한천을 먹도다"라고 했다. 『시경 · 개풍』에서 "맑고 시원한 샘물이 준읍 아래 있다네"라고 했다. 태충 좌사의 「초은시招隱詩」에서 "앞에는 찬 샘물이 나오는 우물, 애오라지 심신을 맑게 해 주고"라고 했다. 이백의 「고숙姑孰」에서 "돌담에 이끼는 차갑고, 차가운 시내에 외론 달이 고요하네"라고 했다. 두보는 「태평사천안」이란 시를 지었다. 소식은 「별자유別子由」에서 "또 들으니 구산에 좋은 솟는 샘이 있다 하네"라고 했다.

韓詩, 牆根菊花好沽酒. 周易井卦, 井冽寒泉食. 毛詩凱風, 爰有寒泉, 在浚之下. 左太沖詩, 前有寒泉井, 聊可瑩心神. 李白詩, 石甃冷蒼苔, 寒泉湛孤月. 杜少陵有太平寺泉眼詩. 東坡詩, 又聞緱山好泉眼.

風廊一股來泠泠 : 한유韓愈의 「송후참모부하중막送侯參謀赴河中幕」에서 "풍랑에서는 담승을 굴복시키네"라고 했다. 『장자 · 소요유』에서 "열자가 바람을 타니 시원하니 좋았다"라고 했다. 『초사 · 칠간』에서 "아래는 서늘하여 바람이 불어오네"라고 했다. 두보의 「이이원외寄李員外」에서 "시원한 바람이 항상 불어오리"라고 했다. 소식의 「부용성」에서 "차가운 이불에 텅 빈 휘장에 바람은 서늘하네"라고 했다.

昌黎詩, 風廊折談僧. 莊子, 列子御風而行, 泠然善也. 楚詞七諫, 下泠泠而來風. 老杜詩, 泠泠風有餘. 東坡, 寒衾虛幌風泠泠. 見芙蓉城詩.

燈花夜半知我喜 : 두보의 「독작성시獨酌成詩」에서 "등불의 불똥이 어찌 그리 반가운가"라고 했다.

杜少陵詩, 燈花何太喜.

恰是舊花穿石聲 : 『전한서 · 매승전』에서 "태산의 낙숫물이 바위를 뚫는다"라고 했다.

西漢書枚乘傳, 太山之霤穿石.

죽오竹塢

筍隨人意疎處生	죽순이 사람 뜻을 따라 성글게 자라니
淸風如歸自來去	청풍이 잎을 쓸 듯 절로 오가네.
雖然不與俗子期	그러나 세속 사람과 기약하지 않으니
陰過鄰家亦銷暑[65]	그늘로 이웃 지나매 또한 더위가 사라지네.

【주석】

筍隨人意疎處生 淸風如歸自來去 : 왕안석이 벽 사이에 절구 한 수를 썼으니, 즉 "대숲 바위에 기대 띠집을 엮으니, 대가지 성근 곳으로 앞마을 보이네. 하루종일 빈둥대도 찾아오는 사람 없고, 절로 청풍이 불어와 문을 쓰누나"라고 했으니, 대개 승려 현중의 시이다. 『시경 · 증

65 [교감기] 건륭본의 원교에서 "'亦'은 달리 '一'로 된 본도 있다"라고 했다.

민』에서 "길보가 송시를 지으니, 화기롭기가 맑은 바람과 같다"라고 했다. 하소의 시에서 "온화하기가 청풍을 쐬는 것 같다"라고 했다. 『좌전·민공 2년』에서 "희공 원년에 제 환공이 형국을 이의로 옮기고, 희공 2년에 위국을 초구에 봉하였는데, 형인들은 자기들의 본국으로 돌아가듯이 기뻐하였고, 위인들은 자기들의 나라가 멸망된 것을 잊었다"라고 했다. 시정흠의 「황학루」에서 "백운이 황학루를 절로 오가네"라고 했다.

王荊公書一絶於壁間云, 竹裏編茅倚石根, 竹莖疎處見前村. 閒眠盡日無人到, 自有清風爲掃門. 盖僧顯中詩也. 毛詩烝民, 吉甫作頌, 穆如清風. 何邵詩, 穆若洒清風. 左傳閔公二年, 僖之元年, 齊桓公遷邢于夷儀, 二年, 封衛于楚丘, 邢遷如歸, 衛國忘亡. 時定欽詩, 白雲黃鶴自來去.

雖然不與俗子期 陰過鄰家亦銷暑 : 두보의 「엄정공댁동영죽嚴鄭公宅同詠竹」에서 "푸른 빛이 책에 비치는 저녁에, 그늘 지나는 술동이는 시원하네"라고 했다. 소식의 「차운자유次韻子由」에서 "샘물은 서쪽 이웃과 나누고, 죽음은 동쪽 집에서 빌리네"라고 했다. 이 구는 대개 대숲 그늘이 더위를 막는 것을 빌려 자옥의 선정에 비유하였으니, 그가 속세의 더러운 관리가 아님을 말하고 있다.

杜詩, 色侵書帙晚, 陰過酒樽涼. 東坡詩, 泉水分西鄰, 竹陰借東家. 盖借竹陰銷暑, 以喻子玉之善政, 謂其非俗吏伍也.

토탑土榻[66]

榻前鼓吹蛙一部	평상 앞에 시끄럽게 우짖는 개구리 한 무리
榻上古木吟風雨	평상 위의 고목은 비바람에 우네.
客來相倚竹根眠	객이 와서 대 뿌리에 기대자니
免令不解陳登去	진등의 무시는 받지 않고 떠나누나.

【주석】

榻前鼓吹蛙一部 : 『남사 · 공규전孔珪傳』에서 "문정門庭의 잡초를 제거하지 않아 그 안에서 개구리들이 울어대는데, 공규는 "나는 이 개구리의 울음소리를 양부兩部[67]의 음악 연주로 삼겠다"고 했다"라고 했다.

南史孔珪傳, 門庭內草萊不剪, 中有蛙鳴曰, 我以此當兩部鼓吹.

榻上古木吟風雨 : 두보의 「당성堂成」에서 "해를 가린 오리나무 숲의 바람에 우는 잎"이라고 했다. 소식의 「유이암游二庵」에서 "큰 소나무 바람에 울어 저물녘 가랑비 내릴 때"라고 했으며, 「병생瓶笙」에서 "외론 소나무 바람에 울어 맑은 소리 들리네"라고 했다.

杜少陵詩, 榿林礙日吟風葉. 東坡詩, 長松吟風晚雨細. 及, 孤松吟風細泠泠.

---

66 [교감기] '土榻'은 원래 '土塌'으로 되어 있었다. 지금 건륭본과 청초본을 따랐다. 시 안의 '榻'자도 또한 건륭본과 청초본을 따라 고쳤다.

67 양부(兩部) : 본디 입부(立部)와 좌부(坐部) 양부로 나누어 연주하는 악기 연주를 말한다. 여기에서는 곧 개구리의 울음소리를 양부의 음악 연주에 비유한 것이다.

客來相倚竹根眠 : 두보의 「소년행少年行」에서 "은술잔 기울이고 옥술잔 기울여 사람의 눈 놀라게 하지만, 취하여 대나무 아래 쓰러져 눕는 것은 결국 마찬가지라네"라고 했다. 소식의 「도조운悼朝雲」에서 "대나무 아래 돌아와 누우니 원근이 없구나"라고 했다.

杜少陵詩, 傾銀注瓦驚人眼, 共醉終同卧竹根. 東坡詩, 歸卧竹根無遠近.

免令不解陳登去 : 『위지 · 여포전』에서 "진등이란 자는 자가 원룡으로 39살에 죽었다. 그 뒤 허사許汜와 유비가 형주목 유표劉表와 함께 자리했는데, 유표는 유비와 함께 천하 사람들에 관해 논했다. 허사가 "진원룡은 강호의 선비이나 오만한 기풍[豪氣]을 없애지 못했습니다"라 하였다. 유비가 유표에게 "허군許君의 견해가 옳습니까, 아니면 그릅니까"라 하자, 유표가 "그르다고 하자니 이 사람이 빼어난 선비라 의당 허언은 하지 않았을 터이고, 옳다고 하자니 원룡의 명성이 천하에 두텁구려"라 대답하였다. 유비가 허사에게 "그대가 호豪라고 말했는데 무슨 일이 있었습니까"라 묻자, 허사가 "예전 전란을 만나 하비를 지나가다 원룡을 만났소. 원룡은 주인과 빈객의 예의도 없었으니, 오랫동안 아무런 말도 없이 자신은 큰 침상에 누워있고 빈객인 나는 침상 아래에 눕게 했소"라 대답하였다. 유비가 "그대는 국사國士라는 명성을 지니고 있소. 지금 천하에 대란이 일어 제왕이 그 거처를 잃었으니, 그대는 집안일을 잊고 나라를 걱정하며 세상을 구할 뜻을 품어야 마땅하나, 밭을 구하고 집을 사러 다니기만 할 뿐 채택할 만한 견해조차 없으니 이

때문에 원룡이 그대를 꺼린 것이오. 무슨 까닭으로 그대와 대화하겠소? 나 같았으면 백척 누각 위에 누운 채 그대는 땅위에 눕혀 놓았을 것이오. 어찌 다만 상牀 위와 아래의 차이 뿐이었겠소"라 하였다"라고 했다.

三國志, 陳登, 字元龍, 在廣陵有威名. 卒後, 許汜與劉備並在荊州牧劉表坐, 共論天下人. 汜曰陳元龍, 湖海之士, 豪氣不除. 昔遭亂過下邳, 見元龍, 元龍無客主之意, 久不相與語. 自上大牀臥, 使客臥下床. 劉備曰君有國士之名, 今天下大亂, 帝王失所, 宜憂國忘家, 有救世之意. 乃求田問舍, 言無可采, 是元龍所諱也. 何緣當與君語. 如我, 自臥百尺樓上, 臥君于地, 何但上下牀之間耶.

괴석怪石

山阿有人着薜荔	산언덕에 벽려 입은 사람 있고
庭下縛虎眠莓苔	뜰에 묶인 호랑이는 이끼 위에서 자네.
手磨心語知許事	손으로 쓰다듬으며 무얼 닮았나 중얼거리는데
曾見漢唐池館來	일찍이 한당의 연못 관사에서 왔는가.

【주석】

山阿有人着薜荔 : 『초사 · 산귀山鬼』에서 "산언덕에 사람이 있어, 벽려의를 걸치고 담장이를 띠었네"라고 했으며, 또한 「이소離騷」에서 "벽려

의 떨어진 꽃술 꿰어 몸에 두르네"라고 했는데, 주에서 "벽려는 향초로, 나무를 타고 자란다"라고 했다. 혜강의 「유분시幽憤詩」에서 "산언덕에서 고사리를 캐고 바위산에서 산발하며"라고 했다.[68] 사령운의 「계행溪行」에서 "생각하건대 산언덕의 사람, 벽려 입은 모습이 눈에 선하네"라고 했다. 유종원의 「등유주성루登柳州城樓」에서 "거센 비가 줄사철나무 덮인 성벽에 비껴 내리친다"라고 했다.

楚詞, 若有人兮山之阿, 披薜荔兮帶女蘿. 又, 貫薜荔之落蘂. 注, 薜荔, 香草, 緣木而生. 文選嵇康叔夜養生論, 采薇山阿, 散髮巖岫. 謝靈運詩, 想見山阿人, 薜荔若在眼. 柳子厚詩, 密雨斜侵薜荔牆.

庭下縛虎眠莓苔 : 소식의 「제왕진경화題王晉卿畵」에서 "못난 바위에 반쯤 웅크린 산 아래의 호랑이"라고 했다. 해태는 풀 이름이다. 손작孫綽의 「천태부」에서 "이끼 낀 미끄러운 돌을 밟고"라고 했다. 유종원의 「석문정사石門精舍」에서 "이끼는 표해 놓은 패에 끼고"라고 했으며, 또한 「신식해석류新植海石榴」에서 "이끼는 옥 같은 꽃에 끼고"라고 했다.

東坡詩, 醜石半蹲山下虎. 莓苔, 草名. 天台賦, 踐莓苔之滑石. 柳子厚詩, 莓苔侵標榜. 又, 莓苔揷瓊英.

手磨心語知許事 : 한유의 「정군증점鄭郡贈簟」에서 "손으로 닦고 소매로 훔치며 혼자 중얼거리는데, 보드란 살 땀 많은 내게 대자리 잘 어울리

68 출전이 『문선』에 실린 「양생론」이라고 하였으나, 이는 오류이다.

네"라고 했다. 『남사』에서 "왕융이 일찍이 심소략을 만났다. 소략이 주인에게 이르기를 "주인은 어찌 그리 나이가 젊소"라 하자, 왕융은 자못 불쾌하여 "나는 부상에서 나와 양곡에 들어가면서 천하를 밝게 비추거늘, 누가 모른다고 하는 소리를 듣고 경은 이런 질문을 하는가"라 하였다. 소략이 "그런 것은 잘 모르겠고, 대합이나 먹자"라 했다"라고 했다.

韓詩, 手磨袖拂心語口, 慢膚多汗眞相宜. 南史, 王融嘗遇沈昭畧, 昭畧謂主人是何年少. 融殊不平, 昭畧曰不知許事.

曾見漢唐池館來 : 이 구는 즉 괴석이 오랜 세월을 겪은 것을 이른다. 단백 증조가 이르기를 ""산귀와 수괴에 벽려에 들어붙으니, 천록각의 벽사에 이끼는 잠자네"라는 구절은 일찍이 노직이 손수 쓴 편지에 보인다. 즉 "산언덕에 벽려 입은 사람 있고, 뜰에 묶인 호랑이는 이끼 위에서 자네. 발을 걸고 앉아서 홀로 중얼거리니, 일찍이 한당 연못 관사에서 왔는가"라 하였다. 두 본이 서로 같지 않으니, 어떤 것이 맞는 지 알 수가 없다"라고 했다.

此言怪石閱世多也. 曾慥端伯云, 世傳山鬼水怪著薜荔, 天祿辟邪眠莓苔. 此句嘗見魯直手書, 云山阿有人著薜荔, 庭下縛虎眠莓苔. 鉤簾坐對心語口, 曾見漢唐池館來. 兩本互有不同, 未知孰是.

회향茴香

鄰家爭插紅紫歸	이웃집에서 다투어 붉은 꽃을 꽂고 돌아오는데
詩人獨行齅芳草	시인 홀로 걸으며 꽃냄새 맡누나.
叢邊幽蠹更不凡	떨기 옆 숨은 좀벌레는 더욱 평범하지 않으니
蝴蝶紛紛逐花老	호접은 어지러이 꽃을 좇누나.

【주석】

鄰家爭插紅紫歸 詩人獨行齅芳草 : 한유의 「고한苦寒」에서 "추운 날씨에 코로 냄새를 맡을 수 없네"라고 했다. 반고의 「서도부」에서 "무창한 나무 그늘을 이루고, 방초는 둑방을 덮었네"라고 했다.

韓詩, 氣寒鼻莫齅. 西都賦, 茂樹蔭蔚, 芳草被隄.

叢邊幽蠹更不凡 : 한유의 「성남연구城南聯句」에서 "숨어 있던 좀 벌레가 책시렁에서 떨어지네"라고 했다.

韓詩, 幽蠹落書棚.

蝴蝶紛紛逐花老 : 『장자』에서 "옛날 장주가 꿈에 나비가 되어 훨훨 날아다녔다. 갑자기 꿈을 깨고 보니, 자신이 분명 장주였다. 장주의 꿈속에서 장주가 나비가 된 것인지, 나비의 꿈속에서 나비가 장주가 된 것인지 알지 못했다"라고 했다.

蝴蝶字見莊子.

밀봉蜜蜂

秋成想見香租入	추수가 이뤄지니 향그런 곡식을 들여왔을 것이고
菊露楓膠蜜幾脾	국화의 이슬, 단풍나무 진에 꿀은 벌통에 가득하네.
日日山童掃紅葉	나날이 산동이 홍엽을 쓰는데
蜂衙知是主人歸	벌의 윙윙대니 주인이 돌아오는구나.

【주석】

秋成想見香租入 : 『서경 · 요전』에서 "추수를 고르게 다스리게 한다"라고 했는데, 공안국은 "추秋는 서방으로 만물이 이뤄지는 것이다"라고 했다. 두보의 「관엄공민강타강화觀嚴公岷山沱江畫」에서 "현포 너머의 가을 성"라고 했다.

堯典, 平秩西成. 孔安國曰, 秋, 西方, 萬物成也. 老杜詩, 秋城玄圃外.

菊露楓膠蜜幾脾 : 의산 이상은李商隱의 「유지사」에서 "꽃송이와 벌집에는, 수벌과 암나비가 사네. 같은 시대에 살면서 같은 종류가 아니니, 어찌 또다시 서로 그리워할까"라고 했다. 구양수의 「모춘서사暮春書事」

에서 "나무 그늘이 막 합해질 때 햇무리에 이끼가 일고, 꽃술이 새로 피자 꿀이 벌집에 가득하네"라고 했다. 소식의 「목란화木蘭花」에서 "벌집에 꿀이 가득하니 황봉이 고요하네"라고 했다.

李義山柳枝詞, 花房與蜜脾, 蜂雄蛺蝶雌. 同時不同類, 那復更相思. 歐詩, 樹陰初合苔生暈, 花檗新成蜜滿脾. 東坡詩, 蜜脾已滿黃蜂靜.

日日山童掃紅葉 蜂衙知是主人歸 : 『비아』에서 "여왕벌을 양쪽에서 감싸면 바닷물이 불어날 징조이다"라고 했다. 전조도의 「촌거村居」에서 "노란 벌이 여왕벌을 호위하고 물러나면 바다에 조수가 밀려들고, 흰 개미가 한창 싸우면 산에 비가 온다"라고 했다.

埤雅, 蜂有兩衙應潮. 錢昭度詩, 黃蜂衙退海潮上, 白蟻戰酣山雨來.

파초芭蕉

有底春風能好事	저 봄바람이 능히 일 벌이기 좋아하니
解持刀尺剪靑天	칼과 자를 지니고 푸른 하늘을 자를 수 있네.
知君新得草書法	그대 새로 초서법을 얻었으리니
旋卷碧雲供小牋	푸른 구름을 말아 작은 종이로 만들리라.

【주석】

有底春風能好事 解持刀尺剪靑天 : 장형의 「촉루부」에서 "나는 벌이 햇

살에 뛰니, 자와 칼을 잡네"라고 했다. 고시에서 "뛰어난 장인이 칼과 자를 잡네"라고 했다. 두보의 「추흥秋興」에서 "겨울 옷 마련에 곳곳마다 가위 소리 분주하고"라고 했다. 유우석의 시에서 "선인의 옷을 만드느라 칼과 자가 분주하네"라고 했다. 소식의 「청사기노기주靑絲寄魯冀州」에서 "봉투를 마감할 때 감히 마름질하는 것을 잊지 않으며, 칼과 자는 절로 재능을 지닌 미인이 있네"라고 했다.

張衡髑髏賦, 飛蜂躍景, 秉尺持刀. 古詩, 良工秉刀尺. 老杜詩, 寒衣處處催刀尺. 劉禹錫詩, 仙人衣裳催刀尺. 東坡詩, 封題不敢妄裁剪, 刀尺自有佳人能.

知君新得草書法 旋卷碧雲供小牋 : 『법서원』에서 인용한 육우가 지은 「회소전」에서 "가난해서 편지를 보낼 종이가 없어서 항상 고향의 파초 만여 그루를 심어 종이 대용으로 사용하였다"라고 했다. 의산 이상은의 「교아驕兒」에서 "파초잎은 종이처럼 비스듬히 말고, 목련 꽃 봉오리는 붓처럼 스치는 낮네"라고 했다. 이에서 동파가 말한 "자옥은 초서를 잘하네"라는 말을 더욱 믿을 수 있음을 볼 수 있다.

法書苑, 陸羽作懷素傳曰, 貧無紙可書, 常於故里種芭蕉萬餘株, 以供揮灑. 李義山詩, 芭蕉斜卷牋, 辛夷低過筆. 於此可見, 東坡謂子玉善草書, 尤信.

양수경 「산곡시집주」 발문

楊守敬跋山谷詩集注

앞쪽에 실려 있는 『산곡내집시山谷內集詩』 20권은 임연任淵이 주를 달았고, 『외집시外集詩』 17권은 사용史容이 주를 달았고, 『별집시別集詩』 2권은 사온史溫이 주를 달았다. 『내집內集』은 일본日本에서 옛날에 송본宋本을 번조翻雕한 것으로【지금 일본에서도 또한 보기 드물다】. 앞에 임연의 서序와 파양鄱陽 허윤許尹의 서문序文이 있다. 대개 『진후산시주서陳后山詩注序』와 합한 본이다. 끝에는 소정紹定 임진년壬辰年 산곡 손자 황부黃埒의 발문跋文이 있으니 【이 발문은 여러 본에는 모두 없다】. 촉본蜀本을 연평延平에서 중간한 것으로 칭하고 있다. 또한 "「게적도憩寂圖」 두 수는 구본舊本에 겨우 그 제목만 있는데, 가장본家藏本을 참고하여 마침내 온전한 책을 만들었다"라고 하였다.

지금 살펴보건대 9권 마지막에 이 시가 있는데, 주에서 "임연의 옛 주에서 "원래 이 시는 없고 다만 그 제목만 있었다"라고 했는데, 지금 양씨楊氏의 『보주補注』에 의거하여 집어넣는다"라고 하였다. 그러나 옹본翁本의 목록에는 「제백시화송題伯時畫松」의 뒤쪽에 차서次序하였는데, 9권에 또한 이 시가 없다. 그렇다면 황부가 말한 "촉본에 제목만 있고 시는 없다"라는 말이 분명하다.

고찰해보건대, 가정嘉靖에 편찬한 전집全集에 이 시가 있으며, 옹본에는 빠져 있는데도 아무런 설명이 없으니 어째서 그런가. 다만 이 본에

서 말한 양씨의 『보주』는 어떤 사람인지 정확하지 않은데, 송나라 저록著錄에는 모두 이것이 없다. 그 『외집』과 『별집』은 즉 조선 활자본의 행관行款과는 조금 다르니, 그렇다면 송나라 황제들은 모두 공격公格이 없으므로 또한 송본에서 근본하였다.

지금 제5권 「찬자시운粲字詩韻」과 제7권 「증장중모시贈張仲謀詩」를 교정해보니, 옹각에는 모두 탈문脫文이 있다. 세 문집의 주를 통틀어 교정해보니, 옹본의 오자는 이루 다 헤아릴 수 없을 정도이니, 참으로 담계覃溪가 얻은 전초본傳鈔本으로 말미암을 것으로 비록 교정하여 분명하게 교정하였더라도 송과는 참으로 같이 놓고 말할 수 없다. 여공사黎公使가 『산곡집』 송각宋刻이 오래 끊어져서 총서叢書 가운데 새겨서 넣으려고 했는데, 마침 내가 임기가 다하여 끝내 실행에 옮기지 못하였다. 그러므로 공사가 총서의 서문 뒤에 깊이 유감을 드러내었다.

광서光緖 갑신년甲申年 9월 의도宜都 양수경楊守敬은 황강학사黃岡學舍에서 쓰다.

右山谷内集詩二十卷, 任淵注, 外集詩十七卷, 史容注, 別集詩二卷, 史溫注. 内集爲日本古時翻雕宋本, 【今日本亦罕見】. 前有任淵序鄱陽許尹序, 蓋合陳后山詩注序本也. 末有紹定壬辰山谷孫黃埒跋, 【此跋各本皆無之】. 稱其以蜀本重刊于延平者. 又云, 憩寂圖二詩, 舊亦僅有其目, 參考家集, 遂成全書. 今按第九卷末有此詩, 注云, 任氏舊注, 元無此詩, 但存其目, 爾今以楊氏補注增入. 而翁本目錄則次于題伯時畫松之後, 而第九卷亦無此詩. 然則黃埒所云蜀本有題無詩, 驗矣. 考明嘉靖全集本有此詩, 翁刻缺之而無說, 何耶. 唯此本所

稱楊氏補注, 不詳爲何人, 宋人著錄皆無之. 其外集別集, 則朝鮮活字本行款稍異, 然遇宋帝皆空格, 亦原于宋本也.

今校第五卷粲字詩韻第七卷贈張仲謀詩, 翁刻皆有脫文. 通校三集注中, 翁本誤字不可勝擧, 良由覃溪所得是傳鈔本, 雖較勝明刊, 而與宋固不可同日語也.

黎公使以山谷集宋刻久絶, 擬刻入叢書中, 會余差滿不果, 故公使於叢書叙後, 深致慊焉.

光緖甲申九月, 宜都楊守敬記於黃岡學舍.